Collection Série Noire
créée par Marcel Duhamel

Nouveautés du mois

2135 — LA DAME BLANCHE
(EUGENE IZZI)
... fait des enfants tarés.

2136 — LES DENTS LONGUES
(MARVIN ALBERT)
... et les idées courtes.

2137 — LE SPECTRE DE LA ROSE
(THOMAS HAUSER)
Un tueur propre et net ?.

2138 — LE FOU AU FLINGUE
(MICHAEL COLLINS)
ou le feu au fût.

MARVIN ALBERT

Les dents longues

TRADUIT DE L'AMÉRICAIN
PAR ROSINE FITZGERALD

nrf

GALLIMARD

Titre original :

LONG TEETH

celui-ci est dédié à
ORA KATHERINE DEMENUS,
la fille internationale
et cent pour cent américaine.

1

Ce qui me fit plonger dans le panier de crabes aristocratiques constitué par les éléments tordus de la famille de Karl Malo fut l'enlèvement de sa troisième épouse.

Le téléphone sonna alors que j'étais perché, dans un équilibre instable, tout en haut du grand olivier qui abritait le patio en brique derrière ma maison et au-delà duquel la pente boisée descendait plus abruptement vers une crique de la Méditerranée. Cet après-midi-là, un léger vent chaud parsemait de minuscules moutons blancs le bleu foncé de la mer. Je changeai de position dans l'arbre et poursuivis mon travail, laissant le répondeur-enregistreur de la maison s'occuper du coup de téléphone.

J'étais, pour ma part, occupé à scier les branches mortes. Le tronc épais et difforme semblait également mort, mais il ne l'était pas. Il avait été tordu, fendu et vidé par des siècles d'usure. Détruit par la foudre, la sécheresse, les bestioles, de rares gelées et la vieillesse. Pourtant de nouvelles branches continuaient de pousser sur cette épave qu'elles recouvraient de masses de feuillage vert et de fruits vigoureux. Tout le monde devrait avoir un vieil olivier dans son jardin pour pouvoir l'entourer de ses bras et ressentir un frisson d'immortalité. Cela vous porte à croire avec Einstein que rien ne disparaît vraiment de l'univers, y compris l'âme humaine.

A chaque fois qu'ayant scié une branche, je l'envoyais

s'écraser par terre, Bill Ruyter allait la mettre sur le tas de bois près de la cabane à outils. A l'aide d'une hache à main, il enlevait les petites branches avant de revenir en chercher une grosse. Bill et sa femme Judith étaient mes voisins les plus proches. Avec leurs enfants, ils habitaient la seule autre maison donnant sur la voie privée qui s'arrêtait devant ma maison. Nous avions l'habitude de nous entraider pour accomplir les travaux les plus rudes. Comme le mur de soutènement de l'étage le plus bas de leur jardin en terrasses que nous avions reconstruit le mois précédent après qu'il eut été emporté par les pluies diluviennes du printemps.

Je commençais à scier la dernière branche que Bill attendait, au pied de l'arbre, quand Judith frappa trois coups sur le gong chinois placé devant leur maison. De là où il se trouvait, Bill ne pouvait la voir car nos maisons étaient séparées par une profusion d'orangers et de citronniers, mais il savait ce que le signal voulait dire. Il leva les yeux vers moi.

— Ça, c'est un coup de téléphone du bureau, fit-il en grimaçant. J'espère bien que ce n'est pas déjà une autre urgence quelque part à l'autre bout du monde.

Bill Ruyter était souvent absent. Il était hollandais, ingénieur-conseil dans une compagnie pétrolière dont le siège était à Monaco, à trois kilomètres de chez lui, et qui faisait appel à lui en cas de crise. Il était rentré le matin même d'un séjour de trois semaines dans le golfe Persique, ce qui expliquait qu'il fût libre en plein milieu de la semaine.

— Si je ne commence pas, bientôt, à passer plus de temps à la maison, grommela-t-il, Judith va penser à prendre un amant français.

— Si elle y pense sérieusement, j'espère qu'elle se souviendra que je suis moitié français, lui dis-je. Et voisin. Ce serait plus pratique.

Il me lança un regard mauvais à travers les branchages.

— Je compte sur toi pour la *surveiller* en mon absence. Si j'apprends qu'au lieu de ça tu en as profité pour la tripoter, tu auras l'impression d'avoir été attaqué par un ours enragé.

D'un ton résigné, je répondis :

— Une belle femme comme Judith mérite qu'on se batte pour elle.

— Elle mérite que je te casse en deux.

Je n'étais pas sûr qu'il pût le faire mais c'était possible. Je suis très grand, mais Ruyter l'est encore plus. Je lui lançai un sourire rapace.

— Comme ça, tu auras quelque chose pour t'occuper l'esprit, le soir, quand tu en auras assez de faire joujou avec ces plates-formes pétrolières pleines de sex-appeal.

— Merci beaucoup, fit-il d'un ton pince-sans-rire. Quel réconfort d'avoir un ami sincère pour me remonter le moral.

En s'éloignant dans l'allée incurvée, il agita une main de la taille d'un sombrero mexicain.

Je finis de scier la dernière branche morte. Elle frappa le sol dans un grand craquement de brindilles desséchées. Comme je descendais de l'arbre, un faible éclat de rire me parvint de la crique.

Deux adolescents, garçon et fille, se pourchassaient sur la plage et dans l'eau. Il y avait quelques autres baigneurs. Il y avait aussi des gens allongés sur le sable, au pied de la falaise. Ils n'étaient pas nombreux. La petite crique n'était jamais surpeuplée. La plupart des gens préféraient les plages où ils n'étaient pas loin de leur voiture.

Je chargeai la branche sur mon épaule et la portai jusqu'à la cabane à outils où j'utilisai la hache pour la débarrasser des petites branches avant de la placer sur le tas de bois soigneusement empilé par Bill Ruyter. Vers la fin de l'été, je finirais par scier les branches en morceaux utilisables dans la cheminée du salon, pour combattre la fraîcheur de certaines soirées d'hiver.

Je nettoyai et graissai la scie et la hache, les rangeai dans la cabane à outils et rentrai dans la maison. J'étais sale, trempé de sueur et j'avais besoin de boire un verre de rosé bien frais, après quoi j'avais l'intention de descendre me baigner longuement dans la mer. Cependant, quand j'eus étanché ma soif et lavé mon verre à vin, je décidai de commencer par écouter ce que mon répondeur avait enregistré.

C'était un message d'Arlette Alfani. Il annula mes projets de baignade.

Je pris une douche rapide et revêtit une tenue passe-partout pour l'après-midi sur la Côte d'Azur : chemise de sport bleu pâle, jeans, espadrilles bleu foncé à semelles de corde. Il faisait trop chaud pour mettre ma veste en jean, mais je l'emportai au cas où le « problème urgent » motivant le coup de téléphone d'Arlette — qui ne précisait pas de quoi il s'agissait — me retiendrait jusqu'à la nuit ou exigerait que je porte discrètement une arme de poing sur moi.

Je branchai les sonneries d'alarme, fermai les portes à clé, montai en voiture, tournai à droite dans la Corniche inférieure au bout de notre voie privée, traversai Cap-d'Ail et roulai jusqu'à Monaco.

Comme le Grand Prix s'était couru deux jours plus tôt et que des équipes d'ouvriers démontaient les barrières de protection et les tribunes, la circulation était très ralentie et il me fallut plus de vingt-cinq minutes pour atteindre l'hôtel Loews de Monte-Carlo.

Le jeune gardien du parc de stationnement eut un coup d'œil désapprobateur pour ma Peugeot 205 dont la carrosserie ne s'était pas encore remise d'un dérapage sur une route de montagne, pendant le Rallye de Monte-Carlo de l'année précédente. La voiture marchait si bien que je remettais toujours à plus tard les travaux coûteux nécessaires pour la rendre présentable.

Au vénérable Hôtel de Paris, on aurait à peine remarqué l'aspect peu recommandable de ma Peugeot. Dans cet établissement plus que centenaire on est habitué aux petites excentricités des clients nobles ou simplement fortunés et on ne s'étonne pas de voir une baronne tenant un babouin en laisse ou un milliardaire se balader en vieilles sandales de tennis et en pyjama.

Bien qu'il soit à deux pas du style Belle Epoque baroque de l'Hôtel de Paris, le Loews appartient à un tout autre monde. Il suffit de le regarder pour s'en rendre compte : Miami Beach à l'extérieur, Las Vegas à l'intérieur. Il a été bâti pour les gens qui aiment ces deux endroits et se sentent mal à l'aise environnés par la grandeur du Vieux Continent. Ce qui signifie que la clientèle est surtout américaine, avec en plus quelques groupes de Japonais dont la deuxième langue est l'anglais. Je passe, de temps en temps, une ou deux heures au bar rien que pour entendre autour de moi des voix américaines. Quand je reste trop longtemps en France, j'ai la nostalgie des Etats-Unis, mais quand je suis aux Etats-Unis, j'ai la nostalgie de la France. Cela me complique un peu la vie.

Je donnai un pourboire excessif au gardien qui s'empressa d'aller cacher ma voiture derrière deux grosses Mercedes, tandis que j'entrai dans l'hôtel.

Au-delà du grand hall, le casino du Loews retentissait d'activité. Ses portes s'ouvraient de façon accueillante mais je ne m'en approchai pas. Chaque fois que je me trouve à proximité d'un casino, je me souviens de mon grand-père maternel. C'était un médecin français fortuné qui fut pris d'une passion pour la roulette. A sa mort, il avait tout perdu sauf la maison de famille. Son exemple m'incitait à limiter mon amour du jeu à quelques petites parties de poker.

Mon autre grand-père offrait un exemple d'une autre passion tout aussi néfaste. Il s'était soûlé à mort après que l'âge l'eut obligé à prendre sa retraite de capitaine dans la police de Chicago. Cela ne m'empêchait pas de boire mais cela m'incitait à limiter ma consommation d'alcool.

Il faut quand même *quelques* vices pour agrémenter notre passage en ce bas monde. Je n'avais cependant pas besoin d'en hériter. J'avais, selon moi, suffisamment de faibles tout à fait personnels.

Je craignais qu'Arlette Alfani soit en train d'en devenir un.

Elle m'attendait au bar du spacieux salon de l'hôtel, vision enchanteresse en chemisier et pantalon blancs et cheveux courts d'un noir de jais. Elle sirotait un Campari soda en vidant une coupe de noix de cajou. L'appétit d'Arlette était aussi robuste que ses autres instincts. Son métabolisme était ainsi fait que les calories semblaient uniquement rendre hommage à sa splendide anatomie et à son beau visage aux yeux noirs. Plusieurs hommes assis à des tables voisines la contemplaient d'un air fasciné. Deux types qui faisaient semblant d'avoir été attirés vers le bar par le besoin soudain d'un dry martini lui jetaient furtivement des regards révérencieux.

A vingt-huit ans, Arlette avait depuis longtemps appris à accepter ce genre d'attention avec équanimité. Tout comme elle avait appris à s'attendre à la réaction déconcertée de ses admirateurs quand ils se heurtaient à son Q.I. ou à l'opiniâtreté de son ambition professionnelle. Comme la réaction de son ex-mari.

C'était une des choses que nous avions en commun. Des mariages ratés. Nous avions tous deux été perdants dans le plus hasardeux des jeux de hasard. Le temps était, si je puis dire, un de nos autres points communs : je connaissais Arlette depuis qu'elle avait dix-sept ans.

Notre amitié était facile. Nos relations en tant qu'amants étaient plus compliquées et intermittentes.

Nous trouvions de bonnes raisons pour l'expliquer. Arlette prenait très au sérieux sa jeune carrière d'avocate et passait presque toutes ses soirées et ses week-ends à travailler dur pour préparer les dossiers de son cabinet. Quant à moi, je ne savais pratiquement jamais à l'avance ce que j'allais faire et où j'allais me trouver. En fait, la vraie raison était plus profonde. Nous avions tous deux déjà subi un échec dans nos relations « tout-ou-rien » et nous avions peur de compromettre ce que nous partagions ensemble, un agréable mélange de camaraderie et de sensualité, en faisant un nouvel essai d'engagement total.

Quand elle se détourna du bar pour m'accueillir, ses admirateurs me lancèrent des regards venimeux. On s'habituait à ce genre de chose lorsqu'on fréquentait Arlette Alfani. Elle me prit la main et m'entraîna vers le hall principal. Je la suivis, tournant le dos à cette concentration de haine et d'envie.

— Quel est donc ce problème urgent ? lui demandai-je tandis que nous nous dirigions vers les ascenseurs.

— Karl Malo. (Elle n'avait pas besoin d'expliquer qui il était ni ce qu'il faisait. Le nom seul était une explication suffisante pour qui lisait régulièrement les journaux.) Il avait des réunions avec des dirigeants de compagnies de navigation venus du Japon et de Californie. Comme ils sont descendus au Loews, il en a fait autant. La plupart sont accompagnés par leur femme. Alors Jacqueline, la femme de Malo, est arrivée hier, en avion, de leur maison dans les environs d'Arles, pour jouer les hôtesses à l'occasion d'un dîner qu'il offrait aux autres, hier soir.

Tandis que nous montions, seuls, en ascenseur, jusqu'au dernier étage, Arlette ajouta calmement :

— Elle est partie, tôt ce matin, faire les magasins à Nice et elle n'est pas revenue. Elle a été enlevée. Nous ne savons pas encore où cela s'est passé ni quand. Cet après-midi, un homme a téléphoné à Malo en lui demandant sept millions de francs s'il voulait récupérer sa femme indemne.

Nous sortîmes de l'ascenseur. Le couloir était vide. Arlette termina très vite :

— Et l'avertissement classique : défense de prévenir la

police. Toute tentative pour attraper les ravisseurs se solderait par la mort de Jacqueline Malo.

Quand nous fûmes entrés dans la suite de Karl Malo, ce dernier et les deux associés principaux du cabinet où travaillait Arlette me racontèrent la suite.

2

Les associés principaux étaient Henri et Joelle Bonnet, un couple qui travaillait en équipe. C'étaient, à mon avis, les meilleurs avocats de la Côte d'Azur. J'étais si loin d'être le seul à le penser qu'ils avaient été obligés de prendre Arlette comme adjointe dans leur cabinet de Nice, pour venir à bout de la surcharge de travail. Ils s'étaient aperçus qu'Arlette s'y entendait mieux qu'eux pour la constitution des dossiers des affaires qu'ils devaient plaider, ce qui leur permettait de se consacrer entièrement à leur spécialité : gagner des procès.

Arlette n'avait pas encore fait ses preuves au prétoire. Sa jeunesse et sa beauté en étaient en partie responsables. Les gens avaient du mal à la prendre au sérieux. Il y avait aussi son tempérament corse, fougueux, que ses adversaires se plaisaient à aiguillonner jusqu'à ce qu'elle explose. Elle faisait des efforts pour se corriger. En fait, son manque d'expérience constituait son plus gros handicap. Arlette avait les capacités nécessaires, mais rien ne pouvait remplacer les années qu'Henri et Joelle Bonnet avaient passées à aiguiser leurs talents.

Ils nous attendaient dans le salon de la suite de Karl Malo. Les pièces du Loews n'ont peut-être pas le charme du vieux continent, mais elles échappent à la tendance qu'a l'élégance surannée à dégénérer en accumulation d'ornements. Celle-ci était spacieuse, confortablement meublée avec un solide bon goût à défaut d'imagination. Elle avait aussi ce qui manque souvent dans les vieux hôtels, à savoir beaucoup de lumière entrant par les grandes baies coulissantes du balcon qui donnait sur le petit port plein de bateaux et, au-delà, sur le palais princier, tout en haut de la colline.

Assis à une table, Henri Bonnet mangeait des petits fours entre deux gorgées de thé. Ce petit homme de cinquante-six ans, maigre et déplumé, avait un visage étroit au nez pointu et de petits yeux vifs qu'éclairait souvent une lueur traduisant un sens de l'humour irrépressible. C'était un aspect de son caractère qu'il prenait en général grand soin de cacher à ses clients.

Joelle Bonnet se tenait près des baies vitrées et admirait la vue — sans doute pour mieux résister à la tentation de partager la collation de son époux. Elle avait le même âge que lui mais elle était plus grande. Son visage sérieux était potelé — adjectif qui ne convenait pas parfaitement à sa silhouette. Joelle mettait cela sur le compte de l'impossibilité fondamentale de sa nature. « Les gens nerveux brûlent vite leurs calories », m'avait-elle un jour expliqué. « Henri et Arlette, par exemple. L'ennui, avec moi, c'est que je suis folle mais pas nerveuse. »

Karl Malo n'était pas dans la pièce au moment de notre arrivée. Quand Arlette demanda où il se trouvait, Henri tendit un petit four vers la porte de la chambre et dit :

— Il s'est rendu dans la salle de bains. Sans doute pour vomir.

— Le pauvre.

Le haussement d'épaules de Joelle n'était pas tout à fait compatissant.

— Etant donné les circonstances, dit-elle, il est normal que Malo ait des ennuis de digestion, mais j'espère bien qu'en affaires il affronte les crises avec plus de sang-froid.

— Là, il ne s'agit pas d'affaires, lui rappela Henri en portant à sa bouche le demi petit four, mais d'amour.

— Quand même pas de la seule et unique grande passion de sa vie, fit observer Joelle. Cet homme a la réputation de passer très vite et très souvent d'un amour à l'autre. Demande aux deux épouses et aux innombrables maîtresses qu'il a laissé tomber.

Ils n'étaient pas vraiment en train de se disputer. Dans toute discussion, les Bonnet avaient pour habitude de défendre des points de vue opposés. Histoire de s'entraîner à affronter les avocats de la partie adverse au tribunal.

Henri mâcha et avala son demi petit four.

— Malo vieillit, contra-t-il. C'est un fait qui a son importance. Tout comme l'infarctus qu'il a fait il y a deux ans. La combinaison des deux peut pousser un homme à se préoccuper à l'excès de sa mortalité... et de sa fragilité physique. Il peut aussi être facilement atteint par des sentiments qui, auparavant, ne comptaient pas pour lui.

— En d'autres termes, dit Joelle, tu penses qu'il a eu peur de devenir impuissant et s'est donc entiché d'une femme capable de le rassurer sur ce point.

Arlette intervint avec un petit sourire :

— Vous essayez tous deux d'expliquer l'inexplicable. A en juger par la réaction de Malo, sa femme actuelle *est* la passion de sa vie. En dépit de ses antécédents ; ce n'est pas forcément une simple relation de cause à effet. Descartes lui-même admettait qu'on ne peut appliquer la logique aux affaires de cœur.

Henri lui lança un regard peu convaincu.

— *Descartes* a dit ça ?

— Certainement. Vous pouvez vérifier.

J'intervins à mon tour :

— Si la société de débats contradictoires veut bien observer une petite pause, j'aimerais savoir quels sont vos rapports avec Karl Malo.

Joelle Bonnet me l'expliqua :

— Son cabinet de conseils juridiques se trouve à Paris et a un bureau à Marseille, mais nous sommes chargés, moyennant une provision annuelle, de représenter ses intérêts dans toute affaire d'ordre juridique nécessitant une intervention immédiate dans cette région. Nous étions par exemple prêts à intervenir ici, s'il en avait besoin, pendant ses réunions. Il nous a téléphoné dès qu'il a eu des nouvelles des ravisseurs.

— Vous n'avez pas prévenu la police.

— Non, me répondit Henri. Malo a reçu l'ordre de ne pas le faire. Nous jugeons comme lui qu'il vaut mieux obéir. Jusqu'à ce que sa femme lui soit rendue. Sinon...

Il ne termina pas la phrase, laissant la menace planer.

— Que voulez-vous que je fasse ? demandai-je.

— Que vous alliez payer la rançon. Nous avons convaincu Malo qu'il valait mieux que ce soit fait par une personne de votre expérience. Il y a toujours la possibilité que vous remarquiez quelque chose qui aidera, plus tard, à coincer les ravisseurs. Malo acceptera de vous payer les honoraires que vous demanderez. Pour ça, pas de problème.

— Quand faut-il leur porter la rançon ?

— Cette nuit. Ils doivent rappeler dans la soirée pour dire à Malo précisément où et quand. D'ici là, l'argent sera disponible. Malo a fait virer la somme nécessaire de son compte à la BNP de Marseille à la BNP de Monaco.

Arlette regarda sa montre et dit aux Bonnet :

— Je vous rappelle que nous avons encore cette réunion à Nice. Avec la compagnie d'assurances de M. Joravsky. Dans un peu moins d'une heure et demie. Je peux très bien m'en occuper toute seule, mais je crains qu'ils ne soient un peu froissés si aucun des associés principaux ne fait une apparition.

— J'y assisterai avec vous, dit Joelle. (Elle adressa un sourire plutôt froid à Henri.) De toute façon, notre M. Malo sera plus à l'aise si vous restez entre hommes. Il aime peut-être les femmes, mais j'ai la très nette impression qu'il ne considère pas qu'elles aient grand-chose à apporter à une discussion sérieuse.

Henri approuva d'un signe de tête. Une petite lueur moqueuse brillait dans ses petits yeux vifs.

— Il n'a peut-être pas tout à fait tort, dit-il.

— Tu cherches le divorce ? grogna Joelle.

— Tu n'accepteras jamais un partage équitable de nos biens.

— Mais si, bien sûr ! (Joelle tapota la petite tonsure de son mari quand elle passa derrière lui en allant vers la porte.) Tu garderas les chats, je garde les clients.

Après le départ d'Arlette et de Joelle, Henri me demanda si je voulais partager son thé et ses petits fours. Je secouai négativement la tête et m'approchai d'une petite table qui servait de bar. Après avoir examiné les ressources en alcool, je décidai de prendre un jus de tomate. J'y ajoutai deux glaçons, bus une gorgée et demandai à Henri :

— A quelle heure la femme de Malo a-t-elle quitté l'hôtel, ce matin ?

— Vers huit heures et demie. Elle voulait faire un tour dans les boutiques de Nice.

— Comment y est-elle allée ? En taxi ?

— Non, l'hôtel lui a procuré une voiture de location.

J'allais poser une autre question quand la porte de la chambre s'ouvrit et Karl Malo apparut. Il était pâle et morne mais il semblait maître de lui.

Je n'eus aucun mal à le reconnaître car, depuis plusieurs années, je voyais souvent sa photo dans les journaux. Pendant fort longtemps, il avait figuré aussi bien dans les échos que dans les rubriques financières. Il avait maintenant une soixantaine d'années et il était encore remarquablement beau.

Il portait un costume en gabardine beige, extrêmement bien coupé, et les jambes du pantalon étaient fourrées dans des bottes en daim, d'aspect très confortable, qui lui arrivaient à mi-mollets. Ces bottes étaient son image de marque : l'insigne de sa parfaite confiance en lui. On l'avait déjà vu arriver dans des soirées mondaines en bottes et en smoking.

Il y avait en lui une autorité si profondément enracinée que même le désarroi émotionnel dont il souffrait ne pouvait l'effacer. Elle était en partie innée, en partie acquise. Malo Transports, dont le siège social se trouvait à l'ouest de Marseille, était déjà une entreprise familiale florissante quand il en avait pris la direction, à l'âge de vingt-cinq ans. En quelques décennies, il en avait fait la plus grande compagnie de transports routiers et maritimes de France, après avoir écarté la concurrence avec une volonté implacable qui se lisait dans ses yeux brun foncé. Son regard dur et perspicace avait une expression presque impitoyable.

Les années avaient ajouté quelques fils blancs à son épaisse chevelure noire, quelques kilos à sa silhouette, quelques rides profondes à son visage aristocratique. Tout ceci ne faisait que renforcer l'autorité qui émanait de lui. Cet homme était un lutteur habitué à gagner, un chef qui savait se faire obéir.

Henri fit les présentations. Malo ne me tendit pas la main. Ses yeux bruns m'examinèrent sans clémence. Ses lèvres s'amincirent et, aux coins de sa bouche, les rides se creusèrent. Cela aurait pu être une expression d'antipathie. J'étais cependant persuadé qu'elle n'avait rien à voir avec ce qu'il pensait de moi. C'était un homme qui avait peur et qui luttait pour surmonter sa peur.

— J'espère que M. Bonnet vous a bien fait comprendre une chose, me dit-il d'un ton brusque et direct qui devait lui être habituel. (Pourtant, sa voix était tendue, comme s'il avait la gorge nouée, et il faisait un effort manifeste pour la ramener à sa hauteur normale.) Je ne vous engage pas pour jouer les héros. Vous ne devez absolument rien faire qui puisse inquiéter les ravisseurs.

Il lui fallut ouvrir un peu la bouche pour aspirer de l'air.

— Evidemment, je voudrais qu'ils soient pris et punis. Je veux les *tuer* de mes propres mains.

— Mais vous voulez d'abord qu'ils vous rendent votre femme.

— Du moment que vous comprenez ça... Les Américains ont trop souvent tendance à couper le nœud plutôt que de prendre le temps de le défaire. La solution rapide et violente qui va au-devant du désastre.

N'ayant pas envie de me lancer dans une discussion sur les travers nationaux, je me contentai de répondre :

— J'ai, dans les veines, une part de sang français donc de prudence.

— Alors, veillez à ce que cette part règle votre conduite, dans cette affaire. (La brusquerie de son ton s'intensifiait.) Si vous espérez vous faire de la publicité et obtenir des honoraires plus élevés en attrapant ces malfaiteurs ou en vous lançant dans une folle tentative pour délivrer...

Je lui coupai aimablement la parole :

— Monsieur Malo, vous êtes en droit de témoigner d'une certaine mauvaise humeur parce que vous avez de la peine. Mais je vous préviens que ma compassion est vite épuisée. Ce doit être mon côté américain. Les Bonnet vous ont déjà dit ce qu'ils pensaient de moi. Si vous ne vous fiez pas à leur jugement, vous n'avez qu'à demander à la Fédération Professionnelle des Agents Privés de Recherche une liste de détectives compétents et disponibles. Elle a un bureau à Nice.

Henri Bonnet se racla bruyamment la gorge. Nous ne le regardâmes pas. Malo et moi continuions de nous observer.

Malo dit enfin :

— Pas le temps. Je suis obligé de vous faire confiance.

Il avait la voix d'un débardeur épuisé qui renonce à finir de charger un navire. Il regarda ses mains, doigts écartés. Elles tremblaient un peu.

— C'est que... Tant que Jacqueline ne sera pas revenue saine et sauve, je ne... (Il s'interrompit puis reprit :) Si sa sécurité exige que les canailles qui l'ont enlevée s'en tirent, ne soient jamais pris... eh bien, tant pis.

— J'ai compris, lui dis-je.

A nouveau il me regarda droit dans les yeux.

— Il paraît que vous avez une grande expérience des criminels. A votre avis, vont-ils relâcher Jacqueline quand j'aurai payé la rançon ?

Je lui répondis ce qu'il espérait entendre :

— Sans doute. Pour eux, c'est une bonne publicité. Ils estiment que ça encourage leurs futures victimes à se plier à leurs exigences et à payer.

C'était vrai si les ravisseurs étaient des professionnels. Je ne voulais pas ajouter aux craintes de Malo en lui énumérant les choses qui risquaient d'arriver si les ravisseurs étaient des amateurs.

Henri Bonnet se leva et dit à Malo :

— J'ai plusieurs coups de fil à passer. Je vais le faire du hall pour ne pas bloquer votre téléphone.

Malo hocha la tête d'un air absent. Quand Henri fut parti, il se tourna vers la table-bar près de moi et se servit un double Scotch dans un grand verre. Il prit le verre dans une main et tendit l'autre main vers le seau à glace. Ses doigts laissèrent échapper le verre qui tomba par terre, rebondit sans se briser et roula en laissant une tache humide sur la moquette bleue.

Malo baissa les yeux et le regarda, comme pétrifié. Puis il regarda la main qui l'avait laissé tomber, avec une expression un peu déconcertée.

Je ramassai le verre, y versai du Scotch auquel j'ajoutai deux glaçons et le tendis à Malo. Il hésita avant de le prendre, puis il le serra précautionneusement entre sa paume et ses doigts, en observant sa main comme s'il se demandait si elle allait encore le trahir. Enfin il but et reposa le verre sur la table, sans le lâcher.

— Merci, dit-il doucement. Excusez-moi.

J'eus l'impression qu'il n'avait pas coutume d'employer ces formules de politesse.

— On dirait que je ne peux pas me dominer, poursuivit-il de cette voix douce et quelque peu mécontente. Ça ne m'était jamais arrivé.

— Alors vous n'avez jamais eu vraiment peur, lui dis-je. La peur vous chamboule tout le système nerveux.

Malo leva son verre, toujours en surveillant sa main, et but une gorgée.

— Vous avez raison, reconnut-il, je suis *terrorisé*. Si Jacqueline... S'il lui arrivait quelque chose...

J'avalai un peu de jus de tomate pour lui donner le temps de trouver les mots traduisant des émotions qu'il ressentait pour la première fois.

— Vous êtes marié ? me demanda-t-il.

Sa voix et son regard étaient à nouveau durs et directs.

— Je l'ai été, répondis-je. Il y a un certain temps.

— Vous savez sans doute que Jacqueline est ma troisième épouse.

— Oui.

— Et vous devez aussi savoir qu'il y a eu un certain nombre d'autres femmes dans ma vie.

— Il m'arrive de lire les journaux. Vous faites le bonheur des échotiers.

— Je *faisais*. Avant Jacqueline. (Malo vida son verre et ajouta d'un ton neutre :) Les hommes riches n'ont jamais de mal à trouver des femmes.

— Ils ont sans doute plus de mal à s'en débarrasser.

— Pas tellement. Certaines d'entre elles tenaient peut-être vraiment à moi, mais aucune d'entre elles n'a considéré que le lien affectif était plus important qu'une rente confortable.

C'était dit sans aucune amertume. Malo constatait simplement des faits, évitant d'aborder le sujet qui le rongeait intérieurement. Il n'était manifestement pas homme à analyser ses sentiments profonds et encore moins à les révéler à un tiers.

— Mais avec Jacqueline, dit-il enfin, ce n'est pas pareil. Ce qu'il y a entre nous... c'est différent. Je ne peux pas me passer d'elle. C'est quelque chose que je n'avais jamais éprouvé. Je m'en suis rendu compte en tombant amoureux d'elle.

Il dut faire un effort pour me regarder.

— L'idée qu'ils pourraient lui faire du mal... Ça m'est insupportable.

— L'homme qui vous a téléphoné, lui demandai-je, quelle impression vous a-t-il fait ?

— Sa voix ? Basse, lourde... comme s'il la déguisait.

— La voix d'un homme instruit ? Un français correct ? Beaucoup de mots d'argot ?

Malo réfléchit.

— A mon avis un homme instruit, répondit-il. Mais il parlait avec un léger accent italien. Ça pourrait être une façon de déguiser sa voix, n'est-ce pas ?

— C'est possible. Que vous a-t-il dit ? Mot pour mot si vous vous en souvenez.

— Il m'a dit : « Nous avons enlevé votre femme. Nous vous la rendrons indemne, moyennant sept millions de francs. Ne prévenez pas la police. Si vous le faites ou si vous ne suivez pas mes instructions, nous la tuerons. Elle est cachée dans un endroit où personne ne peut la trouver. Elle mourra si on tente de nous tendre un piège ou de nous suivre. »

La voix de Malo faiblit. Il se tut et ne reprit qu'après quelques secondes :

— J'ai demandé à parler à Jacqueline pour m'assurer qu'elle allait bien. Il a commencé par ne pas tenir compte de ma requête et a continué ce qui semblait être un discours préparé d'avance. Il m'a dit de réunir la rançon en billets usagés. « Qu'elle soit prête pour six heures du soir », a-t-il précisé. « Nous vous rappellerons un peu plus tard pour vous indiquer comment nous la remettre. » Je lui ai promis que l'argent serait prêt, mais j'ai carrément refusé de le lui remettre à moins d'avoir la preuve que Jacqueline était vivante. Il a fini par accepter de la laisser me parler quand ils me rappelleront, ce soir. Il m'a lancé un avertissement : « Ce sera la dernière fois que vous l'entendrez si la police ou quiconque tente de s'en mêler. Dans ce cas c'est vous, monsieur Malo, qui serez responsable de sa mort, pas nous. » Et il a raccroché.

— J'aimerais bien voir une photo de votre femme, si vous en avez, lui dis-je.

— Un instant. (Malo se rendit dans la chambre et en rapporta une photographie dans un cadre en argent.) Je l'emporte toujours quand je voyage.

Je la lui pris des mains. C'était une photographie de face, en couleurs. On remarquait d'abord le sourire détendu, plein d'humour, d'une femme qui avait entre trente-cinq et quarante ans, de grands yeux verts, une petite bouche très douce, une abondante chevelure auburn, nattée et enroulée autour de sa tête.

C'était une femme charmante mais on ne pouvait la comparer à certaines beautés que j'avais vu photographiées en compagnie de Malo, dans la rubrique mondaine des journaux, pendant bien des années. Cependant Jacqueline Malo avait autre chose. Il est toujours difficile de juger quelqu'un d'après une photographie. Là, pourtant, certaines qualités étaient tout à fait évidentes : un chaleureux mélange d'assurance tranquille et de générosité.

Je n'avais, jusqu'alors, guère de sympathie pour Karl Malo. Les échotiers avaient parfois parlé de son « charme ». Jusqu'à présent, il ne s'était pas manifesté. C'était peut-être un atout que Malo mettait en chambre froide et ne sortait que lorsqu'il pouvait en tirer quelque avantage.

Il était cependant impossible de ne pas trouver sympathique le visage souriant sur la photographie. Je me demandai ce que cette femme voyait en lui. Je ne voulais pas penser que cela pouvait être son argent. Je conclus qu'il devait avoir des qualités que je n'avais pas encore découvertes. Arlette et Descartes avaient raison. L'amour se moque de la logique.

Je rendis la photographie à Malo et lui dis, presque malgré moi :

— Nous allons la récupérer.

Je n'avais pas plus de raisons d'en être sûr maintenant que je n'en avais avant, mais après avoir vu ce sourire, je voulais, presque autant que Malo, que ce soit vrai.

3

L'argent de la rançon arriva peu après le retour d'Henri Bonnet dans la suite de Karl Malo. Elle fut apportée par deux gardes en civil de la BNP, chargés l'un et l'autre d'un gros sac en toile bien fermé. Sept millions de francs faisaient un peu plus d'un million de dollars de l'époque, c'est-à-dire beaucoup d'argent.

A dix-huit heures trente, Malo fit monter trois repas mais ne toucha pas au sien. Il sortit sur le balcon et y resta pendant que nous mangions, Henri et moi. Je n'avalai pas grand-chose. La cuisine d'hôtel vaut ce qu'elle vaut. Je bus peu. Le vin était excellent, mais je voulais garder les idées claires. Henri mangea et but avec son appétit habituel. Je lui fis cadeau de mon dessert et sortis rejoindre Karl Malo.

Agrippé à la balustrade, il contemplait le petit port surchargé de bateaux. Le soleil qui baissait donnait aux yachts blancs une teinte rose orangé. Un yacht qui avait l'air d'un hôtel flottant était ancré à l'extérieur du port où il n'y avait pas de place pour un aussi grand bâtiment.

Il appartenait à Rasul Khdanni, un brasseur d'affaires du Moyen-Orient, qui s'était engraissé en touchant des dessous de table sur les ventes de compagnie européennes et américaines aux émirats arabes. Mes sentiments envers Khdanni manquaient de cordialité. Mon aversion pour lui datait des efforts que j'avais dû faire pour qu'il ne persuade pas ma mère de lui vendre notre maison. Il avait déjà acheté sept propriétés adjacentes en bord de mer, pour le double de leur valeur marchande et il était en train de les faire enclore d'un mur.

— Quand avez-vous décidé qu'il fallait que votre femme vienne vous rejoindre à Monaco ? demandai-je à Malo.

— Elle m'a téléphoné hier de notre maison près d'Arles et m'a dit que je lui manquais. Elle me manquait aussi. Et puis la moitié des hommes qui assistaient aux réunions étaient venus avec leur femme, alors je lui ai dit de venir pour m'aider à recevoir, à l'occasion d'un dîner d'adieu que je donnais hier soir.

Malo dominait à nouveau sa voix sèche mais il ne me regardait pas. Ses yeux restaient fixés sur les yachts dans le port. J'avais l'impression qu'il ne les voyait pas.

— A quelle heure est-elle arrivée, hier ? demandai-je.

— Au début de l'après-midi. Deux heures et quelque. (Le beau visage de Karl Malo se tourna vers moi.) Vous pensez que ça ne leur a guère laissé de temps pour préparer l'enlèvement.

J'acquiesçai d'un signe de tête. En effet, il s'était passé à peine vingt-quatre heures entre le moment où la venue de Jacqueline Malo avait été décidée et le moment où celle-ci avait été enlevée.

— Ne se pourrait-il pas qu'ils aient déjà surveillé les déplacements de Jacqueline depuis un certain temps, dans la région où nous habitons ? Qu'ils aient attendu une occasion ? Ils ont pu la suivre quand elle s'est fait conduire à l'aéroport. Ils ont pu prendre le même avion.

Je convins que c'était possible, mais cela ne me plaisait pas. Les professionnels préparent leur coup dans les moindres détails, longtemps à l'avance. Il leur fallait trouver un endroit tranquille pour enlever la victime, un autre pour la cacher, une façon de toucher la rançon sans se faire voir ni se faire prendre. Après la décision subite de Jacqueline Malo d'aller rejoindre son mari à Monaco, ils auraient été obligés de revoir tous les détails pour les adapter à une région tout à fait différente. Cela en moins de vingt-quatre heures.

Il y avait une autre possibilité. Les ravisseurs traînaient peut-être à Monte-Carlo depuis plusieurs jours ou même plusieurs semaines, attendant l'occasion d'enlever *quelqu'un*. Les victimes potentielles n'y manquaient pas. La femme de Malo n'avait peut-être été choisie qu'à la dernière minute, parce qu'elle se trouvait là, par hasard. Quand elle s'était rendue à Nice en voiture, ils l'avaient suivie ; l'occasion de l'enlever s'était présentée et ils l'avaient saisie.

Pourtant, ça ne me plaisait pas non plus car cela voulait dire que nous avions affaire à des amateurs. Les professionnels n'agissent pas à la dernière minute, sous l'inspiration du moment.

D'une façon comme de l'autre, il y avait quelque chose de bizarre, quelque chose qui ne collait pas.

Malo s'était replongé dans la contemplation aveugle des bateaux dans le port ensoleillé. Je ne lui posai plus de question. Il était, comme moi, réduit aux conjectures. Il fallait, avant tout, récupérer Jacqueline Malo.

L'appel des ravisseurs arriva à neuf heures du soir.

Malo se rua sur le téléphone.

— Ici Karl Malo.

J'écoutai sur un autre poste. J'entendis la voix d'une femme qui semblait faire de gros efforts pour ne pas pleurer.

— Karl, je suis désolée, je...

— Jacqueline ! s'écria-t-il avec angoisse. Tu vas bien ? Ils t'ont fait du mal ?

— Non, mon chéri. Je t'en prie, ne te fais pas trop de souci. Je...

Elle fut brutalement interrompue.

— Jacqueline ? cria Malo.

Une voix d'homme répondit :

— Bon, moi, j'ai tenu parole, Malo. Vous avez entendu votre femme. Et vous, vous avez l'argent ?

La voix était telle que Malo me l'avait décrite : basse, lourde, sans doute déformée par quelque chose que le parleur s'était mis dans la bouche et teintée, comme l'avait dit Malo, d'un léger accent italien.

— L'argent est ici. Laissez-moi encore parler à ma femme, demanda Malo.

— Non. Vous vouliez la preuve qu'elle est encore en vie, vous l'avez. Qu'elle le reste ou non dépendra entièrement de vous, monsieur Malo. Maintenant, écoutez-moi. Attentivement. Je ne me répéterai pas. L'argent doit nous être apporté par un conducteur qui connaît bien la région. Nous ne voulons pas qu'il se perde ou qu'il tourne en rond. S'il arrive en retard aux endroits où on lui dit d'aller, vous aurez perdu votre femme.

— Je comprends, fit Malo d'une voix étranglée. J'ai...

— Ecoutez, bon sang, grogna le ravisseur. Votre envoyé apportera l'argent à Nice, au parking souterrain du garage Grimaldi. La voiture de sport que votre femme a louée ce matin est garée au cinquième sous-sol. C'est une Alfa Romeo 2000, rouge, à toit noir. Elle n'est pas fermée. Les clés sont sous le siège avant gauche. Ainsi que d'autres instructions. Votre envoyé doit laisser sa voiture pour prendre l'Alfa dans laquelle il mettra l'argent et puis suivre les instructions.

C'était très habile. Le conducteur et les deux sacs contenant la rançon occuperaient pratiquement tout l'intérieur de la petite Alfa 2000 à deux places. Un autre homme aurait du mal à se tapir par terre. C'était faisable, mais...

Mais le ravisseur y avait déjà pensé.

— Il vaudrait mieux qu'il n'y ait pas de passager dans la voiture, monsieur Malo. Et il vaudrait mieux que l'Alfa ne soit pas suivie. Nous la surveillerons d'un bout à l'autre. Si vous essayez de nous jouer un tour, nous le verrons tout de suite et nous nous taillerons. Et votre femme mourra.

— Inutile de me menacer ! cria Malo. Tout ce que je veux, c'est...

L'autre avait raccroché.

Je n'eus aucun mal à trouver la voiture de sport. Elle se trouvait effectivement au cinquième sous-sol faiblement éclairé. A cette heure tardive, il n'y avait pas beaucoup d'autres voitures dans le parking du garage Grimaldi. J'arrêtai ma Peugeot à côté de la petite Alfa où je trouvai les clés sous le siège du conducteur. J'y trouvai aussi mes instructions écrites au stylo bille, en capitales d'imprimerie, sur un bout de papier. Je lus :

« Roulez jusqu'à Sospel. Soyez-y à onze heures. Attendez dans la cabine téléphonique qui se trouve en dehors de la gare. Nous vous téléphonerons de nouvelles instructions. N'appelez pas de la cabine. Vous serez surveillé. »

Le moyen le plus rapide d'atteindre la ville de Sospel consistait à suivre la côte jusqu'à Menton puis rouler vers l'intérieur des terres en suivant une route escarpée. Je pouvais y arriver à onze heures mais je n'avais pas de temps à perdre.

Quand je quittai Nice, un des sacs contenant la rançon se trouvait sur le siège du passager, l'autre par terre, devant le siège. J'essayai de me rendre compte si j'étais suivi. Il me sembla que je ne l'étais pas. Je contrôlai de temps en temps et ne vis jamais rien de suspect.

Peut-être n'avaient-ils pas l'intention de me surveiller avant que je sois arrivé à Sospel. Peut-être bluffaient-ils en disant que je serais surveillé d'un bout à l'autre. Ils n'étaient sans doute pas assez nombreux pour le faire. Karl Malo n'aurait pas risqué la vie de sa femme pour essayer de prouver qu'ils bluffaient. Moi non plus.

J'avais sur moi une arme de poing : un P7 Heckler et Koch. Avant de quitter le parking, je l'avais sorti de l'étui que je portais sous l'aisselle pour le glisser dans la ceinture de mon pantalon. Afin de pouvoir le sortir plus vite, si c'était nécessaire.

J'espérais bien ne pas avoir à m'en servir. Tout ce que j'espérais obtenir de cette expédition nocturne était que les ravisseurs prendraient leur argent et relâcheraient Jacqueline Malo.

Le revolver ne devrait servir qu'en dernier ressort. Au cas où les choses se passeraient très mal.

4

Sospel est coupé en deux par un ruisseau de montagne appelé Bévéra qu'enjambe un vieux pont de pierre voûté. Il me fallut une demi-heure pour y arriver et, à cette heure-là, il ne restait plus que deux clients dans le seul bistrot encore ouvert. Les autres habitants de la ville — qui en compte moins de trois mille — étaient chez eux, devant leur poste de télévision ou déjà au lit. La petite gare était fermée et sombre, à l'exception de la lampe qui brûlait au-dessus de la cabine téléphonique extérieure.

Je me garai juste à côté, descendis de voiture et attendis.

Du point de vue des ravisseurs, Sospel était une ville idéale. Ils pouvaient m'envoyer sur n'importe laquelle des sept routes qui en partaient et parcouraient le terrain montagneux environnant.

L'attente se prolongea. Pendant un moment, je m'appuyai contre la voiture, puis je marchai de long en large sans jamais m'éloigner de plus de quelques pas de la cabine téléphonique, de la voiture et de l'argent. Enfin, je m'assis dans la cabine et regardai la nuit.

A partir de onze heures et demie, je commençai à me faire du souci. Je ne voyais absolument personne. Si j'étais surveillé, je ne m'en apercevais vraiment pas. Je fis la seule chose que je pouvais faire : j'attendis. Pendant tout le temps où j'attendis, trois voitures seulement traversèrent Sospel. L'une dans la direction de la frontière italienne à Tende, les deux autres venant de cette direction. Aucune voiture sur les petites routes.

Le téléphone sonna à minuit moins dix, très fort dans le silence de la nuit.

Je décrochai et dis :

— Allô, oui.

La voix que j'avais déjà entendue demanda :

— Qui vous envoie ?

— Karl Malo, répondis-je.

— Bien. Vous allez prendre la nationale 204 en direction d'Escarène, jusqu'à Saint-Laurent-du-Touët. Il y a une cabine sur la place, en face de l'église. Attendez, là, jusqu'à ce que je vous rappelle. Ne donnez aucun coup de téléphone. Si vous le faites, nous le saurons.

Il raccrocha.

La route et l'heure choisies dénotaient une grande familiarité avec l'arrière-pays. A minuit, aucune autre voiture n'emprunterait cette route de montagne en épingles à cheveux et les vingt-cinq kilomètres que j'avais à faire ne pouvaient être parcourus en moins de quarante minutes. En tout cas pas la nuit.

Je n'ai jamais visité le ventre d'une baleine, mais ça ne peut être plus sombre que le paysage que je traversai. Je ne vis aucune lumière en dehors de celle de mes phares qu'apercevraient forcément les ravisseurs avant que j'arrive à leur niveau, s'ils surveillaient effectivement la route. A chaque virage, il y avait, d'un côté, un escarpement protubérant qui vous incitait à vous approcher de l'autre côté où vous attendait un précipice. Pas de parapet.

Ce n'était pas une balade rassurante, malgré mes phares. Leurs faisceaux puissants creusaient l'obscurité devant moi, mais celle-ci se reconstituait au fur et à mesure, comme un organe vivant doué de volonté et bien décidé à refouler les intrus. La lutte entre mes phares et la nuit ne connaissait pas de répit. Des rochers en saillie et des arbres courtauds projetaient des ombres qui faisaient croire à des virages qui n'existaient pas ou qui masquaient ceux qui existaient.

J'avançais lentement. Très lentement.

Deux lumières électriques apparurent enfin devant moi quand la route arriva près de Saint-Laurent-du-Touët. Elles ne provenaient pas des maisons car tout le village dormait. L'une d'elles éclairait la cabine téléphonique sur la petite place, en face de l'église. Je m'arrêtai, descendis et me remis à attendre.

Silence absolu. Personne. Si les ravisseurs me surveillaient, c'était forcément d'assez loin, avec des jumelles à infrarouge. J'en doutais. Je doutais aussi qu'ils eussent un moyen de savoir si je donnais un coup de fil de la cabine, mais je pouvais me tromper. On ne me payait pas pour que je prenne des risques mettant la vie de quelqu'un d'autre en danger.

Cette fois, l'attente dura moins d'un quart d'heure. Quand le téléphone sonna, je décrochai et entendis la même voix me poser la même question :

— Qui vous envoie ?

— Karl Malo.

— Faites demi-tour et reprenez la nationale 204 en sens inverse. Lentement.

Professionnels ou amateurs, ils avaient étudié le problème du paiement de la rançon avec intelligence. A ce stade de l'opération, ils avaient acquis la certitude qu'aucune voiture ne me suivait ou ne me précédait.

— Une torche électrique vous enverra un signal, poursuivit l'inconnu. Un appel long et deux courts. Quand vous le verrez, arrêtez-vous et jetez l'argent par la vitre sans ouvrir la portière. Puis repartez et ne vous arrêtez plus avant d'être revenu à la gare de Sospel. Attendez, là, pendant une heure au cours de laquelle vous n'utiliserez *pas* le téléphone. Si vous ne suivez pas ces instructions à la lettre, Mme Malo mourra.

A nouveau je n'eus pas le temps d'ouvrir la bouche qu'il avait raccroché. C'était aussi bien comme ça. Je n'avais rien à dire.

Le signal me fut donné alors que je n'étais plus qu'à quelques kilomètres de Sospel. Un appel long, deux courts. Il me fut envoyé d'une colline qui surplombait la route. Je m'arrêtai doucement, juste en dessous de l'endroit où la lumière de la torche avait brillé.

Tout en faisant passer le premier sac par la vitre, je lançai un coup d'œil vers la colline. Il n'y avait rien à voir à part des ombres plus ou moins noires. Je pris le deuxième sac et le laissai tomber sur le bord de la route. Pas un mouvement sur la colline. De toute façon, je n'aurais rien osé faire, même si un des ravisseurs s'était planté, bien en vue et les mains vides, à côté de la voiture.

Je fis quand même une chose avant de m'éloigner de l'endroit où j'avais laissé la rançon : je regardai le compteur kilométrique du tableau de bord.

Je le regardai à nouveau en atteignant la gare de Sospel. J'avais parcouru un peu plus de douze kilomètres après m'être arrêté pour jeter les sacs.

C'était un petit détail qui pourrait peut-être me servir, mais j'en doutais. Jusqu'ici, ils n'avaient pas commis la moindre erreur. Il faudrait quand même que je vérifie. Plus tard.

Je consultai ma montre et descendis de voiture. Il me fallait attendre une heure. Je m'éloignai de la gare. Maintenant, le dernier bistrot était fermé. Je marchai jusqu'à la route que je venais d'emprunter.

C'est là que j'attendis, enveloppé dans l'ombre du mur auquel je m'adossais.

Cependant l'heure s'écoula sans qu'aucune voiture

émerge de la route que je surveillais. Les ravisseurs ne commettaient toujours pas d'erreur.

Je repartis vers la gare. Aucun être vivant ne bougeait à part les mulots qui étaient venus en ville pour explorer les poubelles sans couvercle.

Je glissai un jeton dans le taxiphone de la cabine à l'extérieur de la gare plongée dans l'ombre. Je composai le numéro du Loews à Monte Carlo et demandai la suite de Karl Malo.

Henri Bonnet répondit. Je lui demandai s'ils avaient des nouvelles des ravisseurs.

— Ils ont appelé il n'y a pas cinq minutes. La même voix d'homme que les deux autres fois. Il a dit que nous trouverions Mme Malo à l'intérieur d'un bâtiment dans une carrière abandonnée. Sur la nationale 566, entre Sospel et le col de Castillon. Malo est déjà en route avec Arlette. C'est elle qui conduit ; il paraît qu'elle connaît cette carrière.

Je la connaissais aussi et j'en étais beaucoup plus proche. Je remontai en voiture et m'y rendis.

Je n'avais pas encore accompli grand-chose pour mériter les honoraires dont nous étions convenu. Malo aurait tout aussi bien pu engager un des grooms de son hôtel et ça lui aurait coûté infiniment moins cher. Cela ne m'empêcherait pas de lui envoyer ma note. Son règlement ne le mettrait pas sur la paille et me rendrait bien service.

Je me sentirais quand même mieux si c'était moi, personnellement, qui délivrais Jacqueline Malo.

Les gens qui avaient appelé Karl Malo avaient raccroché avant que ce dernier puisse leur demander si elle était indemne.

5

La carrière avait été abandonnée deux ans plus tôt, après une des rares batailles gagnées par des écologistes de la région. Leur victoire avait évité la destruction totale d'une grande forêt de chênes verts et de pins d'Alep, mais rien ne pouvait réparer les dommages déjà faits et qui étaient visibles, de jour, à plus d'un kilomètre. La nuit noyait charitablement la cicatrice dans l'ombre.

C'est au fond de cette cicatrice que se trouvait le bâtiment : un hangar assez bas, aux murs de parpaing, au toit de tôle ondulée. L'unique fenêtre était barricadée. Je dirigeai la lumière de ma torche sur la porte.

Elle avait été fermée par un gros cadenas qui pendait, intact, dans l'œilleton de la gâche qui avait été arrachée.

Les charnières rouillées grincèrent quand je poussai la porte de ma main libre. J'entrai. Du sable et des débris de ciment crissèrent sous mes pieds.

— Qui est là ? demanda une voix de femme, pâle et tremblante.

Je promenai le faisceau de ma lampe à l'intérieur du hangar vide. Jacqueline Malo était assise dans un coin à l'autre bout du hangar, sur le sol en terre battue. Son poignet gauche était prisonnier d'une menotte attachée à un gros anneau solidement ancré dans le bas du mur. Ses yeux étaient couverts par un épais tampon de gaze fixé par des bouts de sparadrap.

— Tout va bien, maintenant, madame Malo, lui dis-je en allant vers elle. C'est votre mari qui m'envoie.

— Dieu merci...

Sa voix était encore tremblante, mais je n'y décelai aucune trace d'hystérie. De sa main libre, elle arracha le tampon qui lui couvrait les yeux. D'un seul coup, tressaillant quand le sparadrap se décolla de sa peau.

J'avais déjà détourné la lumière de ma torche, mais le peu de clarté qui heurta ses yeux la fit à nouveau tressaillir. Elle baissa les paupières et tourna son visage vers le mur.

Je me l'étais imaginée plus grande qu'elle ne l'était. Elle portait des sandales rouges, un pantalon blanc et une blouse paysanne en tissu provençal. Un sac à bandoulière, dans le même tissu, était posé par terre, à côté d'elle. Son épaisse chevelure auburn, emmêlée et poussiéreuse, tombait sur ses épaules. La salissure qui balafrait un côté de son visage descendait au-dessous de sa petite bouche tendre. Ses vêtements étaient froissés et tachés. A part ça, elle semblait indemne.

D'un geste brusque et irrité, Jacqueline Malo jeta loin d'elle le tampon de gaze.

— Ils m'ont interdit d'enlever ça. Ils ont menacé de me tuer si je voyais leur visage. Alors je n'ai pas osé m'en débarrasser, même après leur départ. Au cas où ils reviendraient.

Sa silhouette était plus dodue que celle de la femme idéale des magazines féminins. Elle devait être agréable à serrer contre soi. Et troublante. Mettant un frein à ma libido, je m'accroupis à côté de Mme Malo, posai la torche par terre et sortis un flacon plat de la poche de ma veste. Elle tourna la tête vers moi et me regarda en plissant les yeux car elle n'était pas encore habituée à la lumière.

Elle semblait moralement et physiquement épuisée, mais cela n'enlevait pas grand-chose à ce que j'avais vu sur sa photographie.

— J'ai les yeux bandés depuis ce matin, dit-elle d'une voix un peu éraillée. Ça remonte à quand ?

— A hier matin. Il est plus de deux heures. Du lendemain matin. (J'ouvris le flacon et le lui tendis.) Cognac ?

— Ça me fera du bien. (Elle but une grande gorgée, puis appuya sa tête contre le mur en attendant que l'alcool fasse son effet. Elle ouvrait maintenant normalement les yeux et me regardait.) Comment va Karl ?

— Pas trop mal, étant donné les circonstances. Naturellement, il a reçu un choc. Mais il tient le coup. Il sera bientôt là.

— Ah, bon. (Elle eut un pâle sourire.) Vous n'auriez pas aussi quelque chose à manger ? Ils m'ont donné deux sandwiches, mais...

— J'en ai apporté d'autres. Dehors, dans la voiture.

J'examinai la serrure du cadenas.

— Il y a une clé, fit Jacqueline Malo. Elle m'a dit qu'elle la mettrait par terre, quelque part, avant de s'en aller.

Je ramassai la torche et entrepris de chercher la clé.

— Alors, il y avait une femme.

— Oui. Et deux hommes.

— Mais vous ne les avez pas vus.

— J'en ai vu un quand ils se sont emparés de moi. Mais pas son visage. Il portait un masque. Et après, je n'ai pas essayé de regarder en cachette. Je suis lâche.

— Non. Vous avez fait preuve de bon sens.

Je trouvai la clé dans un autre coin du hangar. Quand je la rapportai, Jacqueline Malo était en train de boire une autre gorgée de cognac, plus petite que la première. Je la libérai de ses menottes et elle me rendit le flacon. Je le rebouchai tandis qu'elle se frictionnait le poignet.

— Vous connaissez mon nom, dit-elle, mais j'ignore le vôtre.

— Pierre-Ange Sawyer.

Elle fronça les sourcils.

— Sawyer ? Ce n'est pas un nom français.

— Mon père était américain. Hors de France, mon prénom est Peter. Un prénom sans problème pour un écolier de Chicago où celui de Pierre-Ange m'aurait valu une bagarre par jour.

— Eh bien, monsieur Sawyer, je vous remercie du fond du cœur. Maintenant, si vous pouviez m'aider à me lever... Il y a si longtemps que je suis assise...

Je remis le flacon dans ma poche et l'aidai à se mettre debout, ce qu'elle fit avec raideur avant de s'appuyer un instant contre moi. Ce n'est pas moi qui rompis le contact de nos corps. Jacqueline Malo recula et me regarda d'un air pensif. A nouveau, elle sourit. Un sourire plus fort où je retrouvai la chaleur et la générosité du sourire de la photographie.

— Si vous voulez bien me conduire à cette nourriture dont vous m'avez parlé, cher monsieur... J'ai *vraiment* faim.

Je ramassai son sac, puis la fis sortir du hangar. Dehors, elle se pendit à mon bras pour traverser un bout de terrain rocailleux. Son geste n'avait rien d'intime, mais elle n'utilisait pas mon bras comme si c'était une vulgaire rampe d'escalier.

Elle fut surprise de reconnaître la voiture que j'avais garée sur le bord de la route.

— Mais c'est celle que j'ai louée ce matin... enfin, hier matin.

— L'homme qui a téléphoné à votre mari a insisté pour que celui qui apporterait la rançon la prenne. Difficile d'y cacher une escouade de flics. (J'ouvris la portière.) Mais les sièges sont confortables. Beaucoup plus que le sol du hangar.

Elle secoua la tête.

— Non. J'ai besoin de rester debout un moment.

Elle se tourna vers le côté de l'Alfa et appuya ses coudes

sur le toit. Elle agita une jambe puis l'autre en arrière pour rétablir la circulation.

Je sortis les sandwiches du sac en plastique que j'avais calé derrière les sièges et je les posai sur le toit de la petite voiture. Il y en avait un au pâté de campagne, un au jambon. J'ouvris une bouteille d'Evian et demandai :

— A moins que vous préfériez vous en tenir au cognac ?

— Non. Je suis tout de suite pompette.

Elle avala deux grandes gorgées d'eau, puis elle s'attaqua aux sandwiches.

Entre deux bouchées, elle me raconta ce qui lui était arrivé. Depuis le début, le matin du jour avant.

6

— Ça s'est passé juste après que je me sois garée au cinquième sous-sol du parking Grimaldi, à Nice, me dit Jacqueline Malo. J'ai été obligée de descendre jusque-là parce qu'au-dessus, tout était plein. Je n'ai pas eu le temps d'arriver jusqu'à l'ascenseur. Cet homme est apparu soudain devant moi. Je ne sais pas d'où il sortait. Il était peut-être caché dans une voiture ou entre deux voitures. L'éclairage est très faible, dans les sous-sols.

— J'ai remarqué, oui.

— Il portait un jean et un tee-shirt sale. On ne voyait pas son visage parce qu'il portait une cagoule. Il était grand. Presque aussi grand que vous. Et presque aussi costaud. Pendant qu'il me barrait la route, un autre homme m'a attrapée par-derrière et m'a lié les bras contre le corps.

— Masqué, lui aussi ?

— Je ne sais pas. Je ne l'ai pas vu. Ni à ce moment-là, ni après.

— Mais vous êtes sûre que c'était un homme ?

— J'ai vu ses mains et ses avant-bras. Epais, musclés, poilus... certainement ceux d'un homme. (Jacqueline Malo s'interrompit pour mordre et mastiquer une autre bonne bouchée de sandwich au pâté. Puis elle poursuivit :) Je n'ai pas eu le temps de hurler que le premier homme — celui qui était devant moi — m'empoignait par les cheveux et me collait un linge humide sur le nez et la bouche. Le linge était imbibé de chloroforme. C'est une odeur que je connais. (Elle bougea les épaules, comme si elle était agitée par un frisson. Mais sa voix resta calme.) Ça n'a pas pris longtemps. Je me suis évanouie. Quand je suis revenue à moi, j'étais là-dedans (d'un signe de tête, elle indiqua le hangar caché parmi les ombres de la carrière), par terre, attachée au mur par des menottes, les yeux bandés.

— Vous pourriez reconnaître leurs voix, si vous les entendiez ? lui demandai-je.

— Peut-être... ce n'est pas sûr... Je suis presque certaine qu'ils ne parlaient pas de leur voix normale quand ils étaient près de moi. De toute façon, ils ne parlaient pas beaucoup. Seulement pour me donner des ordres. « N'enlevez pas le bandeau », ou « Tenez, mangez ça. » Des choses de ce genre. Quand ils avaient à parler entre eux, ils sortaient et je ne pouvais pas les entendre. Un des hommes avait un accent italien.

— Et l'autre homme ? Et la femme ?

— Pas d'accent. Ils étaient français.

— Des gens bien élevés ?

Jacqueline eut un petit rire et secoua la tête.

— Non. Quand ils parlaient, ils étaient très grossiers. Ils n'étaient pas comme l'Italien. Un homme plutôt cultivé, celui-là. Mais, comme je vous l'ai dit, aucun des trois n'a beaucoup parlé en ma présence. Il y avait de longs moments sans rien d'autre que du silence. Je me suis même endormie de temps en temps.

— Et à un moment ils vous ont emmenée jusqu'à un téléphone.

— Oui. Celui qui avait un accent m'a dit qu'ils allaient me laisser parler à Karl. Ils m'ont conduite à une voiture. Une grosse voiture. Deux d'entre eux se sont assis avec moi à l'arrière. L'autre conduisait. Quand on s'est arrêté, ils m'ont fait sortir de la voiture et...

— A quelle distance du hangar ? demandai-je.

— Je ne sais pas. J'avais perdu toute notion de temps. Mais ce n'était pas loin.

— Vous avez roulé dix minutes ? Une demi-heure ?

— J'ai l'impression que ce n'était pas plus de dix minutes. Peut-être même un peu moins. Ils m'ont poussée dans une cabine téléphonique et m'ont laissée dire quelques mots à Karl. Ils m'ont interrompue en me tirant hors de la cabine où celui qui avait un accent italien est entré. Ils m'ont entraînée plus loin pour que je n'entende pas ce qu'il disait à Karl.

— Et ils vous ont ramenée ici.

Jacqueline Malo hocha la tête.

— Ils m'ont remis les menottes pour m'attacher au mur, dit-elle. Je crois que les deux hommes sont partis tout de suite après. A partir de ce moment-là, la seule personne qui m'ait parlé était la femme. Au bout d'un moment, elle est partie aussi. Après m'avoir avertie qu'ils reviendraient peut-être me chercher. Ensuite, je n'ai pu qu'attendre. Et j'ai eu de plus en plus peur qu'ils reviennent vraiment me chercher, peut-être pour me tuer, jusqu'à ce que vous arriviez.

Elle tendit la main vers la bouteille d'Evian, puis se ravisa.

— Je crois qu'un peu de cognac ne me ferait pas de mal, dit-elle ; si vous voulez bien.

Je lui tendis la petite bouteille qu'elle me rendit après avoir avalé une brève gorgée. Elle n'avait pas cessé de me regarder.

— Je ne sais rien de vous, dit-elle doucement, mais je ne vous oublierai jamais.

Je savais que je ne l'oublierais pas non plus mais je m'abstins de le lui dire.

Avant de la voir, j'entendis arriver la voiture. C'était la première qui passait sur cette route, dans un sens ou dans l'autre, depuis que j'étais là. Je l'aperçus enfin qui sortait d'un virage au sud de la carrière. Elle venait du sud. C'était une Porsche blanche, étincelante. La voiture d'Arlette Alfani. Le moteur puissant grondait et les pneus hurlaient dans les virages en épingles à cheveux de la petite route de montagne, quand Arlette les prenait avec sa désinvolture habituelle. Arlette avait été élevée par un père gangster qui participait à des fusillades et des attaques à la bombe contre ses rivaux. Cette enfance l'avait rendue aussi désinvolte vis-à-vis des dangers de la vie qu'elle ne l'était à l'égard de son propre sex-appeal ravageur. Cette désinvolture était due à une très longue familiarité avec les uns comme avec l'autre.

La Porsche dérapa un peu en s'arrêtant devant l'Alfa Romeo. Karl Malo en descendit d'un bond avant qu'Arlette ait coupé le moteur. Une seconde après, sa femme et lui étaient dans les bras l'un de l'autre. Je passai derrière l'Alfa et regardai les étoiles.

Arlette vint me rejoindre.

— Tu as remarqué quelque chose qui pourrait mettre les flics sur la piste des ravisseurs ?

— Pour le moment, rien. J'ai l'impression qu'ils s'en sont tirés. Ils avaient bien monté leur coup, point par point. Au moins un d'entre eux était forcément un professionnel. Ils n'auront pas laissé le moindre indice.

Arlette alluma une Gauloise. La brise nocturne m'apporta l'odeur âcre de la fumée.

— Malo aura au moins récupéré sa femme. Et on ne dirait pas qu'elle ait trop souffert.

— Non, lui dis-je, elle va très bien.

Arlette me lança un regard interrogateur.

— Il n'y a quelque chose qui te tracasse, Pierre-Ange ?

— Non. La police va arriver ?

— On ne l'a pas encore prévenue. Malo voulait d'abord s'assurer que sa femme lui serait rendue. En raccompagnant les Malo, je m'arrêterai à Castillon pour appeler

Henri. Je lui dirai qu'il peut maintenant prévenir les flics. (Arlette laissa tomber sa cigarette par terre et l'éteignit en l'écrasant avec son pied.) Tu vas poireauter ici en attendant qu'ils arrivent ?

J'acquiesçai d'un signe de tête.

— Et puis il y a un truc que je voudrais vérifier.

Ce n'était pas la cabine téléphonique de Castillon, bien qu'elle fut assez proche pour avoir été utilisée par les ravisseurs pour au moins un de leurs appels. Ils avaient pu aussi utiliser celle de Sospel. Mais ni l'une ni l'autre ne pourrait me révéler quoi que ce soit d'important. Même si les ravisseurs y avaient laissé leurs empreintes. Ils étaient bien trop loin d'être les seuls.

Nous entendîmes un bruit qui nous fit regarder du côté des Malo. Je n'en décelai pas tout de suite l'origine parce qu'elle était vraiment inattendue. Karl Malo *pleurait*. Sa femme lui caressait la tête et le consolait en lui murmurant quelque chose à l'oreille.

— Cet homme, dit doucement Arlette, a des profondeurs cachées.

— On dirait bien.

— Des profondeurs qu'il ne soupçonnait probablement pas lui-même, ajouta Arlette. Jusqu'au moment où Jacqueline les lui a révélées. Ce doit être une sacrée bonne femme.

— Oui.

Arlette me lança un autre regard interrogateur. Puis elle sourit et me balança un coup de hanche.

— Réveille-toi, Pierre-Ange. Cette dame est mariée. Et même très mariée, semble-t-il.

— J'avais remarqué, répondis-je.

Quand Arlette fut partie avec Karl et Jacqueline Malo, je remontai dans la petite Alfa, retournai à Sospel et repris la N 204. Quand je fus à exactement douze kilomètres trois cents de Sospel, je m'arrêtai et descendis de voiture.

M'éclairant avec la torche, je grimpai la colline qui surplombait la route et cherchai l'endroit d'où celui qui avait ramassé la rançon m'avait envoyé le signal. Je connaissais assez bien la région pour n'être pas surpris par ce que je trouvai.

C'était l'entrée étroite d'un bunker ; elle était bloquée par des barres métalliques et presque cachée par un fouillis de ronces et de buissons.

La chaîne qui fermait la porte avait été sectionnée à l'aide d'un coupe-boulons. La porte était ouverte. J'entrai et baladai le faisceau de ma torche. Ce bunker ne comportait que quelques pièces en enfilade, complètement vides à l'exception des bouts de ciment tombés des murs et du plafond. Les ravisseurs ne m'avaient même pas laissé une pochette d'allumettes oubliée, portant le nom de leur bar favori.

La porte de la dernière pièce, barrée, elle aussi, donnait sur l'autre côté de la colline. La chaîne de porte avait également été sectionnée. Je sortis de ce côté-là et trouvai un chemin de terre, envahi par les herbes, qui rejoignait la N 204, d'un côté vers Sospel, de l'autre vers Saint-Laurent-du-Touët.

Les herbes qui poussaient dans le chemin de terre avaient été écrasées par le passage récent d'une voiture. J'étais incapable de dire de quelle direction elle venait ou dans quelle direction elle était partie. Je savais qu'aucune voiture n'était entrée dans Sospel par la N 204 pendant l'heure où j'avais attendu après avoir laissé les sacs d'argent sur le bas-côté. Celui qui les avait ramassés avait donc traversé le bunker, était monté dans la voiture qui l'attendait sur le chemin de terre et avait pris la direction de Saint-Laurent-du-Touët. Et à quelques kilomètres au-delà de ce village se trouvait la ville d'Escarène.

Là, les ravisseurs avaient le choix entre plusieurs grandes routes pour prendre le large avec les sept millions de Malo. Ils pouvaient aller vers le nord, vers l'ouest ou vers le sud. En ce moment même, ils pouvaient déjà se trouver en Italie ou n'importe où sur la Côte d'Azur. Ou avoir parcouru pas mal de chemin vers Paris, la côte atlantique ou la Suisse.

Quelle que fût leur destination, ils allaient sans doute l'atteindre sans problème. Du début à la fin, leur opération avait marché comme sur des roulettes.

Organisée par une personne pleine d'expérience.

Exécutée sans bavure.

Je me demandai si l'homme qui avait passé les trois coups de téléphone à Karl Malo — celui qui avait un accent italien, vrai ou faux — était le cerveau de l'opération.

Je me demandai si des personnes autres que les trois dont m'avait parlé Jacqueline Malo avaient participé à cet enlèvement.

Je me posai des questions à propos de plusieurs autres choses qui, selon moi, ne collaient pas avec la façon dont le coup avait été préparé et minuté. Quelque chose ne me paraissait toujours pas normal. Je retournai à la voiture sans avoir élaboré autre chose que des conjectures qui se contredisaient les unes les autres.

Avant de repartir, j'ôtai le revolver et son étui et les mis dans le sac en plastique qui avait contenu les sandwiches. Je collai le tout sous le siège, bien décidé à l'en retirer subrepticement avant que la police examine la voiture. Puis je retournai à la carrière.

Quatre gendarmes venus de Sospel étaient là quand j'y arrivai. Ils étaient en train d'examiner le hangar et la carrière à la faible lumière d'avant l'aube. Cependant, ils ne touchaient à rien. Seuls avaient le droit de toucher les spécialistes de différents services de police, qui commencèrent à arriver, en provenance de Nice et de Menton, deux heures plus tard. D'autres arrivèrent de Paris un peu avant midi. Le nom de Karl Malo faisait bouger beaucoup de monde.

Je répétai tout ce que je savais aux spécialistes, à mesure qu'ils arrivaient. Tous convinrent avec moi que ce n'était pas grand-chose.

Aucun des services de police ne découvrit quoi que ce soit. Ni au cours des prochains jours, ni au cours des prochains mois.

Les examens détaillés du parking où les ravisseurs avaient enlevé Jacqueline Malo, du hangar où ils l'avaient séquestrée, du bunker où ils avaient attendu avant de ramasser la rançon, ne révélèrent pas le moindre indice. On ne s'était pas vraiment attendu à découvrir un indice quelconque, mais on avait quand même cherché, pour le principe. Les policiers français ne sont pas Sherlock Holmes.

Ils menèrent l'enquête à leur façon habituelle. En interrogeant les gens du milieu. En usant de la contrainte, de la cajolerie ou des pots-de-vin avec les indicateurs. En essayant de capter des rumeurs, en s'efforçant de découvrir des criminels qui auraient soudain plus d'argent que d'habitude à jeter par les fenêtres. Alertés par Interpol, les policiers des pays voisins enquêtèrent de la même façon. Chacun fit vraiment de son mieux.

A mesure que le temps passait, les efforts devinrent de plus en plus mécaniques, de moins en moins convaincus.

L'enlèvement avait été organisé par un professionnel ; là-dessus, tout le monde était d'accord. Seulement, personne ne savait qui il était ou qui étaient ses complices. Là-dessus aussi, tout le monde était d'accord.

De temps en temps, je m'informais du déroulement de l'enquête. La plupart des renseignements que j'obtenais me venaient de deux de mes meilleurs contacts dans la police. L'un d'eux était mon ami l'inspecteur Laurent Soumagnac de la Police judiciaire de Nice. L'autre était à

Paris ; c'était le commissaire Jean-Claude Gojon de la Brigade de Recherches et d'Intervention. A un moment, je passai deux semaines dans la capitale pour aider mon associé parisien, Fritz Donhoff à travailler sur une affaire où il fallait tellement courir à droite et à gauche pour obtenir des renseignements qu'il ne pouvait y arriver seul, à l'âge de soixante-quatorze ans. Quand cette affaire tourna court, j'invitai Gojon à déjeuner au Balzar et je le cuisinai.

Gojon était mieux renseigné que Laurent à Nice, mais il n'avait rien de plus à m'apprendre.

Les flics continuaient à écouter et vérifier toutes les rumeurs mais en vain. Les indicateurs continuaient à fureter dans le milieu mais revenaient bredouilles. Les malfaiteurs brusquement enrichis étaient arrêtés et interrogés, mais on s'apercevait qu'ils n'avaient, ni eux ni leur fortune, aucun rapport avec l'enlèvement de Jacqueline Malo.

Aucun murmure ne fournit la moindre indication, le moindre indice qui pût mettre la police sur la piste du gang qui avait fait le coup.

Rien.

Ce qui ne m'aidait pas à me débarrasser du sentiment que j'avais éprouvé en effectuant la mission que m'avait confiée Karl Malo. Le sentiment que quelque chose ne collait pas dans le déroulement des événements entre le moment où sa femme avait été enlevée et le moment où je l'avais retrouvée après avoir déposé la rançon.

Mais cela ne me regardait plus. J'avais fait ce que j'avais pu pour les Malo pendant que je travaillais pour eux. Maintenant, je ne travaillais plus pour eux, personne ne me payait pour creuser plus à fond cette affaire, en la considérant, éventuellement, sous un angle entièrement différent. Alors, je laissai tomber. Comme la plupart des gens que je connais, je travaille pour vivre. J'acceptai donc d'autres boulots. Que j'étais payé pour faire.

Il m'arrivait encore de penser quelquefois à Malo. Plus souvent à sa femme. Je pensais ne jamais les revoir.

Pourtant, deux mois plus tard, je les revis.

C'était la faute de ma mère.

7

— Mon Dieu, dit Babette quand elle leva les yeux et me vit, pendant un instant, j'ai cru... Tu ressembles *tellement* à ton père ! En beaucoup plus vieux, évidemment.

Normalement, ma mère n'était pas particulièrement sentimentale quand elle me voyait — sauf après une absence de plusieurs mois. Alors, elle se rappelait soudain que j'étais le portrait craché du sergent James Sawyer. La ressemblance était encore plus frappante lorsque j'avais vingt ans car depuis, les années avaient creusé, dans mon visage, des rides que mon père n'aurait jamais. Mon père n'était plus que poussière.

C'est à l'âge de vingt ans qu'il avait sauté d'un bombardier américain en flammes sur le midi de la France où il avait été ramassé par un groupe de maquisards dont Babette faisait partie. Il avait encore vingt ans quand il l'avait épousée, puis quand il avait été tué, au cours de la dernière semaine de la Deuxième Guerre mondiale. J'étais né quatre mois plus tard, une semaine après le dix-huitième anniversaire de Babette.

Je connaissais mon père d'après de vieilles photographies et d'après les souvenirs romanesques qu'avait Babette des quelques mois qu'ils avaient vécu ensemble. Je le connaissais aussi pour en avoir souvent entendu parler, à Chicago, par ses parents qui avaient hérité de la charge de presque toute mon éducation après que j'eus atteint l'âge de cinq ans. A partir de ce moment-là, Babette avait été trop occupée à Paris, d'abord par ses études à la Sorbonne, puis en tant que professeur spécialisé dans l'histoire et la psychologie de l'art, pour ne passer plus que six semaines avec moi, chaque été, dans notre maison qui donnait sur la Méditerranée.

Je me penchai pour l'embrasser, puis je m'assis à côté d'elle sur le socle de pierre usée par le temps, entre deux piliers médiévaux richement sculptés.

— Tu es splendide, Babette. Mais tu l'es toujours.

Je ne mentais pas. Sa silhouette sculpturale avait gardé presque toute sa vigueur athlétique et son visage aux lignes nettes était de ceux qui vieillissent bien.

— J'aime que les hommes me fassent des compliments, dit-elle en me serrant dans ses bras et en me plantant un baiser sur la joue. Comment as-tu fait pour me trouver ici ? (Sa propre question la fit rire.) Non, ne te donne pas la peine de me répondre. Après tout, c'est ton métier. Trouver les gens.

Cela m'avait effectivement demandé quelques efforts professionnels. Comme personne, à son appartement, ne répondait à mes nombreux appels, j'avais fini par téléphoner au bureau de Serge, l'homme qu'elle avait épousé quand ils étaient tous deux étudiants à la Sorbonne. J'avais appris que Serge était en Amérique du Sud où il réglait les problèmes de la compagnie qu'il dirigeait. Personne à son bureau ne savait où se trouvait Babette, en dehors du fait qu'elle n'était pas avec Serge. J'avais donc appelé Fritz Donhoff. Il avait passé une demi-heure à donner des coups de téléphone, puis il m'avait rappelé pour me communiquer le renseignement que je voulais. Babette se trouvait à Arles où elle travaillait sur un article concernant un certain aspect du symbolisme roman.

Je l'avais trouvée dans le cloître de l'église Saint-Trophime, assise, un calepin sur les genoux, occupée à faire des croquis et à prendre des notes.

— Tu as fait des efforts pour me retrouver, dit Babette, parce qu'il y avait trop longtemps que tu ne m'avais pas vue et que je te manquais.

— C'est aussi pour ça.

— Et parce que tu veux quelque chose.

— C'est à ce que je ne veux *pas* que tu dois la joie de me revoir, répondis-je. Je ne veux pas que tu vendes notre maison à Rasul Khdanni. Son agent immobilier est encore passé hier. Il prétend que tu as finalement décidé de vendre.

— Je n'ai pas *décidé.* Je ne ferais jamais une chose pareille sans avoir commencé par t'en parler. Je suis en train d'y *réfléchir.* M. Khdanni m'a fait une nouvelle offre, la semaine dernière. Trois fois le prix que je pourrais obtenir de la propriété.

— Je te paierais beaucoup plus que ça, si j'avais l'argent.

— Mais tu ne l'as pas, dit Babette. M. Khdanni l'a. Ce qu'il essaie de faire n'est pas nouveau. La Côte d'Azur a changé de mains plus d'une fois. Elle appartient à quiconque a suffisamment d'argent pour l'acheter. La noblesse russe avant la révolution d'Octobre. Les Anglais quand ils avaient encore un empire. Puis tous les milliardaires américains qui avaient lu *Tendre est la nuit* de Scott Fitzgerald. Maintenant, c'est les Arabes.

— A peine une poignée. La plupart n'ont jamais reniflé, même de loin, tous ces petro-dollars. Khdanni a déjà acheté sept propriétés en bord de mer. Pendant ce temps, des douzaines d'immigrés nord-africains de notre région peuvent tout juste se payer la location d'une seule et unique pièce. Un comité du Cap d'Ail a demandé à Khdanni de contribuer un peu au financement de la construction d'appartements destinés aux travailleurs arabes. Il a refusé : ça ne l'intéressait pas.

— L'indignation ne te vas pas, Pierre-Ange.

— Je sais. Elle ressort de temps en temps, quand je ne fais pas attention. Quant à Khdanni...

— Il est libre de dépenser son argent comme il l'entend, dit Babette.

— Il le dépense comme il le gagne : de façon déplaisante. En essayant, par exemple, de me prendre ma maison.

— Ma maison, me rappela fermement Babette. Tant que je suis en vie, elle est à moi. C'est la loi. Elle ne t'appartient pas tant que je suis vivante.

— Reste-le, je t'en supplie. Je veux que tu vives pour toujours. Mais pendant ce temps, ne vends pas la maison.

— Tu sais combien de temps j'ai passé dans cette maison, au cours des vingt dernières années ? Pas plus d'une ou deux semaines par an. Je n'ai pas le temps d'y passer plus que ça.

— Mais ton fils *vit* dans cette maison.

— Mon fils devrait apprendre à mettre dans sa vie un peu de sens pratique. Tu sais bien que je partagerais avec toi le prix payé par M. Khdanni. Ça me donnerait un agréable sentiment de sécurité bien placée : dans mon compte en banque. Et ça te donnerait assez d'argent pour t'acheter autre chose, dans la région.

Je maîtrisai fermement ma colère. Dans les discussions avec ma mère, la colère n'est pas un bon argument. Quand elle se sent attaquée, ma mère se hérisse.

— Je ne veux pas habiter ailleurs, lui dis-je d'un ton raisonnable. C'est *là* que je me sens chez moi. Cette maison, je l'aime. C'est une des principales raisons pour lesquelles je vis en France et non pas aux Etats-Unis.

L'endroit où je me sentais chez moi, en Amérique, n'existait plus. La maison de Chicago dans laquelle j'avais grandi avait été démolie trois ans après la mort de ma grand-mère.

Je décidai d'y mettre le paquet. L'enjeu était trop important. Ma voix vibrait d'émotion quand je dis :

— Si je suis tellement attaché à cette maison, c'est de ta faute. C'est toi qui m'y as emmené tous les étés. C'est là que tu m'as appris à nager. C'est là que tu m'as raconté tous les souvenirs de ta propre enfance. C'est toi qui m'as fait considérer cette maison comme un coin de paradis bien à moi.

Babette soupira :

— Tu es un sentimental, Pierre-Ange. Comme ton père.

Ses yeux revêtirent l'expression rêveuse qu'ils avaient toujours quand elle pensait à lui.

Là, je la tenais presque.

— C'est peut-être pour ça que tu es tombée amoureuse de lui, Babette. Il te fallait quelqu'un dont l'émotivité pouvait contrebalancer ta logique. Ce doit être épuisant d'avoir toujours les pieds sur terre.

Elle haussa les épaules.

— Non. N'oublie pas que je suis française. Nous avons dû attendre avant d'avoir des choses telles que le droit de vote ou notre propre compte en banque. Il nous a fallu avoir les pieds sur terre, surtout avec les hommes, pour obtenir ce que nous voulions.

Elle se tut. Je ne dis rien car elle avait à nouveau son air rêveur. Au bout d'un instant, elle reprit doucement :

— Mais avec ton père, je n'ai jamais eu besoin de calculer. C'était... un jeune homme si gentil, sous ses dehors de grande brute américaine. (Elle me sourit.) Et tu es vraiment beaucoup comme lui.

Je la tenais.

— Ne me fais pas le coup de vendre la maison, Babette. Ça briserait mon cœur sensible d'Américain sentimental.

— Ton cœur n'est qu'à moitié américain, dit Babette en soupirant à nouveau. Et tu peux arrêter de te servir de ton côté cynique, bien français, pour jouer sur la vulnérabilité d'une dame âgée. Je ne vendrai pas la maison.

— Merci, Babette.

— Mais j'espère bien que tu me revaudras ça de différentes façons, au cours des années à venir.

— Demande-moi tout ce que tu voudras.

— Tu peux commencer par m'inviter à dîner ce soir. Tu sais combien j'ai horreur de dîner seule. Je suis descendue à l'hôtel d'Arlatan. Passe me chercher à neuf heures et emmène-moi dans un des restaurants les plus chers de la ville. Maintenant, sauve-toi et laisse-moi travailler.

Dîner avec Babette à neuf heures du soir signifiait qu'elle me ferait une conférence sur l'art qui durerait jusqu'à minuit ou une heure du matin et serait arrosée d'un minimum de deux bouteilles de vin. Après ça, je ne me sentirais pas d'attaque pour rouler pendant trois heures dans la nuit.

Au d'Arlatan, un bel immeuble du XVIIe, qui fut jadis l'hôtel particulier d'une noble famille, une des chambres décorées avec goût était libre. Je m'y installai avec le sac de voyage que je garde toujours dans le coffre de ma voiture. Puis je descendis me balader dans Arles.

Et retombai dans l'affaire de l'enlèvement de Jacqueline Malo.

8

L'hôtel était proche des quais du Rhône et des Thermes de Constantin. J'en sortis et partis en flânant en direction de l'Amphithéâtre. Contrairement à l'excursion, la flânerie se doit de comporter quelques arrêts à des terrasses de bistrot, pour prendre un verre en admirant le paysage. Il y avait justement un café au coin d'une petite rue qui donnait sur l'Amphithéâtre.

Je m'installai à la terrasse, sous un parasol à rayures rouges et bleues et commandai un verre de rosé du vignoble voisin du Mas de la Dame, avec quelques glaçons. Le garçon trouvant ma commande bizarre, je dus la répéter. Il haussa les épaules, hocha la tête et retourna à l'intérieur.

Je me renversai dans mon fauteuil d'osier et contemplai l'ovale de pierre de l'Amphithéâtre en songeant aux Chrétiens de l'époque romaine qu'on y avait donné en pâture aux lions et aux gladiateurs.

Le garçon apporta mon rosé et une petite coupe de glaçons. Je commençai par goûter le rosé. Comme je l'avais prévu, je ne le trouvai pas assez frais. J'y ajoutai un glaçon et attendis qu'il fasse son effet.

A l'autre coin de la petite rue, il y avait une galerie de tableaux. Arles en compte un nombre anormalement élevé pour une ville de cette taille, si loin de la capitale.

L'œuvre de Van Gogh et la vie dramatique qu'il y vécut exercent manifestement une attraction sur les peintres et les amateurs d'art.

Une femme sortit de la galerie et se tint sur le pas de la porte en me dévisageant.

Elle était vêtue d'une robe de soie verte à jupe plissée, qui lui allait fort bien. Elle était petite et pulpeuse. Ses cheveux étaient enroulés autour de sa tête en une natte épaisse que le soleil faisait chatoyer.

Je me levai et traversai la rue.

— Bonjour, madame Malo.

Elle hésita. Comme si elle était soudain inquiète en me voyant. Pas *très* inquiète, mais inquiète tout de même.

— Monsieur... excusez-moi, je ne m'attendais pas à vous voir ici.

Elle sourit et tendit une petite main dont le contact me plut. Son sourire me plaisait toujours, mais il était destiné à cacher son inquiétude et Jacqueline Malo ne savait pas très bien cacher ses émotions.

— Il est arrivé quelque chose ? me demanda-t-elle. Karl vous a engagé à nouveau ?

Je secouai la tête et répondis :

— Pure coïncidence. Je suis venu à Arles pour voir ma mère. Et je tombe sur vous.

— Ah. (Elle avait l'air soulagé, mais pas complètement. Peut-être ne me croyait-elle pas tout à fait.) Votre mère habite ici ?

— Non, à Paris. Elle est venue passer quelques jours pour faire des recherches pour un article sur le symbolisme dans l'art roman. De Saint Trophime. Elle est spécialiste d'histoire de l'art.

Jacqueline Malo fronça les sourcils.

— Elle a déjà publié ?

— Oui, pas mal.

— J'essaie de me tenir au courant de tout ce qui paraît

sur l'art, dit-elle, mais je ne me souviens pas avoir lu quoi que ce soit signé par Mme Sawyer...

— Elle signe de son nom de jeune fille, Babette Ominus.

Jacqueline Malo réagit aussitôt.

— Un livre sur l'art moderne et l'art primitif, paru il y a deux ans, dit-elle. *La réapparition d'un rêve.*

— C'est bien elle. (Je tendis le doigt vers la galerie de tableaux.) Vous achetez ou vous faites simplement du lèche-vitrines ?

Elle eut un petit rire tout à fait décontracté. La conversation à propos de ma mère l'avait mise à l'aise.

— Ni l'un ni l'autre, dit-elle. Je *vends*. C'est ma galerie. (Son sourire était plus naturel, lui aussi.) Vous avez l'air surpris.

— Les femmes des grands capitalistes sont rarement boutiquières.

— Une galerie de tableaux n'est pas tout à fait une boutique. Je l'avais avant d'épouser Karl. Je ne vois pas pourquoi je m'en séparerais. La plupart du temps, Karl est très pris par son travail. Comme ça, j'ai le mien. J'ai ici de très belles œuvres contemporaines d'artistes de la région. J'ai aussi quelques tableaux anciens, de peintres qui ne sont pas encore appréciés à leur juste valeur mais dont on s'arrachera les toiles, d'ici quelques années. Si vous êtes amateur d'art, sachez que je les vends à des prix raisonnables.

— Je ne suis pas d'humeur à acheter quoi que ce soit, aujourd'hui, lui dis-je. Je viens de vendre une partie de mon âme en échange d'une demeure.

Cette fois, son sourire était déconcerté.

Je n'avais pas envie de lui expliquer mes rapports avec Babette.

— Pour le moment, je ne vois pas de clients chez vous, lui dis-je. Puis-je vous inviter à prendre un verre au café d'en face ? Comme ça, vous pourrez surveiller votre galerie.

— On dirait que chaque fois que nous nous voyons, vous m'invitez à boire quelque chose, monsieur Sawyer. Vous m'avez offert du cognac et de l'eau quand vous êtes venu à mon secours.

— Vous êtes gentille de dire ça, mais je n'ai pas eu grand-chose à faire pour vous secourir. Il ne restait plus de dragons à combattre.

— Je ne pouvais pas le savoir avant que vous arriviez. Le chevalier en jeans et en espadrilles. (Il y avait, dans son ton enjoué, une chaleur qui flattait ma vanité de mâle. Elle lança un coup d'œil à sa galerie et me dit, en hochant la tête :) D'accord. J'ai très envie d'un café.

Nous traversâmes la rue et nous assîmes à ma table, Jacqueline Malo face à sa galerie, moi, de façon à la voir de profil. Un profil séduisant. La dernière fois que j'avais vu Mme Malo, il faisait nuit. La lumière du jour n'ôtait rien à son charme. Quand elle tourna la tête pour me regarder, je ressentis une émotion profonde et agréable.

Le garçon arriva et elle commanda un café noir. Je regardai mon verre. Le glaçon avait entièrement fondu dans le rosé qui devait être insipide. J'en commandai un autre.

— Avec d'autres glaçons ? demanda le garçon en gardant son sérieux.

— S'il vous plaît, oui.

Il retourna à l'intérieur en emportant mon verre, la coupe de glaçons et son sourire suffisant.

Jacqueline Malo n'était plus pâle mais bronzée. Cela rendait ses grands yeux verts encore plus surprenants. Les poils très fins, presque invisibles, qui parsemaient ses avant-bras ressemblaient à de l'or filé.

— Vous ne passez manifestement pas toutes vos journées dans votre galerie, lui dis-je. Vous vous êtes beaucoup exposée au soleil au cours des deux derniers mois.

— Pas tant que ça. Je bronze vite. Je dois ma couleur presque uniquement aux dimanches passés au bord de notre piscine, quand la galerie est fermée.

— Il y a longtemps que vous avez cette galerie ?

— Presque deux ans. C'est là que j'ai vu Karl pour la première fois. Il était venu voir quel genre de toiles je vendais.

— Il a une collection ?

— A cette époque, il commençait tout juste à s'intéresser à la peinture. Après son infarctus. Cela se produit plus souvent que vous pourriez le croire. Les gens découvrent que l'art apporte un sentiment de continuité entre le passé et l'avenir, et ils en ont besoin.

J'acquieçai d'un hochement de tête en songeant à mon olivier. Ainsi qu'à ce qu'avait dit Henri Bonnet à propos du changement dans la vie émotionnelle de Karl Malo.

— A ce moment-là, il ne connaissait pas grand-chose à la peinture, poursuivit-elle. Mais il avait envie d'apprendre.

— Et vous êtes devenue son professeur.

— Plus ou moins. (Le souvenir la fit sourire.) Nous avons commencé à passer de longs moments ensemble pour bavarder. Je lui ai donné des livres à lire sur la peinture. Nous sommes allés à Paris faire le tour des musées... (Elle s'interrompit, un peu déconcertée de m'avoir dit ça. Mais elle n'était pas gênée.) Il n'était pas marié et c'est vraiment l'homme le plus passionnant que j'aie jamais connu.

Ce n'était pas l'impression que m'avait fait Malo, mais les relations que j'avais eues avec lui n'avaient, bien sûr, rien d'intime.

— Il semble que beaucoup de femmes aient été de votre avis.

Elle ne fut pas blessée par ma réflexion.

— Certainement, c'est normal. Les femmes sont fascinées par les hommes qui ont une aura de puissance. De quelque nature que soit cette puissance.

— Et de l'argent.

— Les femmes attachent moins d'importance à l'argent que vous semblez le croire. Pensez à toutes celles qui sont attirées par des peintres, des écrivains, des musiciens qui sont pauvres mais dont il émane une formidable assurance. Une impression de *puissance*. Et le sentiment de sécurité qu'elle donne. C'est comme s'appuyer contre un solide mur de pierre, quand on est fatigué.

Le garçon apporta ce que nous avions commandé. Je mis à nouveau un glaçon dans mon verre de rosé. Jacqueline Malo me regarda faire avec surprise.

— Je n'ai jamais vu personne, même un Américain, faire une chose pareille.

— Les Américains ne le font pas. Moi, je le fais. Les garçons sont encore plus horrifiés aux Etats-Unis qu'ils ne le sont ici.

Elle m'observa tout en remuant son café pour faire fondre le sucre.

— Et vous vous moquez de ce que pensent les gens. Quoi que vous fassiez.

— Ça, ce n'est pas tout à fait vrai.

— Je crois que oui. Vous êtes très indépendant. Vous n'avez besoin de personne. Ce doit être un sentiment bien agréable.

— C'est parfois un sentiment de solitude.

Jacqueline Malo me lança un regard malicieux.

— Permettez-moi d'en douter. Vous avez aussi cette aura dont je parlais. Je ne pense pas que vous manquiez d'amis. Ou de femmes amoureuses.

Elle savait dire ce qu'il fallait pour qu'un homme se sente bien. Je lui souris. Elle me rendit mon sourire. Je bus une petite gorgée de rosé. La température était parfaite. Avec une cuillère, j'ôtai le glaçon de mon verre et le remis dans la coupe pour qu'il continue de fondre avec les autres.

— Vous avez déjà été mariée ? demandai-je.

Son sourire tint bon, mais j'y décelai la même inquiétude qu'avant.

— Pourquoi me demandez vous ça ?

— Parce que je suis curieux et mal élevé. Une déformation professionnelle me pousse à fourrer mon nez dans la vie des gens. Parfois sans que ce soit nécessaire. Oubliez ma question.

Son sourire avait complètement disparu.

— Mais vous deviez avoir une raison pour me la poser.

Je mis beaucoup de chaleur dans la façon dont je la regardais. Ce n'était pas une corvée.

— C'est simplement parce que je me disais que bien des hommes, avant Malo, ont dû vouloir vous épouser.

Elle plissa un peu les yeux.

— Vous me faites du plat, monsieur Sawyer ?

— Ça vous étonne ?

— Pas tout à fait. (Elle avait retrouvé son sourire.) Mais il faut que je vous prévienne : j'ai, sur le mariage, des idées que certains considèrent comme surannées. Je préfère rester fidèle à mon mari. On m'a dit que c'était un gros défaut.

— Ceux qui vous ont dit ça devaient être des amoureux éconduits.

— Vous savez parler aux femmes, monsieur Sawyer.

— Pierre-Ange.

— Pierre-Ange. (Elle ne me demanda pas de l'appeler par son prénom.) Vous comptez rester longtemps à Arles ?

— Un jour ou deux. Hélas.

Ces quelques répliques avaient suffisamment décontracté Jacqueline Malo pour qu'elle réponde à ma question.

— Oui, j'ai déjà été mariée, dit-elle d'un ton neutre. Il est mort avant que je vienne m'installer à Arles. (Elle leva sa tasse minuscule et but un peu de café. Puis elle changea de sujet.) Vous avez parfois des nouvelles de la police à propos de... de ce qui m'est arrivé ?

— Rarement. Les quelques nouvelles que j'ai indiquent que les recherches n'ont, jusqu'ici, donné aucun résultat. Mais votre mari et vous devriez être mieux renseignés que moi. Par des gens haut placés, lui dis-je en l'interrogeant du regard.

Elle hésita avant de répondre :

— La semaine dernière, Karl a parlé au ministre de l'Intérieur, à Paris. (Elle débita la suite machinalement.) Il a appris que la police n'avait guère d'espoir de retrouver les trois ravisseurs. A moins que l'un d'eux ne se fasse prendre, plus tard, pour autre chose et que la vérité à propos de mon enlèvement soit alors révélée. Ou à moins que la jalousie ne pousse l'amant ou la maîtresse d'un des trois à se venger en le dénonçant à la police. Le ministre n'y croyait guère.

— Et vous, quels sont vos sentiments sur cette affaire ? lui demandai-je.

Elle resta un moment silencieuse, les yeux fixés sur sa galerie, de l'autre côté de la rue.

— Vous voulez que je vous dise la vérité, monsieur Sawyer ? Karl et moi avons déjà assez souffert de cette histoire. J'aimerais qu'on me laisse simplement oublier qu'elle a eu lieu.

— Votre mari pense comme vous ?

Elle vida sa tasse et se leva.

— Si vous voulez bien m'excuser, j'ai de la paperasse qui m'attend.

Je me levai et lui pris la main. Elle serra la mienne fermement mais rapidement.

— Merci pour le café, dit-elle avant de traverser la rue et de disparaître dans sa galerie.

Je finis mon verre et repris ma balade dans la ville. Je me rendis aux Alyscamps et flânai entre les tombes vides en songeant aux Malo et à l'affaire de l'enlèvement. Mes pensées ne m'apportèrent pas grand-chose car il me manquait un élément essentiel. J'avais beau chercher je ne voyais pas de motivation plausible.

Ce n'était toujours pas mon affaire. Pas mes oignons, comme disent familièrement les Français.

Je pris encore un verre près de l'hôpital Van Gogh, puis je rentrai tranquillement à l'hôtel.

Le lendemain matin, je fus réveillé par la sonnerie du téléphone de ma chambre. Je pensai que c'était Babette qui voulait s'assurer que je venais la rejoindre pour prendre un petit déjeuner d'adieu avant qu'elle aille travailler. J'étais un peu groggy car le dîner de la veille avait été, comme je m'y attendais, une conférence de trois heures sur l'art, arrosée d'une bouteille de vin par personne. Je cherchai le téléphone à tâtons, le trouvai et décrochai en disant d'un ton aussi chaleureux que possible étant donné mon état :

— J'arrive. Je viens de sortir de sous la douche et...

Je fus interrompu par une voix masculine.

— Ici Karl Malo, monsieur Sawyer. Désolé de vous avoir dérangé.

Il n'avait pas l'air désolé. Il avait l'air tout à fait réveillé et quelque peu impatienté par ceux qui ne l'étaient pas à une heure pareille. Pourtant, sa voix n'avait pas la dureté dont je me souvenais.

— Quelle heure est-il ?

— Huit heures. Je devrais déjà être en route pour le bureau, mais ça fait un moment que je vous cherche. C'est le quatrième hôtel que j'essaie.

J'avais rendez-vous avec Babette dans un quart d'heure. Je m'assis et posai les pieds par terre. Mon cerveau se débarrassa au plus vite des toiles d'araignée.

— Votre femme vous a dit qu'elle m'avait rencontré hier, à Arles.

— Hier soir. Elle se demandait si vous aviez recommencé à travailler pour moi.

Elle ne m'avait donc pas tout à fait cru. Elle avait été suffisamment inquiète pour vérifier auprès de son mari. Si elle voulait vraiment que l'enlèvement soit oublié, c'était la dernière chose à faire.

— Ça m'a fait réfléchir, me dit Malo. Et ce matin, j'ai pris une décision. En fait, j'aimerais beaucoup vous engager à nouveau, monsieur Sawyer.

9

— Vous est-il possible de venir me voir ce matin ? me demanda Malo sur un ton qui indiquait qu'il s'attendait à une réponse positive.

Si l'agressivité qui m'avait irrité lors de notre première rencontre avait disparu, l'autorité était toujours là. Malo avait peut-être des problèmes, mais il savait comment s'y attaquer.

— Où et à quelle heure ? lui demandai-je.

— Mon quartier général dans la région se trouve dans le complexe industriel de Fos, répondit Malo. Derrière le Dock numéro trois de l'Etang de Gloria. Vous verrez l'enseigne de la société. En venant d'Arles, vous avez un peu moins de trois quarts d'heure de route. Je vous attendrai à neuf heures et demie.

— Je ne peux pas venir si tôt. J'ai rendez-vous avec quelqu'un pour le petit déjeuner.

— Vous ne pouvez pas remettre ce rendez-vous ? Je vous dédommagerai des ennuis que cela pourrait vous causer. C'est très important.

Pas aussi important que de m'assurer que Babette ne perdait pas le sentiment maternel que j'avais réveillé.

— Je peux être là-bas à onze heures.

— A cette heure-là, je serai déjà occupé par d'autres affaires urgentes.

Malo n'avait pas l'habitude d'entendre ses employés

discuter ses instructions mais, s'il ressentit de la colère, il ne le montra pas. Il était sous le coup de quelque chose de plus fort que l'habitude. Cet homme avait des profondeurs inattendues. Comme en témoignait la scène surprenante dont j'avais été témoin, quand il avait retrouvé sa femme. Quand on dit que l'amour ensorcelle...

— Nous pouvons nous voir plus tard dans la journée, lui dis-je. A l'heure qui vous conviendra.

Il attendit un instant avant de répondre :

— Non. Je veux régler ça. Je vais réorganiser mon emploi du temps et vous attendrai à onze heures.

Si la Provence, autour d'Arles, comprend des paysages qui comptent parmi les plus agréables de France, elle comprend aussi un des plus plats, des plus déserts et des plus désolés : la Crau, traversée par la N 568 que j'empruntai pour me rendre à Fos.

Fos est un autre paysage sinistre composé de bâtiments industriels, de gigantesques hangars, d'immeubles de bureaux tout acier et plastique, de raffineries de pétrole et d'usines chimiques crachant une fumée nocive et nauséabonde.

La zone industrielle de Fos est née de l'accroissement constant de la navigation commerciale, au cours des trente dernières années. Le port de Marseille, saturé, s'est étendu jusque-là, à l'extrémité de la Crau.

L'implantation des industries fut favorisée par les installations portuaires importantes et le terrain bon marché, car les terrains de la Crau étaient les moins chers possibles sur la côte sud de la France.

Après avoir tourné en rond un certain temps dans le dédale de bâtiments construits ou en construction et de conduites pétrolières, je finis par m'engager, entre une centrale électrique et une aciérie, dans une voie qui débouchait sur une route cahotante, parcourue par des camions TIR qui venaient du dock 3 ou qui s'y rendaient.

L'écriteau que je cherchais apparut enfin : MALO TRANSPORTS.

Il se trouvait au-dessus de la porte d'un grillage qui entourait une aire de stationnement pour camions, trois grands entrepôts et un immeuble de bureaux moderne. Le garde qui se tenait à la porte avait été averti. Je lui montrai ma carte d'identité et il me fit signe de passer. Les murs de l'immeuble de quatre étages qui abritait les bureaux avaient été ornés d'un motif abstrait bleu et blanc. La peinture de base avait presque disparu sous une couche de poussière collée dessus par les fumées et les vapeurs de Fos.

A l'intérieur de l'immeuble, il n'y avait ni poussière ni odeur de produits chimiques. L'intérieur était isolé du monde extérieur par des fenêtres fixes et l'air conditionné. La réceptionniste me désigna un petit ascenseur qui m'emporta jusqu'au dernier étage et me débarqua dans un bureau où se trouvaient trois secrétaires. L'une d'entre elles travaillait sur une machine traitement de texte et une autre sur un clavier d'ordinateur. La troisième m'informa sévèrement que j'avais presque dix minutes de retard, avant de décrocher son téléphone et prévenir Malo que j'étais enfin arrivé. Puis elle me montra la banquette capitonnée et couverte de cuir où je pouvais m'asseoir pour attendre.

Je n'attendis pas longtemps. Un homme grand et mince sortit du bureau de Malo. Il portait, sous un bras, de volumineux dossiers et, dans l'autre main un petit magnétophone à cassettes. Son élégant costume était en soie bleu foncé, finement rayée de bleu à peine plus pâle. Sa cravate était noire. Cette tenue sérieuse était parfaitement assortie à son expression.

Il avait environ trente-cinq ans. Son visage, taillé à la serpe et intelligent, était déjà marqué par les soucis directoriaux. Il avait à prendre trop de décisions pouvant assurer ou briser une carrière, il ne dormait pas assez, il avait trop d'ambition. Il avait manifestement les dents longues.

Il me lança un regard méditatif, puis il inclina la tête et me sourit poliment en disant :

— M. Malo vous attend.

Son sourire le transformait ; il faisait entrevoir un homme plus jeune, plus insouciant. Sans le sourire, sa bouche large, aux lèvres minces, était dure.

Il se dirigea vers l'ascenseur. Je me levai et entrai dans le bureau dont il avait laissé la porte ouverte.

— Le jeune homme qui vient de sortir est mon gendre, me dit Malo. Jean-Noël Triolet. Je vous présenterai plus tard. Après vous avoir expliqué la raison de mon appel. Il vaut mieux que vous soyez au courant avant de rencontrer des gens de ma famille. C'est... un problème délicat.

— Et vous pensez que je suis assez délicat pour m'en occuper.

Ses yeux brun foncé avaient toujours la même expression dure et pénétrante. Ils m'observèrent fixement.

— Si je ne le pensais pas, vous ne seriez pas ici.

Nous étions assis face à face, de part et d'autre de son bureau. Par la fenêtre qui était derrière lui, je voyais plusieurs bateaux porte-conteneurs qui attendaient leur tour au quai, dans les eaux sales du bassin.

La pièce, spacieuse mais presque austère, ne contenait que quelques ornements personnels. Deux de ces ornements se trouvaient sur un mur : des aquarelles qui semblaient être des Turner. Je me demandai si Jacqueline Malo les avait choisies pour lui. La photo encadrée qu'il m'avait montrée à Monaco était là, à un bout de son bureau. Derrière elle, il y en avait trois autres, plus petites. Un bel adolescent de dix-huit, dix-neuf ans. Une jeune femme d'environ vingt-cinq ans, à la mine boudeuse. Un bébé de six ou sept mois.

— Les détectives privés auxquels je pourrais m'adresser ne manquent pas, poursuivit calmement Malo. Mais j'ai déjà utilisé vos services. Pour une affaire aussi délicate et même plus importante, pour moi. Je sais qu'on peut compter sur vous pour faire ce qu'on vous dit.

Il leva aussitôt la main pour m'empêcher de réagir.

— Non. Je me suis mal exprimé. Je veux dire que vous faites ce que vous avez dit que vous alliez faire et que vous vous tenez à ce que vous avez dit. Vous avez un code de l'honneur. Ou, si vous préférez, un fort sentiment de respect envers vous-même. Vous tenez les promesses que vous faites à vos clients.

— Vous êtes très fort, lui dis-je. Elastique. Si les gens ne s'adaptent pas à vous, vous vous adaptez à eux. Vous maniez la carotte aussi bien que le bâton. Que ce soit avec l'une ou avec l'autre, vous obtenez ce que vous voulez.

Nous échangeâmes un sourire qui nous surprit autant l'un que l'autre et qui ne dura pas longtemps.

— Il n'y a que le résultat qui compte, dit Malo aimablement. On travaille avec l'outil le mieux adapté à la tâche. On n'utilise pas une perceuse de la même façon qu'un marteau.

La secrétaire qui avait désapprouvé mon retard se glissa silencieusement dans la pièce et en ressortit de même après avoir déposé un plateau avec une cafetière ancienne en argent et deux tasses en porcelaine. Le café avait le goût de ce qui sort d'un vieux percolateur dans un bistrot miteux. Je le bus quand même. C'était peut-être mauvais mais c'était de la caféine. Je voulais être bien réveillé avec un type comme Malo.

— J'ai parlé au ministre de l'Intérieur, la semaine dernière, me dit Malo. Selon lui, la police n'a plus aucun espoir de retrouver les ravisseurs avec les méthodes habituelles. Les policiers pensent que si le coup avait été fait par des criminels professionnels, on aurait fini par en avoir quelques échos dans le milieu. Qu'en pensez-vous ?

— Il y a du vrai là-dedans, répondis-je, mais l'enlèvement n'a certainement pas été organisé par un amateur.

Malo approuva d'un hochement de tête.

— Sans doute, mais la police pense qu'il s'est fait aider par des non-professionnels. Elle pense aussi que le « cerveau » a dû être informé des déplacements de Jacqueline par un proche. Quelqu'un de la maison. *Ma* maison. Personne de l'extérieur n'aurait pu savoir qu'elle avait l'intention de venir à Monaco... pas le savoir à temps pour organiser son enlèvement.

Même si c'était quelqu'un de très proche, le temps d'organiser l'enlèvement était vraiment très, très juste. Je gardai cette réflexion pour moi et dis à Malo :

— Vous avez sans doute un certain nombre de domestiques, dans votre maison.

— Bien sûr, répondit-il, mais la police les a tous contrôlés soigneusement ainsi que leurs mouvements avant, pendant et après l'enlèvement. Leur milieu, leurs amis, leurs relations, leurs parents — même les gens qu'ils connaissent à peine. Elle est maintenant certaine qu'aucun d'eux n'est impliqué dans cette affaire.

Il se tut. Ce que la logique voulait qu'il dise ensuite était difficile à sortir. Je le fis pour lui :

— Restent donc les membres de votre famille qui étaient chez vous au bon moment.

— Oui. (Malo se tut encore un moment, mais ne détourna pas les yeux. Puis il reprit :) Le ministre — très embarrassé — a fait allusion au fait que la police en est arrivée à cette conclusion mais elle n'oserait jamais enquêter sur des personnes de ma famille sans mon autorisation. Je crois pouvoir compter là-dessus.

— Certainement. Aucun flic ne voudrait compromettre sa carrière en ayant des démêlés avec quelqu'un comme vous. Surtout quand personne d'autre n'exerce de pression pour que l'affaire soit élucidée.

— Je ne vois pas qui pourrait tenir à ce qu'elle le soit. Personne n'en a souffert en dehors de Jacqueline et moi.

— Et vous voulez que je fasse ce que vous ne voulez pas que les flics fassent.

— Oui. Je veux *savoir*.

— Et que ça reste entre nous.

— Oui.

— Parce que vous pourrez exercer un contrôle sur ce que je ferai de ce que je découvrirai.

Son regard dur resta fixé sur moi. Il me parla sur un ton raisonnable :

— Parce que *vous* pourrez exercer un contrôle. Moi, je déciderai quoi faire de ce que vous pourrez apprendre. Et je veux que vous me promettiez que vous n'en parlerez pas à un tiers sans mon... accord.

Il allait dire mon « autorisation ». Malo savait vraiment s'adapter à l'outil qu'il lui fallait utiliser.

— C'est la procédure habituelle, lui dis-je. Je travaille pour un client. Si le client n'est pas d'accord lorsque j'ai décidé que je ne continuerais pas si on ne demandait pas à la police d'intervenir, je laisse tomber et je me taille.

— Et vous vous taisez.

— Oui.

Ce n'était pas toujours vrai, mais je voulais travailler sur cette affaire. Et le mensonge fait partie de mon métier.

10

Malo indiqua d'un geste les photographies qui se trouvaient sur son bureau.

— Comme vous pouvez le constater, ma famille n'est pas bien grande, dit-il. Ce qui limite, dès le départ, les possibilités. En dehors de Jacqueline, il n'y a que mon fils et ma fille... Cette photo d'Alexandre est de l'année dernière. Maintenant, il a vingt ans. Claudette a six ans de plus que lui. Elle est de mon premier mariage. Alexandre, du second.

— Vous n'avez ni frère, ni sœur ?

— Non. Mais maintenant, j'ai un petit-fils. (Il regarda la photo du bébé avec un sourire peu commun. Peu commun pour lui.) Michel — il est le fils de Claudette et Jean-Noël. Il porte le nom de mon père.

Malo perdit son sourire quand ses yeux passèrent du bébé à moi.

— *Si* quelqu'un de ma famille est en cause, ça ne peut être qu'Alexandre ou Claudette. J'espère bien que vous découvrirez que ce n'est ni l'un ni l'autre.

— Vous oubliez votre gendre, lui dis-je.

Il secoua négativement la tête.

— Jean-Noël n'était pas là à l'époque de l'enlèvement. Il se trouvait à New York. Occupé, chaque jour, par des conférences et des rendez-vous d'affaires pour notre société. Jean-Noël me remplace maintenant dans les voyages d'affaires les plus fatigants.

— Depuis votre infarctus.

— Oui. Les médecins m'ont prévenu : il faut que je travaille moins si je ne suis pas pressé de mourir. Ils m'ont conseillé de me détendre et de consacrer plus de temps à mes loisirs. (Il eut un petit rire lugubre.) Ça m'est très difficile. J'ai consacré toute ma vie à mon travail.

— D'après ce qu'on a dit ou écrit, vous êtes arrivé à glisser quelques moments agréables dans votre emploi du temps.

— Si vous faites allusion aux réceptions et aux soirées mondaines, je peux vous assurer que je n'ai assisté qu'à celles qui pouvaient avoir un intérêt pour mes affaires ou mes relations avec le gouvernement.

— Pour rester en contact avec d'autres membres du cercle des gagnants.

— Exactement. Et si vous faites également allusion aux femmes avec qui j'ai vécu... eh bien, je crains qu'aucune d'entre elles n'ait eu vraiment de l'importance dans ma vie. Ce qui explique sans doute qu'elles aient été si nombreuses. J'ai toujours préféré prendre mes plaisirs par doses fortes mais brèves. Pour interrompre le moins longtemps possible le programme de mes activités professionnelles.

— A vous entendre, on croirait qu'il s'agit d'un traitement médical — nécessaire, mais peu délectable.

— C'est vrai. Jusqu'à ma rencontre avec Jacqueline. (Malo eut un autre de ses rares sourires.) C'est avec elle que j'ai enfin appris à me détendre, comme le font les gens normaux. Elle n'a pas fini de me l'enseigner. Je ne suis pas un élève facile.

— Quelle est la situation de votre gendre dans votre société ? lui demandai-je.

— Directeur adjoint. Il commande en second, après moi. Cela fait presque dix ans qu'il est dans la maison ; il a gravi les échelons en apprenant tout sur notre entreprise. A la mort de mon ancien directeur adjoint, Hubert Loy, j'ai donné le poste à Jean-Noël.

— C'était avant ou après qu'il ait épousé votre fille ?

— Après. Il y a cinq mois. C'est du pur népotisme, je sais, mais il avait fait de l'excellent travail. C'est un bûcheur. C'est curieux mais nous nous ressemblons, lui et moi.

Je songeai à l'homme à la bouche dure que j'avais vu sortir du bureau de Malo.

— Combien de temps est-il resté à New York ? demandai-je.

— Il y était depuis près d'une semaine quand l'enlèvement a eu lieu et il en est revenu trois jours après, répondit Malo. Alors, vous voyez...

— Par contre, votre fils et votre fille étaient là, eux, à l'époque ?

— Oui, ils étaient au château. Claudette y habite encore. Avec mon petit-fils et Jean-Noël. Ils occupent une aile entière. Alexandre a ses appartements dans une autre aile, mais, la plupart du temps, il habite Paris, maintenant. Il est en deuxième année à Sciences Po.

— Il doit être intelligent pour être arrivé jusque-là.

— Il est plus qu'intelligent. Alexandre est brillant. Je lui ai fait cadeau de son appartement à Paris quand il a réussi parmi les premiers ses examens de fin de première année.

— Mais, de temps en temps, il revient vivre au château.

— Il y est en ce moment, me dit Malo. Il y passe l'été. Il est venu aussi pendant les vacances de Pâques. Il était là quand Jacqueline est venue me rejoindre à Monaco.

— Est-ce qu'il y a quelque chose qui vous fait soupçonner votre fils ou votre fille d'avoir joué un rôle dans l'enlèvement de votre femme ?

— Ils n'avaient, ni l'un ni l'autre de *raison* d'y jouer un rôle. Je leur donne, à chacun, de généreuses mensualités et je dis rarement non quand ils ont besoin d'une rallonge. Ils hériteront chacun d'un tiers de la société, comme Jacqueline. *Presque* un tiers — Jean-Noël aura cinq pour cent. Non, bon sang, Alexandre et Claudette n'ont vraiment pas de problème d'argent.

— Vous n'avez pas répondu à ma question, lui dis-je.

Malo le reconnut :

— Je *sais,* dit-il. Vous voulez dire quelque chose dans leur caractère ou quelque chose qu'ils ont pu faire, par le passé. La vérité, c'est que je n'ai jamais eu beaucoup d'autorité sur eux.

Il se tourna dans son fauteuil et observa, d'un regard sombre, les photographies qui étaient sur son bureau. Puis il reprit :

— La vérité, c'est aussi que je n'ai pas vraiment *essayé* d'en avoir. Je ne me suis pas beaucoup intéressé à eux, pendant leur enfance. Pas plus qu'aux dames qui ont peuplé ma vie. Je n'ai jamais laissé leur existence empiéter sur mes affaires.

Malo resta quelques instants silencieux, en continuant d'observer les photographies.

— Mes problèmes cardiaques m'ont incité à me poser des questions sur ma vie. Trop tard, évidemment, en ce qui concerne mon fils et ma fille. Je sais qu'ils ne tiennent pas beaucoup à moi et je ne m'attends pas à ce qu'ils le fassent. Mais ce sont eux qui représentent mon immortalité — le seul genre d'immortalité auquel je peux croire. Remarquez que c'est une idée qui les agacerait sans doute profondément.

Il se retourna vers moi et poursuivit :

— Alors... eh bien, finalement, je me suis vraiment mis à les observer. Et ce que je vois ne me plaît pas. Ils ont de vilains ressentiments... des colères. Ils se détestent l'un l'autre, par exemple. Une conséquence de la pénible rivalité entre leurs mères, dans le temps.

— Que pensent-ils de votre femme actuelle ? lui demandai-je.

Il eut l'air mal à l'aise.

— Ils n'aiment pas Jacqueline, répondit-il. Malgré tous ses efforts... Je suppose que la plupart des enfants en veulent à leur père quand il se remarie.

— Suffisamment pour participer à son enlèvement et vous soutirer la rançon ?

— Je ne sais pas...

Je l'interrogeai encore au sujet de ses deux enfants. Il me parla d'abord de sa fille.

— Claudette était un peu fofolle, quand elle était plus jeune. Elle était attirée par les hommes beaucoup plus âgés qu'elle. Certains étaient aussi vieux que moi. Ça me faisait voir rouge. C'est sans doute pour ça qu'elle le faisait. Une façon de me faire payer mon mode de vie.

Je voulais des faits plutôt qu'une étude psychanalytique.

— Son mari n'est guère plus âgé qu'elle, fis-je remarquer.

— Non. Elle s'est rangée après l'avoir épousé et après la naissance de son fils. Elle a cessé de faire l'idiote. Et de me ridiculiser. J'avoue que j'ai été surpris que Jean-Noël lui plaise. Mais, manifestement, il lui a plu. Leur fils est né six mois après leur mariage.

— Elle est toujours éprise de son mari ?

— Je n'ai aucune raison de penser le contraire, répondit Malo, l'air pensif. C'est difficile à dire. Jean-Noël est vraiment comme moi. Son travail le retient ailleurs une grande partie du temps. Mais, pour le moment, Claudette ne semble pas en être contrariée.

— Alors, apparemment, elle s'est bien adaptée à la vie de femme mariée.

— Oui, je crois.

— Reste votre fils.

Malo hésita, puis il se lança :

— Alexandre est brillant, je vous l'ai dit. Peut-être *trop* brillant. Il n'est pas obligé de bûcher comme la plupart de ses condisciples. Ça lui laisse beaucoup trop de temps libre.

— Qu'en fait-il ?

— Je sais qu'il lui est arrivé de fréquenter des cercles de jeu clandestins, à Paris, répondit Malo. Il est venu me trouver deux fois pour que je lui donne de quoi régler ses dettes de jeu. On lui fait crédit, bien entendu. On sait qu'il appartient à une famille fortunée.

— Il y a autre chose ?

— Eh bien, il semble prendre un malin plaisir à fréquenter la pègre. La racaille. L'an dernier, deux jeunes délinquants ont persuadé Alexandre de les aider à piller et vandaliser un appartement à Paris. Il a participé, uniquement pour le plaisir pervers que ça lui procurait. La nouveauté, le risque... Ils se sont fait prendre. Mes avocats, là-bas, ont eu un mal fou à obtenir que le propriétaire et les autorités acceptent de ne pas porter plainte contre lui. Ça voulait dire, aussi, relâcher les deux autres qui avaient pourtant un casier. Ils sont maintenant en prison pour autre chose, paraît-il.

— Mais votre fils a pu connaître d'autres malfaiteurs par leur intermédiaire, lui dis-je. Ou par l'intermédiaire des clients des cercles de jeu.

Malo s'occupa inutilement de mettre de l'ordre sur son bureau. Il déplaça, d'un ou deux centimètres, le téléphone, l'interphone, la corbeille contenant des papiers qui attendaient sa signature. Puis il dit :

— J'y ai déjà pensé.

— Et vous vous êtes dit que non seulement il apprend vite, mais qu'il est assez intelligent pour avoir organisé lui-même l'enlèvement.

Malo utilisa ses deux mains pour replacer l'interphone dans sa position originale.

— Je souhaite de tout mon cœur avoir tort.

La sonnerie de l'interphone retentit doucement. Malo pressa violemment le bouton et grogna :

— Je vous ai dit que je ne voulais pas être dérangé, Denise.

— Je suis désolée, monsieur Malo, fit sa secrétaire d'une voix tremblante. C'est M. Triolet, il veut...

Malo l'interrompit sèchement :

— Passez-le-moi.

Les excuses que lui présenta son gendre, par l'intermédiaire de l'interphone, étaient plus polies que sincères.

— Navré de vous interrompre, Karl, mais je ne pourrai pas assister à ce déjeuner d'affaires avec vous. Nous avons des problèmes à Marseille. Rien de très grave, mais il faut que j'aille m'en occuper tout de suite. Est-ce que je peux passer vous apporter les notes que j'avais préparées pour cette réunion ?

— Donnez-moi encore cinq minutes, Jean-Noël. Je ne pense pas que M. Sawyer en ait pour plus longtemps que ça.

Il avait raison. Je n'avais plus que quelques questions à lui poser — dont certaines concernaient sa femme.

— Où habitait-elle avant de s'installer à Arles ?

— A Paris. C'est là qu'elle est née et qu'elle a vécu le plus longtemps.

— Y compris pendant son premier mariage ?

Malo me regarda d'un air surpris et mécontent.

— Oui. Pourquoi ?

— Plus j'en saurai sur vous et votre famille, plus j'aurai d'éléments pour travailler.

— Le passé de ma femme n'a rien à voir avec ce qui nous occupe, fit-il d'une voix qui avait retrouvé un peu de la dureté que je lui connaissais. Je vous ai engagé pour savoir si mon fils ou ma fille ont un rapport quelconque avec cet enlèvement. Tenez-vous-en à ça.

M'étant débrouillé pour lui soutirer le nom de jeune fille

de son épouse, je laissai tomber, car j'en savais assez sur elle pour obtenir plus de renseignements, à Paris, sur son précédent mariage.

Je convins, avec Malo, du montant de mes honoraires quotidiens et du remboursement de mes frais. Ceux-ci comprendraient, entre autres, ma chambre d'hôtel, à Arles, que je conserverais comme base d'opérations. Pendant un certain temps, Malo mettrait en outre une chambre à ma disposition dans son château, au cas où je préférerais travailler à partir de là. Malo sortit un dossier de la corbeille et entreprit d'en étudier le contenu. J'étais congédié.

Jean-Noël Triolet attendait dans le bureau des secrétaires. Nous échangeâmes un signe de tête courtois. Cette fois-ci, il ne portait qu'un seul dossier et pas de magnétophone.

Il y avait un bureau de poste à la sortie de la zone industrielle de Fos, au carrefour de trois routes importantes. J'y entrai, demandai à la préposée le numéro de téléphone de Fritz Donhoff à Paris, puis m'enfermai dans la cabine téléphonique qu'elle m'indiqua. J'eus la chance de ne pas tomber sur le répondeur, mais sur Fritz lui-même et sa voix grave et charmeuse.

— Comment ça va, mon garçon ?

Je lui communiquai tout ce que m'avait dit Karl Malo ainsi que quelque chose qu'il ne m'avait pas dit. Je n'avais pas besoin de lui expliquer ce que je voulais. Fritz faisait des enquêtes avant que je sois né. D'abord comme inspecteur de police à Munich, puis comme détective privé, à Paris, après avoir fui l'Allemagne nazie, en 1938. A part les quelques années qu'il avait passées dans le maquis pendant l'occupation et au cours desquelles il avait, disait-on, tué un nombre record de S.S. — ce qui était difficile à concilier avec son amabilité placide.

— Il semblerait, dit-il, que la toute première chose à

faire ici soit d'enquêter soigneusement sur les rapports d'Alexandre Malo avec des criminels ou des délinquants. Ainsi que sur la vie de Jacqueline Malo quand elle habitait Paris. Ce qui comprend tout ce que je pourrai apprendre d'intéressant sur son défunt premier mari.

— Ça me rendrait service si tu pouvais t'y mettre tout de suite, Fritz.

— Mais oui, naturellement. Je suis toujours ravi de te rendre service, mon garçon.

Je réglai le montant de l'appel à la préposée et quittai le bureau de poste à côté duquel se trouvait un café. Je m'installai à une table protégée du soleil par la banne. J'avais besoin de boire quelque chose pour chasser de ma bouche le goût ignoble du café de Malo.

Avant que quelqu'un soit venu prendre ma commande, un break Citroen BX sortit du complexe industriel. Quand il s'arrêta au carrefour, je reconnus le conducteur : Jean-Noël Triolet, le gendre de Malo.

Le feu passa au vert. Triolet tourna à gauche et s'éloigna en direction de l'ouest.

Si un problème urgent l'attendait à Marseille, il aurait dû prendre la route de droite qui allait vers l'est. Il n'arriverait jamais à Marseille en suivant la route qu'il avait prise.

Je remontai dans ma voiture et le suivis.

J'étais un tout petit peu curieux de savoir pourquoi il partait dans le sens opposé à celui qu'il aurait dû prendre s'il avait dit la vérité à Malo.

De toute façon, à ce moment-là, je n'avais pas de piste plus intéressante à suivre.

11

La route qu'avait prise Triolet conduisait à la rive droite du Rhône et au bac de Bacarin. La Citroën de Triolet fut la première a embarquer sur le car-ferry. J'y casai ma Peugeot en dernier afin qu'il y eût plusieurs camions entre nos voitures. Je ne craignais pas que Triolet vienne faire un tour à l'arrière du bac et me voit car, la traversée ne durant que six ou sept minutes, les gens sont priés de rester dans leur véhicule afin que le débarquement sur l'autre rive du fleuve se fasse le plus rapidement possible.

Sur la rive gauche du Rhône, je suivis le gendre de Malo dans les paysages étranges et beaux de la Camargue. Il se dirigea d'abord vers le nord, puis emprunta une route qui allait vers l'ouest et enfin une autre qui allait au sud, vers la mer.

Je roulai toujours assez loin derrière la Citroën, en laissant d'autres véhicules entre nous lorsque c'était possible. J'espérais que Triolet m'amènerait quelque part où je pourrais manger car je commençais à avoir faim.

La route se terminait aux Saintes-Maries-de-la-Mer. Triolet se gara près de l'église fortifiée du XIIe siècle, dont le massif clocher de pierre domine la ville. Je le regardai descendre rapidement de voiture, s'éloigner à la hâte et s'engager dans la rue Victor-Hugo. Je le suivis dans la rue piétonnière qui allait vers la plage.

Triolet traversa la route du bord de mer et s'arrêta près

des modestes arènes locales. Les acclamations qui résonnaient à l'intérieur étaient audibles à des centaines de mètres à la ronde. Il y avait, ce jour-là, des courses de taureaux à la provençale, avec toréadors amateurs et entrée gratuite.

J'attendis de l'autre côté de la route, près de la boulangerie qui avait un comptoir extérieur dont les odeurs me faisaient saliver, tandis que Triolet hésitait devant l'entrée des arènes en examinant les derniers arrivants.

Il y avait suffisamment de circulation, dans les deux sens, pour que je n'aie pas à craindre qu'il m'aperçoive s'il regardait de l'autre côté de la route, mais pour en être tout à fait sûr, je me détournai à demi et me penchai pour acheter un gros feuilleté à la viande. Puis je baissai la tête et l'observai du coin de l'œil en mordant à pleines dents dans la pâte encore tiède, pleine de viande délicieuse, fort appréciée ensuite par mon estomac.

Je perdis Triolet de vue quand il se retourna soudain et entra dans les arènes. Mordant à nouveau dans mon déjeuner portable, je traversai la route entre deux voitures et entrai à mon tour.

Ayant parcouru un court tunnel obscur, je me retrouvai sous le soleil de l'arène ovale. Aucun signe de Triolet. Je montai tout en haut des tribunes pour avoir un meilleur point de vue et ne mis pas longtemps à le repérer.

Il se tenait à mi-hauteur des tribunes et observait les spectateurs qui applaudissaient. Il ne regardait pas vers le haut où je me trouvais. Son attention était concentrée sur les premiers rangs. Sans le quitter des yeux, je finis de manger.

Ne trouvant apparemment pas la personne qu'il cherchait, il finit par s'asseoir et regarder ce qui se passait sur la piste sableuse.

La tauromachie provençale traditionnelle exclut le

meurtre des taureaux. La course de taureaux est un jeu, un jeu qui n'est pas dangereux pour les taureaux mais qui peut l'être pour les toréadors amateurs, appelés *razetteurs*.

Ils étaient six dans la zone de combat, qui poursuivaient un taureau de Camargue particulièrement leste, quand ils n'étaient pas poursuivis par lui. En contraste avec la robe noire et luisante de l'animal, les *razetteurs* étaient tous vêtus de blanc, de la tête aux pieds : sweat-shirt, pantalon, chaussettes et sandales. Ils étaient aussi tous très jeunes. Pour jouer à ce jeu, il faut avoir l'agilité de la jeunesse ainsi que sa témérité.

Un gland était enfoncé au bout de la pointe effilée d'une des longues cornes incurvées du taureau, entre lesquelles il y avait une guirlande de fleurs. Quelqu'un était déjà parvenu à retirer le gland enfilé sur l'autre corne. Car l'objet de ce jeu est bien de s'approcher de la tête du taureau qui fonce et d'arracher un gland tout en évitant de se faire encorner.

Le gendre de Malo semblait particulièrement intéressé par ce qui se passait dans l'arène. Je regardai aussi.

Deux des jeunes *razetteurs* s'enfuyaient, pourchassés de près par le taureau. Bien qu'on n'entraîne pas et ne torture pas les taureaux pour en faire des tueurs, ils sont parfois suffisamment excités pour encorner ou piétiner un *razetteur* qui ne bouge pas assez vite. Il est arrivé que des jeunes gens meurent parce qu'ils avaient été maladroits dans l'arène.

Soudain, un troisième *razetteur* audacieux se précipita entre les deux fugitifs et le taureau qui les poursuivait, en criant et en frappant dans ses mains pour attirer l'attention de la bête.

J'eus l'impression de l'avoir déjà vu quelque part.

Le taureau s'arrêta en dérapant dans le sable, se détourna, puis fonça sur le nouveau venu. Le jeune homme en blanc pivota et fit un bond de côté, s'apprêtant à arracher le gland de la corne quand le taureau passerait près de lui. Mais le taureau fut plus rapide. Il tourna brusquement et ses cornes manquèrent de peu le jeune homme qui sauta en arrière contre la barrière tendue de rouge. Baissant la tête, le taureau lui fonça dessus.

Le jeune homme n'avait pas le temps d'esquiver et, avec la barrière dans son dos, il n'avait pas la place de reculer. Il fit la seule chose possible en voltigeant par-dessus la barrière pour atterrir dans le couloir de sécurité qui se trouvait derrière.

Le taureau envoya deux coups de corne dans la barrière, puis il se retourna en balançant la tête pendant qu'il décidait lequel des *razetteurs* il allait pourchasser.

Triolet ne regardait plus ce qui se passait dans l'arène. Son regard suivait le garçon qui avait sauté la barrière et marchait maintenant dans le couloir de sécurité en se rapprochant de l'endroit où je me trouvais, puis se hissa sur un banc de la première rangée de la tribune des spectateurs où un jeune homme et deux adolescentes lui sautèrent au cou et l'embrassèrent.

Je descendis à mi-hauteur de la tribune et plissai les yeux en observant attentivement le visage du garçon. J'avais déjà vu ce visage, dans un cadre, sur le bureau de Karl Malo.

Le fils de Malo, Alexandre.

En chair et en os, il semblait être une version beaucoup plus jeune de son père. D'après ce que m'avait dit Karl Malo, ils avaient beaucoup de choses en commun en plus de ce beau visage. Ils appartenaient tous deux au cercle des gagnants grâce au même mélange heureux de beauté, de richesse et d'intelligence. Juste ce qu'il fallait pour que d'autres hommes les haïssent au premier coup d'œil.

Alexandre Malo s'affala sur le banc en souriant et en haletant. Il passa le bras derrière le banc pour attraper une bouteille en plastique, puis il but goulûment avant de replacer la bouteille derrière le banc. Il passa ensuite le bras autour de la taille d'une des adolescentes qui en valait la peine : elle était fort jolie et bien appétissante dans son jeans coupé et son petit bain de soleil. Cependant, Alexandre était bien plus intéressé par le spectacle dans l'arène.

Le taureau noir avait encore un gland au bout d'une corne. Les garçons en blanc dansaient autour de lui tandis qu'il se lançait dans des charges vite interrompues contre l'un ou l'autre des *razetteurs*.

Mon regard retourna vers l'endroit où j'avais vu Jean-Noël Triolet. Il n'était plus là. Aussitôt, je le cherchai des yeux mais ne le trouvai pas dans la foule. Je descendis vers le banc où je l'avais vu assis, cherchai encore mais en vain.

Tandis que j'observais, lentement, méthodiquement, les bancs des premières rangées des tribunes, je vis quelque chose qui m'arrêta net.

C'était un homme costaud, de taille moyenne, qui était vêtu d'une chemise flamboyante, aussi rouge qu'une voiture de pompiers. Il se déplaçait dans les tribunes et venait dans ma direction bien qu'il ne semblât pas m'avoir aperçu.

Je ne l'avais pas vu depuis longemps, mais ce n'était pas quelqu'un que je risquais d'oublier.

Johnny Duncan.

Je le connaissais depuis ma jeunesse à Chicago et nous avions passé pas mal de temps ensemble entre cette époque-là et le présent. Nous avions partagé des expériences qui tissent entre les gens des liens aussi forts que les liens du sang.

Mon premier réflexe fut de traverser à toute allure la partie des tribunes qui me séparait de Johnny. Il fallait pourtant que je commence par repérer Triolet, ce que je fis quelques instants après avoir repris mon examen attentif et méthodique des premières rangées de bancs.

Triolet se trouvait à environ soixante mètres, en partie caché par un groupe de spectateurs. Il regardait fixement dans ma direction et je vis sa bouche s'entrouvrir de stupéfaction quand il me reconnut.

Au même instant Johnny Duncan surgissait devant moi et, de sa main musclée, me balançait une grande tape sur le bras tout en me souriant de son air je-m'en-fichiste. Il s'écria :

— Bon Dieu, Pete ! Qu'est-ce que tu fous là ? Aux dernières nouvelles, tu habitais du côté de Monaco.

— J'y habite encore, répondis-je. Je suis ici sur une affaire.

Triolet ne regardait plus dans ma direction. Il s'assit et s'intéressa à la course.

Alexandre Malo avait à nouveau sauté dans l'arène et courait vers le taureau pour le provoquer.

Johnny souriait toujours d'un air ravi.

— J'en reviens pas. T'as l'air en pleine forme, Pete. Tu es toujours le même.

— Toi aussi, Johnny.

— Non, moi je me fais vieux.

Il devait avoir cinquante-deux ans, mais il ne les faisait vraiment pas.

— Qu'est-ce que tu deviens ? lui demandai-je. Comment ça va ?

— Pas trop mal, ça pourrait être pire.

— Et toi, qu'est-ce que tu fais là ?

— Depuis quelque temps, j'habite à côté. A Aigues-Mortes. Je viens ici de temps en temps pour assister aux courses de taureaux. Ça ne vaut pas les corridas espagnoles, mais...

Il fut interrompu par les cris angoissés de la foule.

Le jeune Alexandre Malo était tombé dans le sable, non loin de nous et le taureau fonçait sur lui. Aucun des autres *razetteurs* n'était assez proche pour détourner l'attention de l'animal. Alexandre roula sur le côté juste à temps pour éviter que les sabots lui passent dessus. Il roula encore sur lui-même et se redressa sur un genou en se frottant le front. Le taureau s'arrêta en dérapant dans le sable, puis il se retourna et fonça sur Alexandre. Celui-ci se mit maladroitement debout et courut vers la barrière, mais il était beaucoup trop lent et ses mouvements étaient mal coordonnés.

Il trébucha et retomba.

Le taureau était presque sur lui mais soudain il s'arrêta et sembla hésiter. Ce qu'il allait faire dépendait de son humeur et de l'étendue de son excitation. Sa tête noire était baissée et ses longues cornes effilées étaient pointées droit sur le gamin.

Johnny avait déjà sauté dans le couloir de sécurité derrière la barrière. Il avait réagi une seconde plus vite que moi. Un instant après, il avait bondi par-dessus la barrière et se trouvait dans l'arène, agitant les bras, frappant des pieds et crachant des injures au taureau.

Celui-ci leva la tête et le regarda. Il hésitait encore. Ce fut sans doute le rouge criard de la chemise de Johnny qui le décida. Se détournant du gamin, il se rua sur Johnny qui se mit à courir aussi vite qu'il le pouvait, c'est-à-dire très vite. Son instinct de survie était aussi rapide que ses réactions.

Deux personnes sautèrent la barrière pour aider Alexandre Malo à sortir de l'arène. Trois jeunes *razetteurs* coururent vers le taureau pour le détourner de Johnny.

Mon attention se reporta sur le banc sur lequel Alexandre s'était assis un instant pour se reposer près de ses amis. Ceux-ci, l'air inquiet, se hâtaient d'aller le rejoindre. Il était adossé à la base des tribunes et secouait faiblement la tête. Puis il se laissa glisser pour s'asseoir par terre et ses amis se penchèrent au-dessus de lui avec angoisse.

Un homme basané et courtaud, qui avait une petite moustache et que j'avais vu assis juste derrière eux, s'était levé et se dirigeait vers le tunnel de sortie. Il portait une bouteille en plastique qui ressemblait fort à celle que j'avais vu Alexandre porter à sa bouche un peu plus tôt.

Je me frayai rapidement un chemin dans la foule pour le suivre. Il disparut dans le tunnel. Tous les autres spectateurs se pressaient vers le bord de l'arène pour voir ce qui s'y passait. Je finis par me sortir de la foule et entrai rapidement dans le tunnel. Le type que je suivais était déjà à l'autre bout et sortait sur le trottoir.

Comme je me lançais à sa poursuite, j'entendis un bruit derrière moi, mais je tenais tellement à rattraper l'homme basané et sa bouteille que je ne tournai pas la tête.

Quelque chose s'écrasa sur mon crâne.

Heureusement que le sol du tunnel était tapissé de sable car je tombai comme une masse, la tête la première.

12

Pendant un moment, mon esprit fut complètement engourdi, mais le coup n'avait pas été assez violent pour me faire perdre connaissance. C'était peut-être parce que je bougeais et que mon agresseur bougeait au moment où il m'avait frappé. Il m'enjamba d'un bond et partit en courant. J'aperçus vaguement des sandales noires et le bas d'un blue-jeans avant qu'il disparaisse à l'extrémité du tunnel qui donnait sur la rue. C'est tout ce que je vis de mon agresseur. J'étais trop occupé à essayer de soulever ma tête lourde et endolorie, à enlever le sable que j'avais dans les yeux.

Je finis par arriver à me mettre à quatre pattes et à gagner ainsi un côté du tunnel. Là je m'assis et m'adossai au mur, le temps que mon cerveau brouillé retrouve un peu de sa lucidité.

Les élancements dans ma tête étaient de plus en plus douloureux, mais ils s'étaient localisés à l'endroit précis où j'avais été frappé. Ma vue s'éclaircit assez vite.

Un couple de gens âgés qui empruntaient le tunnel pour quitter les arènes et qui, à en juger par leurs vêtements, devaient être des fermiers, s'arrêtèrent pour me demander si j'allais bien.

Je leur répondis que j'allais aussi bien que possible.

L'homme me dit qu'il n'était pas bon de boire trop copieusement dehors, sous le soleil de midi.

J'en convins.

La femme me demanda si j'avais besoin d'aide pour me mettre debout.

— Pas encore, merci, répondis-je.

Avant de s'éloigner, ils me conseillèrent de dormir.

J'aurais bien aimé le faire, mais je résistai. Les minutes passèrent. Je parvins enfin à me donner l'ordre de me lever. Ce ne fut pas aussi dur et le résultat aussi pénible que je le craignais. J'avais mal au crâne, mais je ne tremblais pas et ne vacillais pas.

Je repartis en sens inverse dans le tunnel, en marchant lentement comme un vieillard qui a besoin d'une canne mais qui l'a oubliée.

Le soleil de midi contre lequel le fermier m'avait mis en garde me fit tellement plisser les yeux que je les fermais presque. Je m'arrêtai sur les marches entre les tribunes. Dans l'arène, il y avait un autre taureau plus gros que le premier mais moins enthousiaste. Les garçons en blanc avaient du mal à l'inciter à charger pour de bon. Pour écarter les *razetteurs,* il était partisan du moindre effort et se contentait de renâcler, de faire voltiger un peu de sable et de se retourner rapidement pour les surprendre en faisant semblant de les menacer de ses cornes afin de les empêcher de s'approcher suffisamment pour pouvoir retirer un des glands.

Alexandre Malo et ses trois jeunes amis n'étaient plus là.

Le gendre de Karl Malo, Jean-Noël Triolet, avait également disparu.

Je m'assis sur une marche et réfléchis à ce qui m'était arrivé. Je me demandai pourquoi ça m'était arrivé.

Quelqu'un n'avait pas voulu que j'attrape le gars qui avait la bouteille en plastique. Ça, c'était évident. Ce qui l'était moins, c'était comment ce quelqu'un avait pu savoir que je représentais une menace.

La personne qui m'avait assommé dans le tunnel n'avait pas été prévenue par Triolet. J'étais certain que Triolet ne se rendait pas compte que je le suivais jusqu'au moment où il avait sursauté en me voyant dans les tribunes. Ensuite, je n'avais pas cessé de le surveiller et il ne m'avait désigné à personne. Aucun de ses voisins ne portait un jeans et des sandales noires.

Triolet regardait Johnny Duncan attirer le taureau pour l'éloigner d'Alexandre Malo lorsque je m'étais dirigé vers le tunnel pour tenter de rattraper l'homme à la bouteille en plastique. Même s'il était tout de suite allé trouver l'assommeur et lui avait dit de m'agresser, c'était trop tard. L'assommeur n'avait aucune chance de me rattraper.

Si j'avais été assommé, ce n'était pas simplement parce qu'il se trouvait que je marchais dans le tunnel derrière l'homme à la bouteille en plastique. J'aurais pu être n'importe quel spectateur quittant l'arène pour vaquer à d'autres occupations.

Il fallait que quelqu'un ait su, bien à l'avance, que j'étais une source potentielle d'ennuis. Quelqu'un qui me surveillait attentivement et qui était prêt à intervenir s'il estimait que je devenais dangereux.

Le mal au crâne dont je souffrais ne m'aidait pas à faire des déductions géniales et ne semblait pas près de se calmer. Je songeai que j'avais intérêt à me mettre à l'abri du soleil brûlant, si possible dans un bistrot frais et obscur.

Johnny Duncan traversait les tribunes et venait vers moi.

— Où étais-tu passé ? Ça fait un moment que je te cherche... (Il était arrivé assez près pour voir le sable sur mon visage et mes vêtements.) Qu'est-ce qui t'est arrivé ?

— Je me suis fait assommer.

Je touchai mon crâne à l'endroit douloureux et tressaillis. Je tressaillis plus violemment quand Johnny, passant derrière moi, tâta la bosse de ses doigts épais.

— Ça ne saigne pas, me dit-il. La peau n'est même pas éraflée. C'est juste une bosse et tu auras un bleu. Mais tu n'es pas à l'article de la mort. (Il s'assit près de moi.) Qui t'a fait ça ?

— Je ne l'ai pas vu.

— Un rapport avec l'affaire dont tu t'occupes ?

— Probablement, répondis-je. Qu'est-il arrivé à Alexandre Malo ?

— Qui ça ?

— Le gamin qui est tombé dans l'arène. Celui pour qui tu as joué les héros.

— Ah, lui. Ses copains l'ont emmené. (Johnny agita une main en direction du tunnel.) Ils ont dit qu'ils le ramèneraient chez lui en voiture.

— Ils l'ont d'abord montré à un médecin ?

— Ouais, mais le gamin n'a pas voulu lui laisser faire un examen complet. Il a dit qu'il allait très bien. Qu'il avait seulement eu un brusque instant de vertige, sans doute à cause du soleil ou de quelque chose qu'il avait mangé.

— Ou bu. Quelqu'un avait mis un narcotique dans sa bouteille d'eau.

Johnny hocha la tête.

— C'est bien ce qu'on aurait dit, à voir la façon dont il se conduisait. C'est pour ça qu'il n'a pas voulu se faire examiner par le toubib. Il avait dû prendre trop d'excitants ou de calmants pour se donner le courage d'affronter les taureaux. Peut-être un mélange des deux.

— Non, il ne savait pas qu'il prenait autre chose que de l'eau. Quelqu'un avait glissé la drogue à son insu dans sa bouteille.

L'air curieux, Johnny me demanda :

— Et *ça*, ça a un rapport avec l'affaire dont tu t'occupes ?

— Je te raconterai tout en avalant un médicament. (Je me levai. Prudemment.) Un café bien fort arrosé d'une bonne dose de cognac. Et de l'aspirine. La codéine serait plus efficace, si tu sais où on peut en trouver, par ici.

— Pas question, dit fermement Johnny en se levant aussi. Tu sais très bien ce que je pense du mélange de ce genre de médicament avec l'alcool.

— Oui, mais ça agit plus vite.

— Ça te rapproche plus vite de la tombe, voilà comment ça agit. C'est l'un ou l'autre. Le médicament ou l'alcool. Pas les deux.

Les gens dont Johnny se souciait étaient rares. Ayant passé plusieurs années dans la police, il s'était protégé, par une armure trop épaisse, du dégoût de l'humanité. Cependant, il avait pris, depuis bien longtemps, l'habitude d'agir envers moi comme un protecteur. Cela avait commencé à l'époque où je n'étais qu'un simple agent en uniforme et Johnny était déjà inspecteur de police. Quand il était devenu agent fédéral du Bureau des narcotiques, il avait convaincu ses supérieurs de m'embaucher aussi. Il avait été mon patron, un bon patron, quand on nous avait envoyé travailler en France.

Le souci que Johnny se faisait pour moi était aussi sincère qu'il était rare. C'était sa façon de s'acquitter de la dette qu'il estimait avoir envers ma famille. Mon grand-père avait été son mentor dans la police de Chicago, l'homme vers qui il pouvait se tourner en cas de besoin.

— Commençons par nous trouver un bistrot, lui dis-je. Le plus près sera le mieux. Je déciderai ensuite.

Celui qui m'avait assommé dans le tunnel devait être parti depuis belle lurette, pourtant, quand je dus y passer à nouveau dans l'état où j'étais, je me sentis rassuré par la présence de Johnny Duncan à mes côtés.

Seulement, je ne voulais pas croire à une des raisons pour lesquelles j'étais rassuré.

Je m'efforçai de chasser cette idée de ma tête endolorie. Elle ne s'en alla pas très loin.

Tout donc se [illegible] Et ce [illegible]. La [illegible]
[illegible]
— Pas question, dit fermement Arthur [illegible]
aussi. Je suis [illegible] que le [illegible] du mélange de ce
[illegible]
[illegible]
— [illegible] la [illegible]
[illegible] médicament [illegible]
[illegible]

[illegible]

[illegible]

[illegible]

Solidement, je ne voulais que [illegible]
pour [illegible].
Je [illegible], cette idée de [illegible]
Elle ne [illegible] pas [illegible].

13

— Tu te souviens de la première fois qu'on s'est vu ? me demanda Johnny.

Il y avait, dans sa voix, une intonation nostalgique inhabituelle qui était peut-être la conséquence du fait qu'il en était à son troisième cognac. Pourtant, le Johnny que je connaissais tenait son vin bien mieux que ça.

— Je la sens encore, répondis-je. Lotion capillaire et poudre de talc.

— Ouais. Drake, le salon de coiffure pour hommes, sous les arcades d'East Walton. Tu étais là avec ton grand-père. Tu devais avoir... dans les quinze ans ?

— Plutôt seize.

— Et tu étais déjà plus grand que moi. Ça ne me plaisait pas tellement, d'ailleurs. Moi qui avais rêvé de devenir aussi grand que Gary Cooper... Mais je t'ai pardonné, à cause de ton grand-père. Un type formidable.

— Oui, c'était vraiment un type bien.

— C'est pour le voir que j'étais venu, ce jour-là, dit Johnny. J'avais des emmerdes avec un lieutenant qui me reprochait la façon dont je m'étais conduit envers un malfrat soupçonné de vol à main armée. Il voulait me sucrer mon avancement. C'était un samedi et je savais que ton grand-père allait chez Drake tous les samedis midi pour se faire faire une coupe. Par Angie Sorello. Tu étais dans le fauteuil voisin. Et ton grand-père nous a présentés l'un à l'autre, très formellement.

— Et il a calmé le lieutenant.

— Ouais. Ton grand-père... je l'adorais, cet homme. Dommage qu'il ait fallu qu'il meure, comme ça, rien que trois ans après sa retraite.

— Il n'a pas *fallu,* c'est lui qui l'a voulu. Il s'est suicidé.

— Je ne dirais pas que c'était vraiment un suicide, Pete. Il avait toujours été un gros buveur.

— Pas comme il l'est devenu après avoir pris sa retraite de la police. Là, il s'est changé en véritable alcoolique, Johnny. Et il n'a pas voulu cesser de boire, même quand sa santé a été complètement fichue.

Johnny eut une moue de regret qui adoucit un instant son visage dur et carré.

— Buvons à sa mémoire, dit-il en levant son verre de cognac. C'était le meilleur des hommes.

J'approuvai d'un hochement de tête. C'était un mouvement que je pouvais faire, maintenant, sans que mon crâne explose. Quatre comprimés d'aspirine, un café noir bien fort et l'effet apaisant de l'air conditionné commençaient à venir à bout de mon mal de tête.

Johnny m'avait conduit à quelques kilomètres des Saintes-Maries-de-la-Mer, dans un ancien blockhaus transformé en bar, sur la plage.

— Et maintenant, raconte-moi, dit Johnny, le rapport qu'il y a entre l'affaire dont tu t'occupes et ton coup sur la tête.

Je lui racontai l'affaire Malo en détail et, tout en parlant, je l'observai.

Outre sa chemise rouge-voiture-de-pompiers, il portait une veste en daim, un pantalon en cuir noir et des bottes de cow-boy, style mexicain, à talons hauts. Il avait l'habitude de s'accoutrer ainsi de façon voyante. Il avait également l'habitude de mettre plus de vêtements qu'une personne normale en aurait supporté en plein été. Johnny ne transpirait pas. S'il avait chaud, ça ne se voyait pas. S'il avait des problèmes, ça ne se voyait pas non plus. Il avait toujours le même visage de marbre. Sauf quand il vous balançait son sourire je-m'en-fichiste — ce qui ne voulait pas dire qu'il débordait de joie.

Pour le moment, son visage exprimait un certain intérêt pour ce que je lui racontais.

Je fis à nouveau de mon mieux pour chasser toujours cette même idée déplaisante.

Quand j'en arrivai à la partie de mon récit concernant l'endroit où j'avais dû laisser la rançon, Johnny m'interrompit :

— Hé, dit-il, c'est par là qu'on avait repéré Theo Moreale. Tu te souviens ?

— Oui.

Ce n'était pas la première fois que ce souvenir me revenait depuis que j'étais tombé sur Johnny, aux arènes.

Cela s'était passé au cours des premiers mois où j'avais travaillé en France comme agent du Bureau des narcotiques. Johnny m'avait fait engager dans une opération secrète qu'il dirigeait dans le Midi. Une des raisons pour lesquelles il voulait que j'y participe était que je pouvais me faire passer pour un criminel français, m'intégrer au milieu et y récolter des informations. A ce moment-là, Johnny parlait déjà un excellent français, mais il avait encore son accent américain — il l'avait toujours.

C'était pourtant Johnny qui avait recueilli le tuyau sur un contrebandier nommé Theo Moreale. Presque toute l'héroïne brute qui passait par les laboratoires clandestins de la région de Marseille avant d'être envoyée aux Etats-Unis arrivait par bateau. On disait cependant que Moreale faisait entrer régulièrement de la blanche non purifiée d'Italie en France par une piste dans les montagnes derrière la côte d'Azur. Johnny et moi avions passé près de trois semaines dans ces montagnes quand nous eûmes enfin la chance, une nuit, à quelques kilomètres au-dessus de Sospel, d'apercevoir Moreale qui transportait sa marchandise avec l'aide de deux hommes.

Etant donné que nous n'avions pas le droit de procéder à des arrestations en France, nous avions communiqué aux agents français de la Brigade des stupéfiants le renseignement concernant la piste utilisée par Moreale. Pendant près d'un mois, ils avaient tendu des pièges tout au long de cette piste. Sans résultat car pendant tout ce temps, Moreale ne l'avait jamais utilisée.

— Tout ce travail pour rien, grommela Johnny en sirotant son cognac. Je te parie qu'un flic s'est fait un joli petit paquet en prévenant Moreale.

Je lui souris et dis d'un ton insouciant :

— Ça nous aura quand même permis d'apprendre à connaître ce coin de montagne comme notre poche.

— Ça, c'est bien vrai, répondit Johnny d'un ton tout aussi insouciant, avant de boire une autre petite gorgée de cognac.

Je poursuivis le récit de l'affaire dont je m'occupais. Quand j'en arrivai à la description de l'homme que j'avais vu partir en emportant la bouteille en plastique d'Alexandre Malo, Johnny me dit, d'un ton pensif :

— Petit et basané... Ça pourrait être un Gitan.

— Ou quelqu'un d'une des douzaines d'autres races méditerranéennes à la peau bistrée.

— Evidemment, mais il y a une grande concentration de Gitans, dans la région. La plupart sont des gars sans histoires, mais certains sont des voleurs professionnels.

— Mais il ne *volait* pas la bouteille du gamin, il la faisait disparaître. Parce que quelqu'un savait que j'allais me douter qu'on avait mis quelque chose dedans pour droguer le fils de Malo et que j'allais faire analyser l'eau qui restait dans la bouteille. Ce qui veut dire que ce quelqu'un me connaît, qu'il sait qui je suis et ce que je fais. Il sait que j'ai travaillé pour Malo et que je recommencerai peut-être.

— Il y a le gendre de Malo. Ce Triolet, suggéra Johnny.

— Ce n'est pas lui. Après m'avoir aperçu, il n'a pas eu la possibilité de charger quelqu'un de me sauter dessus.

Johnny réfléchit à ce que je venais de lui dire.

— Ça fait pas mal d'années qu'un bon nombre de criminels français ont eu affaire à toi, Pete. Il pourrait y en avoir un qui soit plus ou moins impliqué dans l'affaire dont tu t'occupes. Qui se soit trouvé là, aux arènes et qui t'ait reconnu.

— C'est possible, oui.

Johnny appela le garçon. Il commanda un autre cognac et moi un autre café noir et un verre de lait froid.

Il réfléchit à tout ce que je lui avais dit, puis, quand le garçon eut apporté notre commande, il me demanda :

— Tu penses qu'il y a un rapport entre l'enlèvement et ce qui a failli arriver, tout à l'heure, au gamin ?

— J'en sais rien, répondis-je. Sauf que la première fois, c'était la femme et la deuxième, c'était le fils de Malo.

Johnny hocha la tête.

— Oui, bien sûr, il pourrait y avoir un rapport entre les deux. Mais, si ça se trouve, il n'y en a pas. Tu n'en sais pas encore assez pour décider si c'est l'un ou si c'est l'autre.

— Je viens de commencer, lui dis-je. Donne-moi un peu de temps.

— Rien qu'une idée en l'air, fit Johnny, mais si jamais tu avais besoin de quelqu'un pour t'aider dans ton enquête… eh bien, tu pourrais m'engager. (Il plaisantait, bien sûr, mais seulement à moitié.) Tu me collerais sur ta note de frais. Pour un type comme Karl Malo, ça ne ferait pratiquement aucune différence. Il ne le remarquerait même pas. Et moi, depuis un certain temps, je n'ai pas grand-chose à faire.

— Je n'oublierai pas ta proposition… on ne sait jamais… (Je bus un peu de lait froid en observant Johnny par-dessus le bord de mon verre.) Et d'ailleurs, qu'est-ce que tu fabriques en ce moment ?

Je posai la question comme si je n'attachais pas beaucoup d'importance à la réponse, mais ce n'était pas facile avec Johnny Duncan car il était sensible aux moindres nuances.

Je l'étais aussi et nous avions tous deux une grande pratique de la dissimulation. On ne peut survivre longtemps comme agent secret si l'on n'est pas capable de jouer la comédie. Il faut pouvoir regarder l'ennemi dans les yeux sans qu'il puisse se douter qu'on est son ennemi — et ce pendant des mois où l'on est constamment en contact —, avant de lui tomber dessus.

Evidemment, Johnny et moi étions de vieux amis et il était naturel que nous nous intéressions aux activités l'un de l'autre. Le fait que nous savions jouer la comédie ne voulait pas forcément dire que nous étions en train de la jouer.

— Je suppose, dit Johnny, que tu as appris que je m'étais fait virer.

J'étais plus ou moins au courant. Je savais que Johnny avait laissé tomber son boulot pour le Bureau des narcotiques quand la CIA lui avait fait une offre bien plus alléchante, pour sa longue expérience et ses contacts clandestins. Cela s'était passé quelques années avant que je ne quitte moi-même le Bureau pour me mettre au service du Comité des relations extérieures du Sénat en tant qu'enquêteur pour l'Europe. Je n'avais pratiquement plus entendu parler de Johnny pendant un bon bout de temps. Puis, un peu moins de deux ans plus tôt, j'avais capté certaines rumeurs selon lesquelles Johnny utilisait son influence d'agent de la CIA pour se faire de l'argent au noir.

— J'ai entendu dire que tu avais laissé tomber, répondis-je.

— C'est ça, de la même façon que tu as laissé tomber

tes enquêtes pour le Sénat. Il paraît qu'ils se sont aperçus que tu avais détruit des preuves contre un gangster qui s'entremettait dans des transactions illégales entre compagnies françaises et américaines.

— C'était en paiement d'une vieille dette, lui dis-je. (Le gangster en question était le père d'Arlette. Je vivais encore une vie insouciante dans le ventre de ma mère quand il avait sauvé Babette de la Gestapo, au cours des dernières semaines de la guerre.) Comme la plupart des vieilles dettes, quand l'heure est venue de la payer, ça ne pouvait plus mal tomber.

— Une dette envers Marcel Alfani.

— Tu es toujours aussi bien informé.

— J'ai gardé mes anciens contacts, ici et là. Il paraît même que tu as évité d'aller en taule en faisant chanter un sénateur du comité.

C'était une des raisons pour lesquelles je ne travaillais pas aux Etats-Unis mais en Europe. Il y avait là-bas trop d'individus, membres du gouvernement, qui n'attendaient que le moment de me coincer la prochaine fois que je ferais un faux pas.

Je finis mon verre de lait.

— Ce n'était pas vraiment du chantage. J'ai simplement demandé au sénateur s'il était amoureux de la prostituée avec qui il allait, régulièrement, passer le week-end en douce à Baltimore.

Johnny éclata de rire.

— Je crois bien que c'est moi qui t'ai appris à jouer ce genre de tour de cochon.

— Ce n'est sûrement pas mon grand-père.

— Non, dit Johnny d'un ton sérieux. Il a toujours été d'une grande droiture. Je l'admirais pour ça, mais...

— Son exemple est difficile à suivre.

Johnny prit son verre et fit tournoyer le cognac qui restait.

— Eh bien, moi non plus, je n'ai pas *vraiment* fait

chanter la CIA. Je ne voulais pas aller en prison et ils ne voulaient pas que je vide mon sac, au tribunal, à propos de certaines de leurs opérations secrètes les plus déplaisantes. Alors nous nous sommes séparés par consentement mutuel. Mutuel mais pas très amical.

— Et depuis ?

Johnny haussa les épaules.

— Un truc par-ci, un truc par-là. Je prends les boulots qu'on m'offre. Il y en a même qui sont tout à fait légitimes. Le reste n'est pas trop illégal. Mais aucun ne m'enrichit. (Il se renversa dans son fauteuil. Il semblait un peu las.) J'ai une petite amie à Aigues-Mortes. Elle tient un petit restaurant que lui ont laissé ses parents. Quand je suis là, je suis nourri et logé gratuitement. Je ne sais pas ce qu'elle peut bien en retirer. Elle n'a que vingt-six ans. Et moi... je ne suis plus un amant de rêve.

— Tu n'as jamais tellement tenu aux femmes, si je me souviens bien.

— Tu as raison. Je tirais un coup, je m'en allais et je n'y pensais plus. J'étais comme ça, mais là... C'est peut-être parce que je vieillis. En tout cas, j'aime vraiment beaucoup cette fille, Pete. Elle s'appelle Suzanne. (Son sourire était pâle mais sincère.) Elle est très gentille. Je ne la mérite pas.

Sa façon de parler, son ton, son sourire, me firent penser à Karl Malo quand il parlait de sa femme actuelle. Cette similarité était surprenante car, autrement, ces deux hommes étaient aussi dissemblables que possible.

Johnny vida son verre, puis il eut soudain une idée :

— Hé, dis, pourquoi tu viendrais pas à Aigues-Mortes, avec moi, pour que je puisse te la présenter ? Tu pourrais dîner avec nous. Suzanne est une excellente cuisinière.

— J'aimerais bien, Johnny, mais j'ai trop de recherches à faire tout de suite, du côté d'Arles. Mais une autre fois, avec plaisir.

— Bon, d'accord. Mais je ne suis pas toujours là. De

temps en temps, il faut que je me déplace pour gagner quelques ronds.

— Je téléphonerai pour m'assurer que tu es là, quand j'aurai l'occasion de venir.

Je sortis un carnet et notai le numéro de téléphone qu'il me donna.

Quand je réglai l'addition, il protesta :

— C'est moi qui t'ai amené ici.

— Oui, mais c'est moi qui fais des notes de frais.

— C'est vrai. (Il passa un bras autour de mes épaules et nous quittâmes le bar.) Et surtout n'oublie pas que je suis disponible, si tu peux faire passer un détective adjoint bien payé sur ta note de frais.

Nous montâmes dans sa Volkswagen vieille de dix ans et il me ramena sur la place où j'avais laissé ma Peugeot. La Citroën de Triolet n'était plus là.

Avant que nous nous séparions, Johnny me sourit en disant :

— N'oublie pas de nous appeler, Pete. Je demanderai à Suzanne de mitonner un de ses bons petits plats en ton honneur. Ne nous fais pas trop attendre.

— Vous aurez bientôt de mes nouvelles, tu peux compter sur moi.

Pendant tout le chemin de la Camargue jusqu'à Arles, la même idée déplaisante ne cessa de me harceler.

Johnny Duncan avait fait plusieurs longs séjours en Italie, comme agent du Bureau des narcotiques puis comme agent de la CIA. Il aurait très bien pu prendre une intonation italienne pour masquer son accent américain quand il parlait français.

Je me forçai à me rappeler que Johnny n'était pas assez grand pour être le ravisseur qui avait un léger accent italien. Jacqueline Malo m'avait dit que ce dernier était aussi grand que moi.

Je me rappelai aussi ce que Johnny m'avait dit très justement, à savoir que n'importe quel personnage de mon passé pouvait m'avoir reconnu aux Arènes. Ce ne serait pas une coïncidence plus remarquable que la présence de Johnny ce jour-là.

Si jamais il avait un quelconque rapport avec Jean-Noël Triolet cela n'expliquait pas comment l'enlèvement avait pu être si bien monté à la dernière minute, puisque Triolet se trouvait à New York à ce moment-là et n'avait pas pu le prévenir de la brusque décision de Jacqueline Malo de se rendre à Monaco.

Cela faisait plusieurs bonnes raisons pour ne pas permettre à mes soupçons concernant Johnny d'aviver mes maux de tête. Sans compter le fait que je ne voulais pas y croire.

Un autre facteur jouait en faveur de Johnny. En admettant qu'il y eût un rapport entre l'enlèvement et le fait qu'on avait essayé, deux mois plus tard, de faire avoir un accident mortel au fils de Malo dans l'arène, si Johnny avait vraiment quelque chose à voir avec cette tentative, pourquoi s'était-il précipité pour aider le gamin ?

Malheureusement, j'avais à cette question une réponse évidente, si je le voulais. Je ne le voulais pas. N'empêche que cela expliquait aussi pourquoi j'avais été mis hors circuit — juste le temps qu'il fallait et avec un minimum de violence. Tout comme cela expliquait les deux raisons contradictoires pour lesquelles je m'étais senti plus en sécurité en ayant Johnny à côté de moi dans le tunnel.

Quand on soupçonne un ami, on finit par se juger soi-même. Je jugeai que je me trompais sans doute et qu'en plus, j'étais injuste.

Que j'eus tort ou raison, il n'en restait pas moins que Johnny n'était plus à côté de moi. Cette idée m'incita à m'arrêter sur le bas-côté de la route et à sortir mon revolver de sa cachette pour le porter sur moi dans son holster. Cela m'obligea à enfiler par-dessus ma veste en jean, malgré la chaleur marécageuse de la Camargue.

Je parcourus le reste du trajet en me sentant à la fois plus mal et mieux ; ce que je perdais en confort, je le gagnais en sécurité.

14

— Monsieur Sawyer ? Ici Jean-Noël Triolet. Je voudrais vous voir en particulier. Pour parler d'une chose extrêmement personnelle. Vous êtes libre maintenant ?

Apparemment, le destin voulait que je sois sans cesse tiré d'un profond sommeil par un membre de la famille Malo. Je dois reconnaître qu'ils me téléphonaient à un moment où ils pensaient qu'une personne normale devait être réveillée. La lumière du jour filtrait encore à travers les volets des fenêtres de ma chambre, mais pas aussi fort qu'à l'heure où je m'étais allongé pour faire une petite sieste. La sieste aussi s'était allongée. Il était plus de huit heures du soir.

De toute façon, il était grand temps que je me remue. J'avais à nouveau rendez-vous avec Babette pour dîner. Et rendez-vous encore le lendemain matin pour prendre avec elle le petit déjeuner avant de la conduire à la gare où elle devait prendre le train pour Paris.

J'espérais bien qu'à ce moment-là, elle aurait le sentiment que j'avais si gentiment accompli mes devoirs filiaux qu'elle ne pouvait décemment pas me faire le coup de vendre la maison.

— D'où m'appelez-vous ? demandai-je à Triolet.

— Je suis en bas, dans le hall de l'hôtel.

— Je peux venir vous y rejoindre dans vingt minutes.

— Je préférerais vous voir dans votre chambre, me dit Triolet. Ce serait plus discret. C'est possible ?

— Donnez-moi vingt minutes, répondis-je. Après, vous pourrez monter.

Je raccrochai, appelai le service de l'hôtel et demandai qu'on me monte du café noir, très fort, puis je me levai et allai prendre une douche.

En quittant la Camargue, mon intention était de me rendre au château de Malo. Cependant, l'aspirine ayant cessé de faire son effet avant que j'atteigne Arles, j'avais commencé par m'arrêter devant une pharmacie où j'avais demandé l'analgésique le plus puissant qu'on pût donner sans ordonnance. J'en avais avalé deux comprimés avec un grand verre de Vittel, dans un bistrot voisin de la pharmacie et j'avais attendu pour voir si c'était efficace. Ça l'était, mais ce médicament avait aussi un effet fortement sédatif auquel je ne m'étais pas attendu. La douleur s'en alla pour être remplacée par une torpeur presque irrésistible.

Il ne me restait plus que quelques kilomètres à parcourir pour atteindre le château, mais je ne voyais pas l'intérêt d'y arriver à moitié endormi. Je ne ferais rien de bien tant que mon esprit ne serait pas sorti de sa léthargie. Je préférai me traîner jusqu'à mon hôtel qui n'était qu'à deux rues plus loin.

Une fois dans ma chambre, je me débrouillai pour résister encore à l'effet hypnotique, le temps de passer un coup de téléphone au château de Malo. Le maître d'hôtel répondit. Il s'appelait Claude Girard. Malo m'avait déjà parlé de lui, au cours d'une conversation téléphonique.

Girard me dit qu'Alexandre était rentré un peu plus tôt, s'était tout de suite rendu à ses appartements et avait demandé qu'on ne le dérange pas. Il dormait encore. Si ce qu'on avait glissé dans sa bouteille était aussi puissant que les comprimés que j'avais pris, cela n'avait rien d'étonnant.

Je dis à Girard de prévenir le garçon, quand il finirait par se réveiller, que quelqu'un avait peut-être essayé de le faire tuer dans les arènes. Je ne savais pas pourquoi. Je ne savais pas non plus si une autre tentative serait faite — en tout cas tant que je serais par là. La personne qui avait participé à la tentative de l'après-midi savait que je me doutais de quelque chose. Il lui serait plus difficile de faire passer une autre tentative pour un accident.

A tout hasard, je dis encore à Girard :

— Essayez de vous assurer qu'Alexandre reste tranquille au château en attendant que j'arrive et que je lui ai parlé. S'il le faut, demandez à son père de faire pression sur lui.

— Nous ferons de notre mieux, dit Girard. (Il ne semblait pas très optimiste quant au résultat.) Quand pensez-vous arriver ?

Je répondis que je comptais être là-bas vers midi, le lendemain. Entre ma sieste et Babette et quelques démarches indispensables à faire le lendemain matin, je ne pensais pas pouvoir me libérer plus tôt.

Après avoir raccroché, je m'allongeai pour faire un somme... et fus brutalement réveillé par le coup de téléphone de Triolet.

Je n'avais plus mal à la tête, sauf quand je touchais la bosse très sensible à l'arrière de mon crâne, ce que je ne fis qu'une fois car je n'étais pas maso. A l'intérieur de mon crâne les différents départements semblaient être à nouveau en état de marche. Une douche froide dissipa les dernières brumes. Le café arriva pendant que je m'habillais. Il consolida ma guérison. J'en étais à ma deuxième tasse quand Triolet frappa à la porte.

La chambre était grande et la table éloignée de la porte. Je dus crier à Triolet d'entrer. J'avais pris la précaution de glisser mon revolver entre deux des coussins du petit canapé sur lequel j'étais assis, mais Triolet ne s'était pas fait accompagner et son comportement n'avait rien de menaçant. Il avait simplement l'air inquiet et embarrassé.

Le parquet craqua sous ses pas quand il traversa la pièce. Je lui indiquai un fauteuil. Il s'assit en face de moi, dans une attitude crispée.

— Je suis venu vous demander de me rendre un service, dit-il, mal à l'aise, s'interrompant pour réfléchir à la façon dont il allait exprimer sa requête.

— Comment avez-vous su où me trouver ? lui demandai-je.

— Karl... mon beau-père m'a dit que vous étiez descendu ici.

— Quand il vous a dit quel travail je faisais pour lui ?

— Oui.

— Quand vous l'a-t-il dit ?

— Il n'y a pas une demi-heure. Au château.

Triolet s'efforça de calmer sa nervosité en arrangeant inutilement sa cravate impeccablement nouée. La cravate était bordeaux. Le costume était brun et aussi sérieux que le costume bleu. L'expression de Triolet était aussi sombre que celle qu'il avait la première fois que je l'avais vu.

— Mon beau-père, dit-il, était assez surpris de ne pas vous trouver au château ; il pensait que vous auriez déjà commencé votre... euh... enquête.

— J'avais d'abord des recherches à faire ici, répondis-je.

Le fait que Malo ne l'avait mis que tout récemment au courant de mon enquête ne signifiait pas que Triolet n'avait pas pu déduire tout seul, beaucoup plus tôt, la raison pour laquelle Malo m'avait reçu dans son bureau à Fos. Il avait entendu Malo dire mon nom à l'interphone et savait que c'était le nom du détective privé que Malo avait engagé à Monaco deux mois plus tôt. Il ne fallait pas être sorcier pour deviner que je devais à nouveau travailler pour Malo.

Si je ne me trompais pas, c'était ce qui avait précipité Triolet aux Saintes-Maries-de-la-Mer, après qu'il eût dit à Malo qu'il allait à Marseille. Je pouvais me tromper, mais ça m'aurait étonné.

Les coudes appuyés sur les bras de son fauteuil, les mains jointes, Triolet se pencha vers moi.

— Je suis venu vous demander, vous prier de ne pas parler de ma présence aux Saintes-Maries, aujourd'hui. Ni à mon beau-père, ni à quelqu'un d'autre. Cela m'obligerait à fournir des explications qui...

Il ne termina pas sa phrase, mais m'observa très attentivement, comme s'il cherchait, par son regard, à me convaincre de partager et garder son secret.

Je me contentai de le regarder d'un air neutre en attendant la suite.

— Vous voyez, poursuivit-il enfin avec gêne, le fait est que je suis allé là-bas pour retrouver une femme. Une amie. Une... je suis sûr que vous comprenez.

— Vous ne craignez pas que je parle de *ça* à votre beau-père. Ou à votre femme, lui dis-je.

— Pourquoi le feriez-vous ? Cela ne concerne en rien votre enquête. C'est une affaire purement personnelle. Un écart de conduite, si vous voulez... mais, entre hommes, vous comprenez sûrement comment ce genre de chose peut se produire, dans un mariage.

Mon hochement de tête fut trop réservé à son goût. Au bout d'un instant, il ajouta, d'une voix plus sèche :

— Et je vous paierai — si c'est ce que vous voulez pour que ce que je viens de vous révéler reste entre nous.

— Vous ne saviez pas que votre beau-frère serait dans ces arènes, aujourd'hui ? lui demandai-je.

Le changement de sujet ne le désarçonna pas plus d'une seconde.

— Non, répondit-il, mais ça ne m'a pas surpris. (Il

haussa les épaules.) Alex a souvent un comportement stupide, tout à fait indigne de son intelligence. Il s'ingénie à mettre son courage à l'épreuve, mais par des moyens qui n'ont rien à voir avec le vrai courage. Les courses de taureaux sont un des exemples les moins dangereux de cette stupidité.

— Elles ont été dangereuses pour lui, aujourd'hui.

— Oui. Il a eu de la chance que cet homme ait sauté dans l'arène pour détourner le taureau juste à temps.

— Vous ne connaissez pas cet homme ?

Ma question sembla le surprendre.

— Non ; je ne me souviens pas l'avoir déjà vu. Pourquoi ?

— Oh, une idée, comme ça...

Je bus un peu de café et reposai la tasse sans le quitter des yeux. Il eut un sourire contraint et me dit :

— J'avoue que j'ai été assez étonné de *vous* voir là.

— Je m'en suis rendu compte à votre expression.

— Je suppose que vous m'avez suivi depuis Fos.

— Pourquoi aurais-je fait ça ?

— Parce que vous considérez sans doute que nous sommes tous suspects, monsieur Sawyer. N'est-ce pas la façon de procéder des gens de votre profession ? Vous contrôlez les faits et gestes de tout le monde, en espérant découvrir quelque chose qui vous permettra de réduire votre champ d'investigation — n'est-ce pas ?

— Je me suis rendu aux arènes pour la même raison que vous, lui dis-je. Pour retrouver un ami.

— Ah, fit-il en s'arrangeant poliment pour que sa voix ne trahisse pas son incrédulité.

— Mon ami est américain, précisai-je. Il s'appelle John Duncan. C'est lui qui a sauté dans l'arène pour venir en aide à votre jeune beau-frère.

— Ah, vraiment ? C'est intéressant. Votre ami est un homme courageux.

Si Triolet connaissait Johnny, je ne pus le détecter à ses

réactions. Je savais, cependant, que Triolet devait avoir une grande habitude des réponses évasives quand il négociait pour sa société. Il devait même y exceller pour demeurer le bras droit de Malo. Etre le gendre du patron ne suffit pas pour vous mener loin dans le monde impitoyable des affaires.

Je lui demandai :

— A votre avis, qu'est-il arrivé à votre beau-frère, aujourd'hui dans l'arène ? Que pensez-vous de la façon dont il s'est brusquement mis à se montrer maladroit, à trébucher ?

— Selon moi, Alex avait dû prendre trop de cachets pour se donner du courage.

— C'est exactement ce qu'a dit mon ami John Duncan. Presque les mêmes mots.

— C'est l'explication la plus évidente, ne trouvez-vous pas ? (Triolet laissa tomber ce sujet pour revenir à sa raison de venir me voir.) Monsieur Sawyer, allez-vous garder pour vous le fait que vous m'avez vu là-bas ?

— C'est probable.

— Merci, dit-il avec un soulagement manifeste. Si vous voulez que je vous paie votre silence, sachez que ma proposition était tout à fait sincère.

— J'en suis persuadé.

Je vidai ma tasse de café. Triolet m'observait.

— Mais vous ne voulez pas d'argent, dit-il.

— Pas ce genre d'argent.

— Alors je vous remercie encore. Plus chaleureusement. Je vous suis reconnaissant. J'aurai peut-être l'occasion de vous revaloir ça d'une autre façon, un jour ou l'autre.

Il se leva, prêt à s'en aller. Je lui demandai :

— Pourriez-vous me dire ce que vous pensez de la raison pour laquelle Karl Malo m'a engagé ? J'aimerais le savoir.

Il eut un instant d'hésitation, puis il répondit :

— Je pense que Karl Malo gaspille son argent et votre temps. Mais si ça le rassure...

— Vous pensez qu'il sera rassuré, quoi que je puisse apprendre.

— Certainement. Claudette — ma femme — ne pouvait avoir aucune raison d'être mêlée à ce qui est arrivé à Jacqueline. Quant à Alex... il a parfois un comportement stupide et obstiné, mais il n'est pas fou. Et comme je sais que je n'ai eu, personnellement, rien à voir avec cette affaire... conclut-il avec un sourire sans humour.

— Vous ne voyez absolument pas *qui* pourrait être impliqué.

Une petite grimace cynique étira la bouche de Triolet. Cette bouche devait être plus coutumière des grimaces que des sourires.

— C'est manifestement quelqu'un qui a déjà fait ce genre de chose, qui, cette fois, en a retiré une petite fortune et n'a pas été pris. En dehors de ça, je ne vois rigoureusement rien.

Il me remercia une troisième fois avant de s'en aller. Après son départ, je demandai un numéro à Paris. Cette fois, je tombai sur le répondeur de Fritz. Je laissai un message, le priant d'ajouter Jean-Noël Triolet et John Duncan à la liste des personnes sur qui je voulais des renseignements. Je souhaitais particulièrement savoir si leurs routes s'étaient déjà croisées.

15

Le lendemain matin, à dix heures trente, j'accompagnai Babette à la gare où elle prit le train pour Paris. Puis je m'achetai une valise neuve que j'emplis de vêtements neufs et d'une nouvelle trousse de toilette. J'achetai ce qu'il y avait de mieux. Toutes les sommes dépensées allaient figurer sur la note de frais que je présenterais à Malo. Je laissai une partie des vêtements neufs à l'hôtel. Je mis le reste dans ma voiture et parcourus les quelques kilomètres qui séparaient Arles du château.

Comme toutes les anciennes demeures de la région, la propriété de Malo s'étalait sur une petite colline. Certaines parties du château étaient très vieilles, mais d'autres n'avaient pas plus d'un siècle. Tout était en excellente condition.

Les deux ailes du château partaient en oblique du bâtiment principal et l'une d'elles se terminait par une tour carrée qui semblait dater du XVe siècle. Le rez-de-chaussée de la tour avait été converti en garage pour quatre voitures. J'y parvins en suivant une allée sablée qui serpentait entre d'énormes platanes. Devant le garage, il y avait une Bentley qu'un chauffeur d'une soixantaine d'années était en train de briquer. Je m'arrêtai à côté, descendis de voiture avec ma valise neuve et dis au chauffeur qui j'étais. Celui-ci me promit de laver ma Peugeot dès qu'il en aurait terminé avec la Bentley.

Je le priai de ne pas se déranger et il me répondit gravement, avec beaucoup de dignité :

— C'est mon métier, Monsieur, mais aussi mon plaisir. Un vieil homme oisif est un homme mort.

Il utilisa le téléphone du garage et je me rendis à l'entrée principale. J'y étais attendu par un homme d'environ cinquante-cinq ans qui portait une veste beige clair et un pantalon de couleur sombre. C'était Claude Girard, le maître d'hôtel des Malo.

Son cou était si court que sa tête ronde, complètement chauve, semblait posée directement sur ses larges épaules. Son corps épais et musclé était enrobé de graisse bien ferme. Il faisait penser à un morse. Son maintien avait une raideur militaire et il y avait la patience d'un vieux soldat dans ses yeux gris enfoncés.

Girard prit ma valise et me précéda dans un large escalier tournant, puis dans un couloir, jusqu'à la chambre d'ami qui m'avait été attribuée. La chambre spacieuse était meublée confortablement mais sans ostentation. Elle avait sa propre salle de bains. Ses fenêtres donnaient sur l'avant du château et de vastes jardins. Girard posa ma valise sur un porte-bagages en acajou et m'informa que Karl Malo et Jean-Noël Triolet étaient depuis longtemps partis au siège de la société, à Fos.

Je lui demandai si Alexandre Malo était encore là.

— Il est parti en voiture, il y a une demi heure, me répondit Girard avec regret. (Il ne savait pas où le jeune Malo était allé ni à quelle heure il reviendrait.) Il m'a dit, poursuivit Girard, que vous... faisiez erreur en pensant que quelqu'un avait voulu le tuer.

Je savais que le gamin avait utilisé des termes plus forts. J'avais déjà entendu parler de sa réaction, la veille au soir, par son père. En rentrant à l'hôtel, après avoir dîné avec Babette, j'avais trouvé un message de Malo me demandant de l'appeler. Il était tard, mais Malo attendait mon coup de fil. Il voulait savoir exactement pourquoi je pensais que quelqu'un voulait tuer son fils.

Je ne lui avais pas donné tous les détails, mais je lui en avais dit assez pour qu'il me demande si je ne pensais pas qu'il devrait engager un garde du corps à plein temps pour protéger son fils. Je lui avais répondu que ce serait peut-être une sage précaution, à court terme.

A long terme, la seule façon d'empêcher un assassin déterminé et patient de tuer consistait à l'attraper avant qu'il agisse.

Je demandai à Girard :

— Le jeune Malo est accompagné ?

— Hélas, non, M. Alexandre a rejeté la proposition de son père. Il n'a pas voulu entendre parler de garde du corps.

J'avais déjà remarqué la façon familière dont le maître d'hôtel appelait le gamin par son prénom.

— Votre Alexandre n'aime manifestement pas accepter les conseils, lui dis-je.

— Pas même les miens, reconnut Girard, et pourtant nous avons toujours été très proches.

— Vous, au moins, vous prenez mes avertissements au sérieux, lui dis-je. Quel type de revolver portez-vous ?

Girard tapota le léger renflement de sa veste, au niveau des reins.

— Vous êtes le premier à l'avoir remarqué ; c'est un petit .38 Smith et Wesson. Pas tout neuf mais en très bon état. Nous nous connaissons depuis longtemps.

Je ne lui demandai pas s'il savait s'en servir. Il suffisait de regarder Girard pour connaître la réponse. Je lui demandai s'il portait toujours le .38 ou si c'était depuis mon avertissement de la veille.

— Je l'ai toujours à portée de la main depuis ce qui est arrivé à Mme Malo, répondit-il. M. Malo craint fort que la même chose arrive à son petit-fils.

Je lui demandai si la fille de Malo, Claudette, était à la maison.

Girard hocha affirmativement la tête.

— Mme Triolet se trouve au bord de la piscine.

— Avec son enfant ?

— Non, d'habitude, le bébé est avec Agnès, sa nurse. La nursery et l'appartement d'Agnès occupent tout un étage de l'aile est. Au-dessus des appartements de M. et Mme Triolet.

Girard descendit avec moi pour me faire voir où se trouvait la piscine. Nous traversâmes le château par un large et long couloir au sol dallé de marbre et recouvert de tapis persans. Nous passâmes plusieurs portes dont une, ouverte, donnait sur une bibliothèque où deux femmes de chambre faisaient le ménage.

Au bout du couloir, deux grandes portes à claire-voie s'ouvraient sur une vaste cour flanquée d'une tour carrée, pareille à celle que j'avais vue à l'avant du château. La cour donnait sur un tennis en terre battue et une piscine entourée de carrelage bleu, avec, entre les deux, une cabine peinte en blanc.

La fille de Malo, Claudette Triolet, apparut tandis que je suivais les dalles de pierre du chemin qui conduisait à la piscine. Elle grimpait sur le plongeoir. Ses cheveux blonds, courts et bouclés étaient mouillés et décolorés par le soleil. Elle ne portait qu'un bas de maillot noir, style bikini. Toute la peau que ce brin de maillot ne couvrait pas était si bronzée qu'elle était presque du même noir. En contraste avec son visage rond, son corps était très mince et c'est sans doute ce contraste qui donnait l'impression qu'elle sortait à peine de l'adolescence.

Elle rebondit sur la planche, exécuta un saut de carpe parfait et disparut sous l'eau, pratiquement sans faire de vague.

Je la revis quand j'arrivai au bout de la piscine. Elle était encore sous l'eau, et elle nageait la longueur de la piscine à la brasse. Elle ne refit surface qu'en atteignant l'extrémité où je me tenais. Elle ouvrit la bouche pour aspirer, posa les coudes sur le carrelage bleu et leva les yeux vers moi.

J'entrepris de lui expliquer les raisons de ma présence, mais elle ne tarda pas à m'interrompre :

— Ah, le *détective*... Papa nous a parlé de vous, hier soir. (Sa petite voix couinait un peu, ce qui ne manquait pas de charme.) J'avoue que vous êtes plus intéressant que je ne m'y attendais. Vous voulez faire quelques brasses avec moi ?

— Je vous remercie, madame Triolet, mais...

— J'aimerais mieux que vous m'appeliez Claudette. Et je vous signale qu'il y a des maillots de bain de toutes les tailles dans la cabine. Au cas où vous seriez pudique.

Je m'assis dans un des fauteuils blancs, placés au bord de la piscine et souris à Claudette Triolet.

— Vous savez, votre père me paie pour poser des questions aux gens et ce serait plus facile à faire si vous veniez me rejoindre ici.

— Et plus facile pour vous de voir mon expression quand je réponds à vos questions.

— Ça aussi, oui.

Elle se hissa aisément hors de l'eau et se tint, ruisselante, devant moi.

— Très bien, allez-y, posez-moi vos questions. Je n'ai rien à cacher. (Elle sourit en baissant les yeux sur son corps.) Comme vous pouvez le constater de toute évidence.

J'en convins aimablement :

— Oui, de toute évidence.

Elle passa tranquillement devant moi pour aller prendre un tee-shirt posé sur le dossier d'une chaise longue. Elle avait un petit derrière impertinent dont le bas de bikini ne cachait pas grand-chose. Sa façon de le remuer était de la provocation.

J'avais le choix entre deux possibilités : soit mon charme était si dévastateur qu'à ma vue toutes les femmes se pâmaient, soit c'était un numéro que Claudette Triolet faisait automatiquement en présence de tout homme à peu près présentable. J'aurais préféré la première explication mais j'étais prêt à parier que c'était la seconde.

Elle enfila le tee-shirt et se laissa choir sur la chaise longue. Je déplaçai mon fauteuil de façon à lui faire face. Le tee-shirt déjà trempé collait à son buste mince avec un effet plus provocant que la nudité.

Elle me sourit et croisa les mains derrière ses boucles blondes et mouillées.

— Vous allez me poser ces questions ou bien continuer à me regarder comme ça ?

C'était dit avec un humour bien différent de celui de sa belle-mère. L'humour de Claudette Triolet était dur et plutôt nerveux. Il me rappela l'attitude de son père quand il dissimulait sa dureté habituelle. Contrairement à son frère, elle ne lui ressemblait pas physiquement mais les gènes de Malo étaient bien là.

16

Au fil de mes questions, j'en vins au jour où Jacqueline Malo avait pris l'avion pour rejoindre son mari à Monaco. La fille de Malo reconnut sans hésitation qu'elle avait su où sa belle-mère se rendait.

— Jacqueline nous l'a annoncé le matin même, après avoir parlé au téléphone à mon père. Tous les gens qui se trouvaient ce jour-là au château ont dû le savoir.

— Y compris votre frère.

— Sans doute. Alex était dans le coin, ce jour-là. Il était forcément au courant. (Une lueur d'intérêt se réveilla dans les yeux de Claudette.) Vous croyez qu'*Alex* a quelque chose à voir dans l'enlèvement ?

— Pour tout vous dire, Claudette, je n'en ai pas la moindre idée, pour le moment. Mon travail consiste à faire ce pour quoi je suis payé. A l'heure actuelle, j'en suis surtout à tâtonner dans le noir.

Claudette Triolet se mit à rire.

— A vous entendre, dit-elle, ce n'est pas un travail trop astreignant.

Mon regard parcourut son tee-shirt mouillé.

— En ce moment précis, c'est un travail plutôt agréable.

Elle accepta le compliment avec un petit sourire satisfait.

Je lui demandai si sa belle-mère avait parlé de ses

intentions à quelqu'un, avant ce coup de téléphone à Monaco.

— Pas que je sache, répondit-elle d'un ton indifférent.

S'étirant comme un chat, elle posa une jambe repliée sur le genou relevé de l'autre jambe et elle m'observa entre ses orteils écartés.

Elle oublia, cependant, de jouer les coquettes quand nous en vînmes à parler de Jacqueline Malo de façon plus personnelle. Elle laissa percer une colère méchante que j'encourageai par des bruits et des hochements de tête compréhensifs. Mon expression l'assurait que j'étais aussi conquis par ses réflexions que par sa personne. J'utilisais mon sourire comme un hameçon, prêt à pêcher ce qui pourrait sortir de ses profondeurs troublées.

— Si vous croyez que j'ai eu, *moi,* quelque chose à voir dans l'enlèvement de cette garce, me dit-elle au bout d'un moment, eh bien, je regrette simplement que ce ne soit pas vrai. Elle n'en serait pas revenue vivante.

— Vous ne l'aimez pas beaucoup, dis-je avec sympathie.

Le rire nerveux de Claudette avait un son discordant.

— C'est vraiment le moins qu'on puisse dire, monsieur le Détective. Je la hais.

Je parvins à m'arracher une autre mimique compréhensive, mais au prix d'un rude effort.

— Elle vous a sans doute fait du tort, d'une façon ou d'une autre.

— C'est plutôt évident, non? Mon père est un vieil homme au cœur malade. Jacqueline arrive et lui met le grappin dessus. Elle se dit qu'elle pourra le baiser à mort en quelques années et qu'après elle héritera de tout cet argent et d'une part de la société. C'est pas mal payé, hein, pour quelques années de boulot? Un tiers de tout. Exactement la part qui me reste depuis qu'elle l'a épousé.

Je rectifiai :

— Pas tout à fait un tiers, puisque votre mari en aura aussi une petite part.

— Et alors ? Ça ne change rien au fait qu'elle en aura autant que moi. Et ça, franchement, ce n'est pas juste. Moi, il m'a fallu vivre *toute ma vie* avec mon père. Elle, il lui suffit de passer un petit bout de temps avec lui, tout à la fin.

— Vous pensez que c'est pour l'héritage qu'elle l'a épousé.

— Pour quelle autre raison l'aurait-elle fait ?

Je fis une grimace destinée à lui faire croire que j'étais d'accord avec elle et à la pousser à déverser encore un peu de bile, puis je lui demandai :

— Votre frère partage vos opinions sur votre belle-mère ?

Elle eut un sourire méprisant.

— Oh, lui, je parie qu'il aimerait bien se l'envoyer, mais en dehors de ça, son opinion sur la façon dont Jacqueline s'est ingérée dans notre héritage est sans doute la seule que ce petit emmerdeur et moi ayons en commun.

Alexandre était peut-être encore un emmerdeur, mais il était devenu beaucoup plus grand que sa sœur. Le manque d'affection patent de Claudette pour son frère remontait certainement à l'enfance et le passage du temps ne l'avait pas atténué. Je décidai d'en profiter pour la faire parler.

— Je suppose que vous êtes au courant des ennuis sérieux que votre frère s'est attiré, à Paris, lui dis-je.

— Et comment, répondit-elle avec un enthousiasme qui montrait que ce sujet lui plaisait. Ses ennuis auraient dû être plus sérieux mais mon père a fait ce qu'il fallait pour l'en sortir. Il a prétendu que c'était de la faute des mauvaises fréquentations de ce sale gosse. A mon avis, c'est *lui* qui était une mauvaise fréquentation pour les autres. C'est *lui* qui leur a attiré des ennuis.

— D'après ce que m'a dit votre père, les autres avaient déjà eu des ennuis. A l'en croire, c'étaient des voyous.

— Comment voulez-vous qu'il pense autre chose ? fit-elle d'un ton écœuré. Ses avocats n'ont rendu service à personne en sortant Alex de ce coup-là. Ils auraient dû le laisser aller en prison. Ça lui aurait peut-être appris un peu d'humilité.

— Est-ce qu'il fréquente aussi des voyous dans la région ? demandai-je, en faisant semblant de boire ses paroles.

— Ça ne m'étonnerait pas.

— Vous m'aideriez beaucoup dans mes recherches si vous pouviez m'en citer certains.

Claudette réfléchit en fronçant les sourcils. Elle était toute prête à m'aider à découvrir des choses compromettantes pour son frère, mais finalement, elle secoua la tête et dit avec regret :

— En fait, je n'en connais aucun. Comme vous avez pu le deviner, Alex et moi ne nous faisons pas de confidences.

— Vous auriez pu entendre le nom d'un ou deux de ses amis de la région, prononcé par lui ou par quelqu'un d'autre.

A nouveau, elle secoua la tête en disant :

— Non, je ne vois pas... à part cette fille de la région avec qui il est tout le temps fourré, ces temps-ci. Micheline Simeoni. C'est la seule dont j'ai entendu parler. La fille d'un *boulanger* du coin, ça vous donne une idée du goût d'Alex, ajouta-t-elle d'un ton caustique.

Je songeai à la ravissante adolescente que j'avais vu Alex embrasser aux arènes.

— Vous pouvez me la décrire ? demandai-je.

— Absolument pas. Tout ce que je connais d'elle, c'est son nom.

— Comment se fait-il que vous le connaissiez ?

Elle sourit et répondit :

— Mon père a reçu un coup de téléphone de *son* père qui se plaignait parce qu'à cause d'Alex, sa petite morveuse de fille rentre trop tard le soir et parfois pas de toute la nuit et qu'elle est bien trop jeune. Il ne pense pas que les intentions d'Alex soient *honorables.* Vous vous rendez compte ? Un petit merdeux de boulanger qui est en train de bousiller les chances de sa fille de se faire faire un gosse et *peut-être* de décrocher pour mari le fils pourri de Karl Malo.

— Comment votre père a-t-il réagi aux doléances du boulanger ?

— Il lui a fait remarquer que sa fille a l'âge de faire ce qu'elle veut de sa vie. Vous comprenez, ajouta Claudette avec amertume, mon père estime que les hommes ont le droit de s'amuser. Les filles et les femmes aussi — du moment que ce ne sont pas les siennes. *Ses* femmes à lui doivent être aussi pures que l'eau de source. S'il pense qu'elles ne le sont pas, il pique une rogne. Vous avez déjà vu mon père en rogne ?

— Non.

— Il vaut mieux pas, croyez-moi. C'est terrifiant.

Je continuai de l'interroger sur ces sujets-là, pendant un moment, mais elle se contenta de broder autour de ce qu'elle m'avait déjà dit. J'attaquai dans une autre direction :

— Que pense votre mari de votre belle-mère ?

— *Mon mari*, dit Claudette Triolet avec mépris, a pour principe d'aimer tout ceux qui peuvent ou qui pourront un jour lui être utiles. C'est sa principale qualité.

— Vous êtes très différents, dis-je prudemment. Je me demande comment ça se fait que vous ayez épousé un homme comme lui.

Soit mon charme s'était soudain évaporé, soit j'avais mis le doigt sur un point sensible. Elle baissa les paupières. J'eus l'impression de voir quelque chose en elle se fermer. Elle attendit un moment avant de parler.

— Oubliez ce que je viens de dire à propos de Jean-Noël. Les gens mariés disent parfois de leur conjoint des choses qu'ils ne pensent pas vraiment. A cause des petites contrariétés de la vie conjugale, sans doute. Jean-Noël a ses bons côtés.

— Par exemple ?

Elle haussa les épaules.

— Il faudrait que vous le connaissiez beaucoup mieux pour comprendre.

Je ne pus plus rien tirer de Claudette Triolet, quelles que fussent les questions que je lui posais sur son mari, son frère ou sa belle-mère. Elle se méfiait et réfléchissait avant de formuler ses réponses. Je revins à l'enlèvement et lui demandai s'il lui venait à l'esprit quelque chose qui pourrait m'aider dans mes recherches.

Elle me répondit d'un ton guindé :

— Tout ce que je peux vous dire de plus sur le sujet c'est que mon père n'aurait jamais dû payer la rançon. En ce qui me concerne, c'est encore de l'argent qui est soustrait à ma part d'héritage.

— J'ai l'impression qu'il était prêt à payer beaucoup plus qu'il ne l'a fait, pour qu'on lui rende sa femme, lui dis-je.

— Je sais. Ce doit être le début de la sénilité. Il aurait très bien pu se payer une bande de call-girls les plus chères du monde pour se faire dorloter jusqu'à sa mort — et ça ne lui aurait pas même coûté un dizième de ces sept millions de francs.

Claudette respira profondément, s'assit et encercla ses genoux de ses bras.

— Je suppose que ce que je vous ai dit à propos de Jacqueline vous fait penser que je ne suis pas très gentille. En tout cas, c'est honnête. Je ne veux *pas* mentir et faire semblant de penser autrement.

Je lui dis que j'appréciais et admirais son honnêteté. Cependant tous mes efforts pour obtenir d'elle d'autres renseignements sur les relations inter-familiales demeurèrent vains. Elle s'arrangea pour répondre évasivement, sans rien m'apprendre d'intéressant. La défiance avait remplacé ses façons aguichantes.

Elle saisit soudain mon poignet et regarda ma montre.

— Mon Dieu ! s'écria-t-elle. J'ai rendez-vous en ville. Je vais être en retard si je ne me dépêche pas.

Elle partit précipitamment, sans tortiller le moins du monde son joli petit derrière, et disparut dans le château.

Je la suivis tranquillement et montai dans ma chambre. De la fenêtre, je pouvais voir la tour de devant. Ma Peugeot était seule devant le garage. Je restai à la fenêtre et regardai jusqu'au moment où Claudette Triolet s'en alla au volant d'une Mercedes 500 SL décapotable, de couleur bleue. Son enfant de six mois était dans un berceau portable attaché au siège avant, à côté d'elle.

Je descendis en vitesse à ma voiture. La décapotable bleue était au bout de l'allée et s'apprêtait à s'engager sur la route en direction d'Arles. Je démarrai et la suivis.

Pourquoi pas ? Suivre son mari m'avait apporté des choses intéressantes : mes retrouvailles avec Johnny Duncan et un coup sur la tête. Claudette Triolet me conduirait peut-être à quelque chose de moins douloureux et moins déroutant.

17

La maison de quatre étages de la rue du Grand Prieuré était pareille à celles qui l'encadraient et à bien d'autres au cœur de la ville d'Arles. Elle avait de solides murs de pierre qui devaient dater du XVIIe ou du XVIIIe siècle et des décorations sculptées encore plus anciennes, autour de la porte et des fenêtres. Elle avait été entièrement restaurée au cours des vingt dernières années, ce qui en faisait ce qu'elle était à l'origine : une adresse agréable pour des gens fortunés.

Il n'était pas question de se garer dans la rue trop étroite. Claudette Triolet avait laissé sa décapotable à une cinquantaine de mètres, devant les ruines des Thermes de Constantin. Je m'arrêtai à l'autre bout des ruines et la regardai porter son bébé jusqu'à cette maison, mais j'étais trop loin pour voir quelle sonnette elle pressait. Quand elle entra dans la maison, je descendis de ma Peugeot et m'approchai.

Cinq grandes plaques en cuivre étaient fixées au mur, à côté de la porte d'entrée. Elles portaient toutes des noms de médecins, avec leur spécialité et leurs heures de consultation. Tout l'intérieur de la maison avait été transformé en cabinets médicaux.

Un des médecins, le Dr André-Maurice Brun, était pédiatre. Cela expliquait sans doute pourquoi Claudette

Triolet avait amené son fils. Si elle avait rendez-vous avec le pédiatre, j'avais perdu mon temps en la suivant.

C'est du moins ce que je pensai alors.

Il était cependant possible qu'elle aille quelque part d'intéressant en sortant de chez le pédiatre. Il y avait, presque en face, un petit hôtel vieillot, avec une boutique de cadeaux à côté de la porte. J'y entrai. Au bout du petit hall, derrière la boutique de cadeaux, il y avait un bar. Je commandai un rosé et un sandwich au pâté de campagne. Le barman mit un glaçon dans mon rosé, sans avoir l'air ni surpris ni offusqué.

Prenant mon sandwich dans une main et mon verre dans l'autre, j'entrai dans la boutique de cadeaux et fis semblant de m'intéresser aux présentoirs de cartes postales, tandis que j'observai la maison des médecins à travers la vitrine. Il semblait que je fus condamné à déjeuner debout quand je travaillais pour Karl Malo.

J'en étais à la dernière bouchée quand Claudette Triolet apparut avec son enfant. La consultation avait duré moins longtemps que je ne l'avais prévu. Le gosse se portait sans doute comme un charme et ce n'était qu'un rapide examen de contrôle.

La jeune femme s'éloigna en direction de sa voiture. J'attendis quelques secondes avant de quitter l'hôtel. Je la vis monter dans sa décapotable et arranger le bébé dans son berceau. Je m'avançai lentement vers les ruines des Thermes en attendant qu'elle eût démarré. Alors je piquai un cent mètres jusqu'à ma Peugeot et je me remis à la suivre.

Elle sortit d'Arles et retourna au château sans faire, en chemin, la moindre halte intéressante, ce qui semblait confirmer l'inutilité de mes deux heures de filature.

Quand elle fut montée dans l'aile pour ramener le bébé à sa nurse, j'entrai dans le château et allai trouver Girard, le maître d'hôtel. Il m'apprit qu'Alexandre Malo n'était pas encore rentré.

Je me rendis au garage et y trouvai le vieux chauffeur qui rafistolait le moteur de la Bentley. Je lui posai une question qui me préoccupait depuis un certain temps :

— Mme Jacqueline Malo conduit quel genre de voiture ?

Il me répondit qu'elle avait deux véhicules. Une Volvo quatre portes et un break Fiat qu'elle gardait à Arles, la plupart du temps, car elle s'en servait pour aller chercher ou pour livrer des œuvres d'art.

Deux véhicules sages et pratiques qui n'avaient vraiment rien de tapageur. J'y songeai en retournant à Arles pour voir si je pouvais trouver Alexandre ou apprendre quelque chose d'utile sur lui par l'intermédiaire de sa petite amie, Micheline Simeoni.

Dans l'annuaire d'Arles, il n'y avait qu'un boulanger qui s'appelait Simeoni. Félix Simeoni. Il avait deux numéros : son domicile et sa boutique. J'appelai d'abord chez lui, des fois que Micheline s'y serait trouvée, peut-être en compagnie d'Alexandre Malo. Pas de réponse. Je laissai ma voiture près du théâtre antique et parcourus à pied les quelque trois cent mètres qui me séparaient de la boulangerie.

Elle se trouvait dans une petite rue qui donnait sur la place du Forum. Félix Simeoni n'était pas là. Sa femme maigrichonne y était et y serait jusqu'à huit heures du soir pour vendre les produits confectionnés par son mari depuis les petites heures du matin. Elle m'informa que son époux venait de partir pour se rendre à un bistrot sur la place, afin d'y boire suffisamment pour trouver le sommeil au milieu de la journée. Les boulangers et leur femme ne passent guère de temps ensemble pendant leurs heures de veille et de loisir.

A cette heure-là, les clients étaient rares, aussi Mme Simeoni répondit-elle sans difficulté à la plupart de mes questions. Sa fille était partie à midi avec Alexandre Malo, dans la belle voiture du jeune homme. Elle ne savait pas où ils étaient allés, ni quand ils reviendraient, mais ça ne la tracassait pas. Contrairement à son mari, elle pensait que sa fille était capable de décrocher un des plus beaux partis de la région. Pourquoi pas ? Il faudrait bien que ce garçon finisse par se marier. Et Micheline était extrêmement jolie.

Mme Simeoni me décrivit sa fille. Il semblait bien que ce fut la fille que j'avais vue aux arènes avec Alexandre. Mme Simeoni n'avait rien à dire à propos du fils Malo. Elle reconnut qu'il avait un caractère un peu trop volontaire, mais elle ajouta :

— C'est normal, vous savez. Il est encore bien jeune et puis il est si riche...

S'il fréquentait des voyous de la région, elle n'en avait jamais entendu parler. Il semblait bien qu'elle ne connût aucun des amis du jeune Malo pas plus, d'ailleurs, que ceux de sa fille. Celle-ci était une adolescente normale, active, qui avait beaucoup de temps libre. Ses parents faisaient de longues heures de travail pénible au bout desquelles ils étaient trop fatigués pour faire autre chose que dormir. Ils ne voyaient plus beaucoup Micheline, depuis quelques années.

Je lui parlai du fait que son mari n'acceptait pas aussi bien qu'elle les relations entre Micheline et Alexandre. Mme Simeoni haussa les épaules.

— Félix ne croit pas aux dénouements heureux, dit-elle.

Quand un client entra dans la boulangerie, Mme Simeoni alla s'en occuper après m'avoir dit que je trouverais probablement son mari au café Mistral.

La barman du Mistral tendit le bras pour me montrer Félix Simeoni : un homme gros et pâle, vautré à une table du fond où il finissait son verre. Il y avait devant lui deux autres verres, vides. Il avait l'air maussade, mais c'était sans doute dû à la fatigue. Il ne refusa pas le quatrième verre de marc du pays que je lui offris. Un de plus, selon lui, ferait sans doute l'affaire, c'est-à-dire qu'il l'abrutirait suffisamment pour le faire dormir malgré les rayons du soleil et les bruits de la foule qui filtraient par les persiennes de sa chambre.

Je commandai donc deux marcs, un pour lui, un pour moi. Il m'invita à m'asseoir. Je le fis et le vis se détendre complètement quand je lui expliquai que Karl Malo m'avait demandé de m'assurer que son fils ne faisait rien qui pût lui attirer des ennuis. Il fut ravi d'apprendre que Malo avait enfin compris que son fils n'était qu'un voyou.

Cependant je m'aperçus bien vite que Simeoni n'en savait pas plus que sa femme sur Alexandre, sa propre fille ou leurs amis. Contrairement à sa femme, il ne pensait pas qu'Alexandre épouserait un jour Micheline, même si elle attendait un enfant de lui.

Sa femme avait raison. Il ne croyait pas aux dénouements heureux.

Le marc du pays constitua le seul aspect satisfaisant de ma visite au Mistral. Il était un peu rêche mais il était franc et fruité et assez fort pour apaiser mon impatience grandissante devant la façon dont se déroulait cette journée.

Je quittai la place du Forum en espérant que les choses allaient un peu changer. Je n'avais, ce jour-là, encore rien découvert qui présentât quelque intérêt.

Je me trompais.

Cela je ne l'appris que tard dans la soirée.

lui, ferait sans doute l'affaire, c'est-à-dire qu'il l'obscurcirait suffisamment pour la faire dormir malgré les rayons du soleil et les bruits de la foule qui filtraient par les [illegible] de la chambre.

Je commençai avec deux étages, un pour lui, un pour moi. Il n'avait [illegible] le fit [illegible] [illegible] quand je lui expliquai que Karl Marx m'avait demandé de [illegible] que son fils ne [illegible] rien qui fût [illegible] des enfants. Il fut ravi d'apprendre que [illegible] que son fils a été [illegible].

Cependant, [illegible] [illegible] savait pas plus que sa femme [illegible] Alexandre, si [illegible] elle et leurs amis. Conformément à sa femme. Il ne pensait pas qu'Alexandre pourrait [illegible] un jour [illegible], même si elle attendait un enfant de lui.

Sa femme avait raison. Il ne croyait pas son [illegible] ment heureux.

La [illegible] continua le soir [illegible] ma visite [illegible]. Il était un peu [illegible] mais il était [illegible] et il [illegible] assez fort pour [illegible] devant la façon dont se déroulait cette journée.

Je quittai la place du Forum en [illegible] que les choses allaient un peu changer [illegible] [illegible] plus que jamais [illegible].

Je [illegible].

[illegible]

18

— Alexandre Malo est un peu trop malin et trop sûr de lui pour son bien, me dit le lieutenant Laffite. Il arrive que ça lui attire des ennuis. Mais ce ne sont que des bêtises, rien d'assez grave pour nécessiter *notre* intervention.

Laffite était un des contacts que j'avais acquis au cours d'une affaire antérieure qui m'avait amené à Arles. Nous nous trouvions dans son bureau de la Gendarmerie d'Arles, dont la fenêtre donnait sur le boulevard des Lices. C'était un homme massif, revêtu d'un bel uniforme. Il avait des cheveux grisonnants, ondulés et une cicatrice à chaque joue — une, là où la balle était entrée, l'autre, là où la balle était sortie. La moitié de ses dents étaient fausses et remplaçaient celles que la balle avait emportées.

Cette balle, il l'avait reçue en empêchant un chauffeur d'autobus de se suicider à l'aide d'un petit revolver. Laffite avait refusé de porter plainte et prétendu que ce n'était qu'un accident. Le chauffeur d'autobus n'avait plus pensé à se suicider et avait rendu visite tous les jours à Laffite quand il était à l'hôpital. Ils étaient maintenant les meilleurs amis du monde et chacun le parrain des enfants de l'autre.

— Alexandre s'est attiré de vrais ennuis, à Paris, dis-je à Laffite. Il fréquentait des voyous. Autant que je sache, ce n'étaient que de petits délinquants, mais ils ont pu le présenter à des criminels de plus grande envergure.

— Il ne fréquente pas ce genre d'individus, dans la région, me dit Laffite. Pas à ma connaissance.

— S'il le faisait, vous le sauriez.

— Probablement. La ville n'est pas grande. Nous avons nos petits criminels mais nous les avons à l'œil. De temps à autre, il en vient de plus importants, mais ils ne sont pas d'ici. De Toulon ou de Marseille, la plupart du temps. Ils ne font que passer. S'ils restent plus de deux jours, nous le remarquons.

— Et vous les virez.

Quand Laffite souriait, ses cicatrices lui déformaient les joues.

— Nous leur conseillons de poursuivre leur route.

— Et ils le font.

— Sans se faire prier, dit Laffite en faisant craquer les articulations de ses mains puissantes.

Il était presque sûr que Claudette Triolet ne fréquentait pas, elle non plus, d'individus louches ; pas dans la région, en tout cas. Laffite me fit part des commérages des Arlésiens sur Claudette Triolet. Dès son adolescence, elle était plus déchaînée que son frère cadet et s'employait principalement à séduire les hommes mariés. Certaines personnes se demandaient si elle n'était pas un peu cinglée et d'autres considéraient qu'elle trouvait simplement un malin plaisir à détruire des mariages. Tout ceci avait pris fin après son propre mariage, c'est-à-dire depuis un peu plus d'un an.

Beaucoup de gens savaient que Triolet faisait résolument la cour à Claudette depuis plusieurs années et aussi que Claudette était parfois sortie avec lui. Cependant les gens qui les avaient vus ensemble disaient qu'elle le traitait avec une sorte de condescendance amusée qui aurait détourné d'elle tout homme doué d'une sensibilité normale. Cela n'avait pas détourné Triolet. Il était déjà solidement retranché dans l'entreprise de Malo où il accéderait à des fonctions encore plus importantes s'il pouvait vaincre la résistance de Claudette, pour devenir le gendre de Malo. Tout le monde avait été surpris quand il y était effectivement parvenu.

— Il s'est obstiné, dit Laffite. A la longue, il a dû finir par user sa résistance. A moins qu'elle n'ait pris l'habitude de le voir cavaler résolument après elle, au point de ne plus pouvoir s'en passer.

— C'est possible.

La plupart des gens du coin n'avaient pas une passion pour le clan Malo, mais ce n'était sans doute que pure jalousie. Le seul membre de la famille épargné était la femme actuelle de Malo. Tout le monde aimait bien Jacqueline Malo. Les gens admiraient l'intelligence et le savoir-faire avec lesquels elle gérait sa galerie. Ils avaient aussi apprécié qu'elle conserve son statut de commerçante et qu'elle ne prenne pas de grands airs après avoir épousé Karl Malo.

— Le mariage a eu lieu à peine trois semaines après celui de Claudette et de Triolet, dit Laffite, alors il y a des gens qui ont dit que le mariage de sa fille avait inspiré à Malo l'idée d'en faire autant. Moi, je ne suis pas d'accord. Je pense que la femme qu'il a épousée suffisait largement pour l'inspirer. C'est une femme merveilleuse.

J'en convins.

Les articulations du fauteuil de Laffite protestèrent en grinçant quand il renversa tout son poids contre le dossier et me dit, avec un petit sourire :

— J'ai l'impression de ne pas vous avoir dit grand-chose que vous ne saviez déjà.

— En effet, pas grand-chose.

— Je pourrais peut-être vous en dire plus si vous me donniez une idée de ce que vous cherchez.

— D'une part, je ne le sais pas vraiment, répondis-je, d'autre part, c'est confidentiel. Comme je vous l'ai dit, Malo m'a engagé pour enquêter sur un problème de famille. Au point où j'en suis, je ne peux pas vous en dire plus.

Laffite sortit un dossier bleu d'un des tiroirs de son bureau.

— D'après ceci, vous agissez en tant que garde du corps auprès de la famille Malo pour prévenir un autre enlèvement.

— Ce n'est pas faux, dis-je en indiquant le dossier d'un signe de tête. S'il s'agit de mon permis de port d'arme dans l'accomplissement de mes tâches pour Malo, c'est du travail rapide. Ce n'est qu'hier que je lui ai demandé de voir s'il pouvait accélérer la délivrance de ce permis.

— Il a fait ce qu'il fallait, dit Laffite avec une pointe d'ironie.

— La dernière fois que j'en ai demandé un, ça a pris onze jours.

— Vous n'aviez pas dû chercher un appui officiel assez haut, fit-il avec un sourire caustique.

— Qui est intervenu, cette fois-ci ?

— Le ministre de la Défense.

— Je devrais travailler plus souvent pour des gens comme Karl Malo.

Laffite ouvrit le dossier et le poussa vers moi, sur son bureau.

— Signez les six exemplaires. Celui du dessous est pour vous.

Je les signai et rangeai le dernier dans mon portefeuille.

— Si jamais ce que vous faites devient moins confidentiel, revenez me voir, dit Laffite.

Après l'avoir assuré que je n'y manquerais pas, je m'en allai parler à mes autres contacts.

Aucun d'entre eux ne put m'en dire plus que ne m'en avait dit Laffite. Il était près de huit heures du soir quand je retournai à l'hôtel d'Arlatan pour voir s'il y avait des messages pour moi. En chemin, je passai devant la galerie de Jacqueline Malo. Elle était fermée.

J'étais passé devant plus tôt, quand elle était encore ouverte, et j'avais été tenté d'y entrer pour parler à Mme Malo. J'avais résisté à la tentation. J'avais nettement l'impression que cette dame subissait une pression pénible que ma présence dans les parages ne faisait qu'aggraver. Je préférais attendre d'être sûr de ne pas me tromper.

Si je ne me trompais pas — et si la pression devenait insupportable — c'est elle qui viendrait me trouver.

19

Il y avait un message pour moi, à la réception de l'hôtel. Fritz Donhoff me demandait de le rappeler, ce que je fis de ma chambre. Dès que je l'eus au bout du fil je lui demandai :

— Tu as quelque chose pour moi ?

— Les gens bien élevés se font un devoir d'émettre quelques amabilités en préambule, Pierre-Ange, me fit remarquer Fritz d'un ton réprobateur. Après tout, nous ne sommes pas, toi et moi, simplement associés en affaires. Et même entre associés, il est d'usage d'échanger quelques formules de courtoisie avant d'en venir aux...

J'interrompis son sermon sur les bonnes manières :

— Bonsoir, Fritz. Comment vas-tu ? Quel temps fait-il à Paris ? Tu as quelque chose pour moi ?

— Je suis plutôt en forme, merci. Il a fait très chaud, à Paris mais ce soir, le temps semble se rafraîchir un peu. Je n'ai pas encore grand-chose qui puisse t'être utile, mais je viens tout juste de commencer, ne l'oublie pas. Et puis tu me demandes des renseignements sur les antécédents de *quatre* personnes. Cinq, si l'on compte le premier mari de Jacqueline Malo. Je voulais seulement que tu saches que j'avais commencé des recherches sur chacun d'entre eux.

— Très bien. Je ne veux pas te bousculer, Fritz. Dis-moi simplement ce que tu as appris jusqu'à présent.

En fait, je savais que Fritz était d'une incroyable

rapidité dans la collecte d'informations — malgré son âge et aussi grâce à son âge. Ses sources d'information étaient nombreuses et variées. Certaines remontaient loin dans le passé, à sa carrière d'inspecteur de police. Il en avait acquis bien d'autres dans son métier de détective privé qu'il exerçait depuis quelques décennies. D'autres encore dataient des années qu'il avait passées entre les deux, dans la Résistance — dont les membres survivants formaient un réseau d'entraide incomparable.

— Pour commencer, dit-il, parlons de Jean-Noël Triolet. Il est issu d'un milieu petit-bourgeois, mais il a fait des études assez brillantes pour être admis à l'ENA. Il en est sorti parmi les premiers de sa promotion. D'après mon contact à l'école, il n'est pas d'une intelligence phénoménale, mais il a su compenser ça par un travail assidu. C'est un gros bûcheur. J'ai obtenu les mêmes renseignements de la première entreprise qui l'a embauché à sa sortie de l'ENA. C'est la compagnie de navigation Niarchos. Triolet était un jeune cadre extrêmement déterminé qui travaillait sans relâche à la réalisation des projets qui lui étaient confiés. Ils ont regretté son départ et ils en ont voulu à Malo Transport qui le leur avaient piqué en lui faisant des offres alléchantes.

— Qui les lui a faites ?

— L'ancien bras droit de Malo, Hubert Loy. Tu pourrais peut-être lui demander...

Je l'interrompis à nouveau :

— Loy aurait du mal à me répondre. Il est mort.

— Oh. De quoi est-il mort ?

Sa question me fit réfléchir.

— Ce serait peut-être intéressant de le savoir.

— Effectivement, dit Fritz, heureux d'avoir eu sur moi une longueur d'avance. Pour en revenir à Triolet, d'après ce que j'ai appris sur lui jusqu'à présent, il n'a rien à se reprocher. Pas d'affaires ou de relations un peu louches. Aucun rapport avec ton vieil ami John Duncan.

— Pas d'après ce que tu as pu apprendre jusqu'à présent.

— C'est ça. Venons-en à Alexandre Malo. Il ne fréquente apparemment plus de jeunes voyous depuis que les avocats de son père l'ont sorti de ce mauvais pas. Il a également cessé de jouer. Le pire qu'on puisse dire de lui est qu'il aime conduire trop vite et courir après les femmes. Il se prend manifestement pour un jeune don Juan. Ce n'est pas un terrible défaut chez un gamin de son âge.

— Ni chez un homme du tien.

Fritz gloussa.

— Et Johnny Duncan ? demandai-je.

— Rien. Néant. J'avais deux contacts convenables à l'ambassade américaine, ici, mais ils ont été mutés. L'un à Washington. Je lui ai passé un coup de fil là-bas, mais il semblerait qu'aucun membre de ton gouvernement puisse discuter librement de ce Duncan. J'ai pensé que tu pourrais peut-être trouver un moyen de contourner cette répugnance par l'intermédiaire de ton ami, le capitaine Gallion de la DGSE.

Thierry Gallion travaillait dans les bureaux de la DGSE depuis que le sous-marin qu'il commandait avait coulé, ce qui avait endommagé son audition et son cœur, l'obligeant à renoncer à sa carrière active dans la marine. Nous nous connaissions depuis l'enfance car ma mère et son père, amiral à la retraite, étaient amis.

— Bonne idée, dis-je à Fritz. Je verrai ça avec lui.

— Ce qui nous amène à Mme Jacqueline Malo à propos de qui je n'ai pratiquement rien d'utile à te communiquer. Bonne famille bourgeoise, excellente éducation. Une femme qui plaît à beaucoup de gens et semble ne déplaire à personne. Elle a beaucoup de succès et tous ses amis sont parfaitement respectables. Elle a tenu un magasin d'antiquités, à Paris, pendant quelques années, mais elle était plus attirée par l'art et la peinture et voulait ouvrir sa propre galerie. Elle s'est dit qu'il y avait trop de concurrence dans la capitale et a cherché à s'établir ailleurs, après avoir très bien vendu son magasin d'antiquités. Comme tu le sais, elle s'est installée à Arles après la mort de son mari, il y a deux ans.

— Et ça, ça nous amène à son défunt premier mari.

— Oui. Il s'appelait Emil Fassler. Un Allemand. Il avait une petite entreprise d'import-export, à Hambourg, et voyageait beaucoup pour ses affaires. Il venait souvent à Paris. Il y a rencontré Jacqueline. Ils se sont mariés quand ils se connaissaient depuis deux mois à peine. D'après leurs amis, ils étaient très amoureux — mais ils étaient souvent séparés pendant longtemps à cause des voyages d'affaires d'Emil. Ces amis disent qu'elle a été très atteinte par la mort de Fassler.

— De quoi est-il mort ? demandai-je.

— Il se trouvait à Marseille pour ses affaires, me répondit Fritz. Un soir, il n'est pas rentré à son hôtel. On a trouvé son cadavre, le lendemain, dans une ruelle. Quelqu'un l'avait tué à coups de couteau. Et tabassé. Son argent, sa montre, son alliance et ses boutons de manchette en or avaient disparu. La police en a conclu à un crime crapuleux. En ce demandant, quand même, pourquoi le ou les voleurs avaient commencé par le rouer de coups. Il avait peut-être essayé de se défendre.

— C'est la première chose potentiellement intéressante que tu m'apprends, dis-je lentement, d'un ton songeur.

— C'est bien possible, reconnut Fritz. Mon contact dans la police de Marseille va voir s'il peut nous trouver autre chose sur les circonstances de la mort de Fassler.

— Je te rappelle que j'ai aussi de bons contacts là-bas.

— C'est vrai. Les gars du milieu, amis et ennemis du père d'Arlette Alfani. Voyons d'abord ce que mon flic pourra nous trouver, puis tu n'auras qu'à essayer d'approfondir grâce à tes contacts dans la pègre.

— Tu t'es renseigné sur Fassler auprès de quelqu'un à Hambourg ?

— Pas encore. Tu sembles oublier que ça ne fait pas longtemps que je travaille là-dessus.

— Magne-toi un peu, Fritz, dis-je avec impatience.

Je l'avais blessé dans son amour-propre.

— Il me semble, dit-il d'un ton un peu pincé, que j'ai déjà obtenu pas mal de résultats en si peu de temps.

J'en convins :

— C'est vrai ; et je t'en suis reconnaissant. Je ne connais personne d'autre qui aurait pu obtenir autant de renseignements aussi vite. Il faudrait maintenant que tu donnes la priorité aux recherches sur les antécédents d'Emil Fassler. Je t'en prie. Il y a quelque chose qui tracasse Jacqueline Malo. Beaucoup. Je voudrais savoir ce que c'est.

Il y eut un instant de silence à l'autre bout du fil. Puis Fritz demanda d'une voix douce :

— Il me semble détecter plus qu'un simple intérêt professionnel, mon garçon — est-ce que je me trompe ?

— Je l'aime *bien,* oui, dis-je d'un ton plus agacé que je ne l'aurais voulu. C'est une femme sympathique. Ne laisse pas pour autant ton imagination débridée échafauder un grand roman d'amour. Non seulement cette dame est mariée, mais en plus, elle adore son mari.

— Et n'est donc pas disponible, conclut Fritz d'un ton compréhensif qui avait parfois le don de me hérisser. Les amours impossibles à consommer ont toujours été les plus fortes. Pense à Tristan et Isolde.

— Epargne-moi ta philosophie et ton érudition, Fritz ; ce n'est pas le moment. Ce qui me serait utile, par contre, c'est un petit coup de main, par ici. Je n'ai trouvé personne pour me fournir des tuyaux qui fassent avancer mon enquête. Tu as quelqu'un, à Arles ?

Il avait quelqu'un, évidemment.

— Il y avait beaucoup de résistants, à Arles, pendant la guerre, mais les nazis en ont exterminé la plupart, me dit Fritz. J'ai connu certains survivants, mais presque tous sont morts de mort naturelle. Il en reste quand même un. Alain Rodi. Ce n'était qu'un gamin, pendant la guerre, et il est encore jeune. Il n'a que soixante-cinq ans.

Pour Fritz, c'était jeune.

— Il est coiffeur, poursuivit-il. Son salon de coiffure comprend deux parties, une pour les dames, une pour les hommes.

Cela me plut.

— En général, les coiffeurs sont mieux informés que les flics sur ce qui se passe dans leur région, lui dis-je.

— En plus de quoi, Rodi évolue dans un milieu très spécial dont les membres sont souvent plus observateurs que le commun des mortels et ont tendance à se communiquer les derniers ragots. Les homosexuels.

— Ton Alain Rodi est gay.

— Je n'ai jamais compris pourquoi les Américains utilisent ce terme, ni pourquoi l'argot français l'a adopté, déclara Fritz. Les homosexuels que je connais ont rarement l'air joyeux. Alain Rodi n'est certainement pas *gay*. C'est un introverti légèrement masochiste... ce qui lui a sans doute permis de survivre à la torture sans avoir donné à la Gestapo le nom d'un seul membre de sa cellule.

— Maso ou pas, il fallait quand même du courage.

— Rodi est un homme courageux. Ne quitte pas, je vais chercher ses coordonnées. Elles sont dans mon carnet d'adresses.

Quand il revint au bout du fil, je notai l'adresse et les deux numéros de téléphone d'Alain Rodi.

— Le premier est celui de son salon de coiffure, précisa Fritz, mais à cette heure-ci, il doit être fermé. L'autre est celui de son appartement, au-dessus du salon. Il y habite avec sa sœur, depuis qu'elle est veuve.

Quand j'appelai l'appartement, c'est la sœur qui répondit. Elle me dit que son frère était allé à la pêche.

— C'est son jour de congé, m'expliqua-t-elle. La pêche est un moyen pour lui d'être seul et de réfléchir tranquillement. Il rentrera tard.

Je lui donnai mon numéro de téléphone à l'hôtel et la priai de demander à son frère de m'appeler dès son retour.

— Dites-lui que je suis un ami de Fritz Donhoff.

Je dus lui épeler ce nom allemand.

J'appelai ensuite le lieutenant Laffite chez lui et je lui demandai s'il connaissait les circonstances de la mort de l'ancien directeur-adjoint de Malo, Hubert Loy.

— Bien sûr, me répondit Laffite. La situation de Loy en faisait une des personnalités de la région.

— De quoi est-il mort ? De mort naturelle ?

— Non, un accident de voiture. Il habitait entre Arles et les Baux-de-Provence. Un soir, en rentrant chez lui, il semble qu'il ait perdu le contrôle de sa voiture. Il a pu s'endormir au volant car il était tard. Toujours est-il que sa voiture a basculé dans un ravin. Il a eu le crâne fracassé. Il est mort sur le coup.

— Se pourrait-il que ce ne soit pas un accident ?

— Vous voulez dire est-ce que quelqu'un a pu l'assommer et pousser ensuite la voiture dans le ravin ? Rien, à l'époque, ne le laissait supposer.

— Quand est-ce arrivé ?

— Il y a cinq mois, répondit Laffite. Est-ce que, par hasard, vous seriez tombé sur quelque chose qui indiquerait qu'il pourrait s'agir d'un meurtre ?

Je lui répondis que non car je savais qu'il ne se contenterait pas de vagues soupçons.

J'appelai en dernier l'appartement de Thierry Gallion à Paris. Sa femme, Anne, me répondit. Me rappelant le sermon de Fritz sur les échanges de courtoisie, je lui demandai des nouvelles de ses enfants et du temps.

— Les enfants vont bien, me répondit-elle, mais il a fait une chaleur épouvantable, ici. Thierry la supporte mal. Il fait un peu plus frais, ce soir, mais les autres nuits ont été pénibles. Ce n'est pas bon pour son cœur.

— Vous devriez peut-être faire installer l'air conditionné dans l'appartement.

— Nous y avons pensé mais le médecin de Thierry nous l'a déconseillé. Il pense que les allées et venues entre l'air conditionné et la température extérieure feraient plus de mal à Thierry que la chaleur.

— Pourquoi ne viendriez-vous pas passer une semaine chez moi, au mois d'août, pendant les vacances de Thierry ? demandai-je. Il fait chaud pendant la journée, mais la nuit, on supporte une couverture, comme tu as pu le constater la dernière fois que vous êtes venus. Et ça lui avait fait du bien.

— C'est très gentil, Pierre-Ange, mais nous ne voulons pas nous imposer. Tous les Parisiens que tu connais doivent te demander de les inviter, chaque été.

— Pour la plupart, je trouve des excuses. Thierry et toi, vous faites partie des exceptions.

— Eh bien, tu risques fort de nous voir débarquer.

— J'espère bien que vous le ferez, dis-je fermement. Thierry prit l'appareil.

— Est-ce que tu étais de train de donner un rendez-vous à ma charmante épouse ?

— Toi, tu étais encore en train d'écouter aux portes.

— C'est mon métier. La DGSE tient à ce que je m'entraîne.

— Si vraiment tu y tiens, tu n'as qu'à venir avec elle.

— J'y tiens. Et merci. Un changement de décor ainsi qu'un changement d'air me feraient le plus grand bien. (Thierry se tut, puis reprit d'une voix plus basse :) Mais je ne pense pas que c'est pour ça que tu téléphones.

— Au départ, ce n'était pas pour ça, mais ça me ferait vraiment plaisir si tu venais passer une semaine chez moi avec Anne. Est-ce que le nom de John Duncan te dit quelque chose ?

Il y réfléchit. Pas longtemps. La mémoire de Thierry n'avait pas été endommagée quand le sous-marin avait coulé.

— John Duncan a passé un certain temps en France comme agent du Bureau des narcotiques américain, dit-il. Je crois même que tu as travaillé pour lui.

— C'est exact.

— Il a ensuite travaillé pour la CIA, mais ça s'est terminé d'une façon un peu fumeuse.

— Je voudrais des détails sur cette fumée.

— Je ne pense pas avoir eu connaissance des détails, me dit Thierry. Je regarderai demain si nous avons un dossier là-dessus.

Même si la DGSE avait un dossier sur Johnny, il ne devait pas être assez fourni pour répondre aux questions que je me posais.

— Ça ne me suffira pas, dis-je à Thierry. Je voudrais parler à celui qui fait la liaison, à Paris, entre vous et la CIA.

— Il n'aura peut-être pas envie d'en discuter. Particulièrement pas avec *toi*, s'il connaît tes antécédents. Et s'il ne les connaît pas, il ne manquera pas de s'en informer.

— J'espérais qu'il te devrait un service.

— Il m'en doit plus d'un. (Thierry réfléchit un instant.) Evidemment, mes supérieurs ne seraient pas fâchés si je pouvais glaner quelques renseignements confidentiels là-dessus. Ces derniers temps, la CIA ne nous a pas particulièrement honorés de sa confiance.

— Alors, tu pourrais peut-être lui demander, gentiment...

— Méchamment. Je vais l'appeler chez lui. Je te rappellerai quand je lui aurai parlé. Accorde-moi une heure ou deux.

Après lui avoir donné mon numéro, je m'en allai dîner

au restaurant. Quand je rentrai à l'hôtel, il faisait déjà nuit. Deux messages m'attendaient. Un de Thierry Gallion et un d'Alain Rodi.

Je rappelai d'abord Thierry.

— L'homme à qui tu voudrais parler, me dit-il en évitant de prononcer le nom de son contact avec la CIA, au téléphone, nous attendra à l'ambassade américaine, demain, à quatorze heures. Tu crois que tu pourras arriver à temps ?

— Oui. Il sait de quoi nous voulons parler ?

— Il le sait. Le sujet ne l'emballe pas. Tu ne l'emballes pas non plus. Il est au courant de ton petit problème avec ce comité du Sénat. Mais il accepte de nous parler.

— Tu assisteras à l'entretien.

— Pour te protéger. Et ne rien perdre de cette conversation.

— Il sait que tu seras là ?

— Il y tient, répondit simplement Thierry.

Intéressant.

J'appelai l'aéroport de Marseille-Marignane. Comme d'habitude, pendant l'été, la plupart des vols pour Paris étaient complets. La seule place qu'on put m'offrir était dans un avion qui partait plus tôt que je ne l'aurais voulu : à neuf heures du matin. Je la réservai.

J'appelai ensuite Alain Rodi.

20

— C'est faux, me dit Alain Rodi. Les gens qui vous ont dit que Claudette Triolet mène une vie rangée depuis son mariage se trompent.

— Je sais qu'elle aime toujours flirter, lui dis-je, mais j'ai eu l'impression qu'elle faisait ça plutôt par habitude et pour s'assurer que son sex-appeal était toujours efficace. Un jeu qu'elle arrête quand ça lui convient. Je suis persuadé qu'elle ne donne pas ce qu'elle fait miroiter.

— Sur ce point, vous avez raison. Là où vous vous trompez, c'est en ce qui concerne le *moment* où elle s'est rangée.

Nous étions assis dans deux fauteuils voisins de la partie Messieurs de son salon de coiffure et nous nous observions dans le vaste miroir en face de nous. Il m'avait demandé de le retrouver là pour être sûr que sa sœur n'écouterait pas notre conversation en cachette. Etant donné que je venais de la part de Fritz, il s'était dit que les renseignements que je voulais devaient être d'ordre confidentiel.

Rodi était un homme nerveux et grisonnant, au regard ferme et à la bouche volontaire. Sa voix et son comportement avaient la douceur surprenante qu'on trouve parfois, mais rarement, chez les prêtres. J'évitais de regarder ses mains posées sur les bras du fauteuil. Il y avait des bourrelets de peau scarifiée là où la plupart de ses ongles avaient été arrachés. Quatre ongles seulement avaient repoussé. Je préférais ne pas penser aux autres tortures qu'il avait pu subir et à la façon dont il avait résisté.

Au lieu de perdre du temps à répéter toujours les mêmes questions, j'avais préféré lui résumer ce que j'avais appris jusqu'à présent sur la famille Malo et lui avais demandé de m'interrompre s'il avait quelque chose à ajouter ou à rectifier. Il m'avait interrompu quand j'en étais arrivé à Claudette Triolet.

— Elle a cessé de baiser à droite et à gauche bien avant son mariage avec Triolet, me dit-il. (Le contraste entre ses paroles un peu crues et son ton plein de compassion était déconcertant.) C'est arrivé quand elle est tombée amoureuse d'un homme qui avait presque l'âge de son père.

— D'après ce qu'on m'a dit, il y a eu plus d'un homme d'âge mûr dans sa vie.

— Pas comme celui-ci. La différence vient peut-être du fait que Claudette le connaît depuis l'enfance. Ou parce que, dès le départ, elle a su qu'il n'était pas pour elle. Elle pourrait coucher avec lui mais elle ne pourrait pas être sa femme légitime. Cet homme est un catholique pratiquant et il est déjà marié. Sa femme est très malade ; elle est clouée au lit depuis cinq ans. Deux raisons qui font qu'il ne divorcera jamais.

— Claudette n'a pas pu vouloir épouser tous les hommes avec qui elle a couché.

— Non, bien sûr. Mais avec les autres c'était *possible*. Avec celui-là, c'était hors de question. C'est peut-être pour ça qu'elle a décidé qu'elle était enfin amoureuse. Pour la première fois de sa vie.

— Ça s'est passé combien de temps avant son mariage avec Triolet ?

— Cela durait peut-être depuis longtemps, de façon sporadique, dit Alain Rodi. Mais elle a cessé de coucher avec d'autres que lui environ deux ans avant son mariage. Quelques mois plus tard, son père a eu vent de cette liaison. Il était fou de rage. Il a eu une discussion avec l'amant de sa fille dans un café dont je connais le propriétaire. Malo l'a menacé, s'il ne cessait pas de voir Claudette, de créer un scandale qui lui ferait perdre toute sa clientèle.

— Sa *clientèle* ?

— C'est un médecin, me dit Rodi.

Je ressentis soudain des picotements qui ne disparurent pas quand il poursuivit :

— C'est un généraliste. Il était le médecin de famille des Malo jusqu'à cette scène au café. Scène qui, d'ailleurs, est devenue violente. Malo a frappé le médecin qui l'a menacé avec un couteau de table. Après ça, Malo a prévenu sa fille qu'il la ferait enfermer si elle ne mettait pas fin à cette liaison. Qu'il en ait légalement le droit ou non, Malo a certainement la possibilité de mettre à exécution ce genre de menace.

— J'en suis convaincu, dis-je en pensant à la rapidité avec laquelle il m'avait fait obtenir le permis de port d'arme, en passant un simple coup de fil au ministre de la Défense. Vous pouvez me dire le nom de ce médecin ?

— Hugues Bardin.

Je me traitai intérieurement d'imbécile.

On est souvent tenté de tirer des conclusions trop hâtives mais, dans mon métier, on est censé vérifier par deux fois même ce qui paraît évident.

Claudette Triolet était entrée avec son bébé dans cette maison de médecins de la rue du Grand Prieuré. Il semblait naturel d'en déduire qu'elle était allée chez le pédiatre dont le nom figurait sur une des plaques.

Cependant, une des autres plaques portait le nom du Dr Hugues Bardin.

— J'ai l'impression, dis-je à Rodi, que les menaces de Malo n'ont pas mis fin à cette liaison.

— Je crois que Bardin, lui, était prêt à s'arrêter là, dit Alain Rodi, mais pour Claudette, il n'en était pas question. Elle est parvenue à le convaincre de continuer — mais beaucoup plus discrètement, pour que personne ne le sache.

— *Vous,* vous savez.

— L'infirmière-réceptionniste du Dr Bardin est une de mes vieilles amies, fit Rodi en hochant la tête. Et il semble que les réunions intimes entre Claudette et Bardin se déroulent souvent dans le bureau du docteur, en dehors des heures de consultation. Il est arrivé deux fois à mon amie, quand elle revenait après la pause de deux heures pour le déjeuner et la sieste, de croiser Claudette qui s'en allait.

Les heures de consultation des médecins, inscrites sur les plaques près de la porte de la maison, comportaient toutes une pause, de douze heures trente à quatorze heures trente. Il était un peu plus de treize heures quand j'avais vu Claudette entrer dans l'immeuble. J'avais pensé que Claudette avait dû téléphoner du château au pédiatre pour le prévenir qu'elle serait un peu en retard à son rendez-vous et qu'il avait accepté de l'attendre. Encore une conclusion hâtive parce qu'apparemment évidente.

Oui, mais si elle était allée là-bas pour faire l'amour avec le Dr Bardin, pourquoi avait-elle amené son enfant ?

Je dis à Alain Rodi :

— Vous êtes sûr qu'elle ne couchait avec personne d'autre que Bardin avant d'épouser Triolet, mais l'enfant a été conçu avant le mariage. C'est curieux, hein ?

— Très curieux.

— A moins que le bébé ne soit pas de Triolet.

— C'est possible.

Une possibilité qui ne venait pas pour la première fois à l'esprit d'Alain Rodi.

Cette fois, je pris la peine de vérifier ce qui me semblait évident. J'appelai le château de ma chambre d'hôtel et tombai sur Girard à qui je demandai le nom du pédiatre qui soignait l'enfant de Claudette Triolet. Il me le dit. Ce n'était pas celui qui avait un cabinet dans l'immeuble où elle s'était rendue pendant l'après-midi.

Il était donc pratiquement certain qu'elle y était allée pour voir le Dr Hugues Bardin. Avec son enfant.

Je demandai si Claudette Triolet était encore là. Girard me répondit qu'elle était partie en voiture, après le dîner. Sans dire où elle allait.

Pendant que j'y étais, je l'interrogeai sur Alexandre et appris que le jeune homme était rentré, puis ressorti.

— Pour le moment, me dit Girard, tous les membres de la famille sont absents. M. Malo s'est fait conduire à l'aéroport de Marignane pour prendre le dernier vol pour Genève. Il y restera jusqu'à la fin de la semaine afin de régler certaines affaires pour sa société. Mme Malo l'a accompagné jusqu'à l'aéroport.

— Vers quelle heure pensez-vous que Triolet rentrera, ce soir ?

— Il ne rentrera pas ce soir, me répondit Girard. M. Triolet a dû se rendre à Marseille en fin d'après-midi. La société y a des bureaux et un pied-à-terre. Il a demandé que les appels le concernant lui soient transmis là-bas, pendant les prochains jours.

Après avoir raccroché, je cherchai le numéro de téléphone du Dr Hugues Bardin, dans l'annuaire posé sur le secrétaire de ma chambre. Comme les heures de consultation étaient passées depuis longtemps, j'appelai son domicile. Une femme me répondit. Bien qu'elle ne parût pas avoir sommeil, elle avait une voix faible, tremblante et fatiguée. Elle se présenta comme l'épouse du Dr Bardin et me dit qu'il n'était pas à la maison.

— Il avait des malades à voir à leur domicile, dans la soirée, me dit-elle.

Claudette Triolet n'était pas chez elle, le Dr Bardin n'était pas chez lui — mais son bureau était à deux pas de mon hôtel. Je m'y rendis à pied.

A cette heure-là, les rues étroites de cette partie de la ville étaient désertes et assez sombres, malgré les quelques flaques de lumière sous les réverbères trop espacés. Je n'eus cependant aucun mal à reconnaître la Mercedes décapotable de Claudette. Les voitures de ce prix étaient rares, en ville.

Elle était garée au même endroit que la fois d'avant. La capote était relevée et il n'y avait personne à l'intérieur.

Je m'approchai de la maison des médecins. La plaque du Dr Bardin m'apprit que son cabinet se trouvait au dernier étage. Je traversai la rue et levai les yeux. Il n'y avait pas de lumière aux fenêtres d'en haut. Peut-être les rideaux étaient-ils fermés à l'intérieur, peut-être n'y avait-il personne. Peut-être y avait-il quelqu'un qui avait éteint les lumières. Je retournai à l'entrée de l'immeuble. Il n'y avait pas d'ouvre-porte automatique. Pour entrer, il fallait presser la sonnette du médecin qu'on venait voir et dire son nom à l'interphone.

Je passai devant les façades de cette maison et de la suivante et trouvai une ruelle qui les contournait. Quand je fus derrière l'immeuble du Dr Bardin, je levai à nouveau les yeux.

Il n'y avait pas de lumière là-haut, de ce côté non plus. J'examinai la porte de service. En général, les serrures des portes de service sont plus faciles à crocheter que celles des portes d'entrée principales. Celle-ci ne poserait pas de problème. Sauf que j'avais laissé ma petite panoplie de cambrioleur dans ma voiture.

Je sortis de la ruelle et entrai dans le petit hôtel de l'autre côté de la rue. J'utilisai le téléphone placé au bout du comptoir du bar pour appeler le cabinet du Dr Bardin. Pas de réponse. Je laissai sonner dix fois, raccrochai, attendis cinq minutes, composai à nouveau le numéro, laissai sonner exactement dix fois et raccrochai. Je recommençai une troisième fois. S'ils étaient là, ça les rendrait nerveux.

Je donnai un pourboire au barman, sortis et me tins dans l'ombre d'une porte cochère en attendant de voir s'il se passait quelque chose.

Je n'eus que cinq minutes à attendre. La porte de la maison d'en face s'ouvrit. Claudette Triolet sortit en compagnie d'un homme que je vis un instant à la lumière du hall, avant qu'il se retourne pour fermer la porte. Il était solidement bâti et vêtu d'un costume bien coupé. Ses cheveux étaient blancs et son visage aux traits puissants était ridé et rongé par les soucis.

Dr Hugues Bardin, supposai-je. Il faudrait que je me renseigne un peu mieux sur lui.

Ils jetèrent des regards furtifs à droite et à gauche. Ne voyant personne, ils devinrent moins furtifs. Claudette lui prit la main et ils passèrent devant ma cachette pour aller vers la Mercedes de la jeune femme.

Je les suivis sans me presser. Il me semblait que j'obtiendrais plus de Bardin si je pouvais l'interroger en tête à tête.

Quand ils arrivèrent près de la décapotable, Claudette se tourna vers son compagnon et l'embrassa. Je m'arrêtai et les observai. Au bout d'un instant, il la prit dans ses bras, mais son étreinte semblait moins passionnée que celle de Claudette.

Un coup de feu claqua quelque part dans les ruines des Thermes.

La balle ricocha sur un mur de brique, juste au-dessus de leur tête, en faisant pleuvoir sur eux de la poussière. Le choc les fit s'écarter d'un bond.

Aussitôt je courus vers eux en sortant mon revolver, en ôtant le cran d'arrêt et en hurlant :

— Couchez-vous !

Ils étaient encore debout, immobiles, comme pétrifiés, quand le second coup retentit.

21

La deuxième balle passa entre Claudette et Bardin, à hauteur de la poitrine. Elle s'enfonça dans le mur en faisant à nouveau rejaillir sur eux de la poussière de brique.

En moins d'une seconde, j'étais accroupi auprès d'eux, et leur grognais encore de se jeter par terre. Ils s'écartèrent, terrorisés, de moi et de mon revolver. Puis Claudette me reconnut et ouvrit de grands yeux stupéfaits. Je passai devant eux en courant.

Protégé par un bout de l'ancienne muraille, de l'endroit d'où étaient partis les coups de feu, j'escaladai la clôture grillagée qui entourait les ruines. J'atterris à l'abri de la partie intérieure du bout de muraille et lançai un coup d'œil derrière moi.

Au lieu de se jeter par terre, Claudette et le Dr Bardin s'étaient mis à courir vers la rue du Grand Prieuré et l'immeuble qu'ils venaient de quitter. On ne leur tira plus dessus. Le tireur qui se trouvait avec moi à l'intérieur des ruines devait se préoccuper de la meilleure façon de m'échapper.

Je m'efforçai de deviner ce qu'il allait faire. Il n'avait pas de raison de rester là. Il ou elle, d'ailleurs. Quand on ignore le sexe de la personne qui tire des coups de feu, on s'imagine automatiquement qu'il s'agit d'un homme.

Homme ou femme, ses cibles étaient parties. J'étais là,

armé d'un revolver et les habitants du quartier avaient dû entendre les coups de feu et appeler la police. Il était temps pour le tireur de quitter les lieux.

Les ruines s'étendaient dans l'ombre sur une centaine de mètres en longueur et près de cent cinquante en largeur. Je me trouvais à une extrémité. Il allait certainement se diriger vers l'autre... ou vers un des côtés latéraux.

Je partis vers la droite, puis m'enfonçai à l'intérieur, à demi accroupi, mon doigt sur la détente du P7 que je tenais devant moi. Les endroits pour se dissimuler ne manquaient pas, mais c'était aussi valable pour le tireur que pour moi.

J'avais parcouru une vingtaine de mètres quand un autre coup de feu retentit devant moi, sur ma gauche. Je me jetai à terre mais la balle atterrit loin de moi. Le tireur ne m'avait pas vu ; il avait simplement détecté un mouvement et tiré dans cette direction. Dans le seul but de ralentir mon avance.

Il y avait réussi. Changeant de direction, je rampai vers l'autre extrémité des ruines, dans l'ombre épaisse d'un long pan de mur qui me dépassait d'environ soixante centimètres.

En arrivant au bout du mur, je m'arrêtai, retins mon souffle et tendis l'oreille. Si quelqu'un me traquait ou s'éloignait dans les alentours immédiats, il le faisait sans aucun bruit. Je me hissai en haut du mur sur lequel je m'étendis à plat ventre, revolver au poing. Au bas du mur, un espace découvert entourait un ancien bassin plein de décombres. Un peu plus loin, il y avait un amas confus de tronçons de murs et d'ombres. Rien ne bougeait.

Un réverbère dans la rue, de ce côté-là des ruines, éclairait un grand trou taillé dans le grillage de la clôture.

J'entendis au loin le pin-pon caractéristique d'une voiture de police. Je continuai d'observer l'espace entre moi et le trou dans la clôture. Maintenant le tireur allait être obligé de sortir, s'il ne l'avait pas déjà fait.

Le bruit de la voiture de police se rapprochait rapidement. Toujours pas un mouvement dans les ruines, au-dessous de moi. Le tireur était parti. Je sautai du mur et courus vers le trou dans le grillage, au moment où les freins de la voiture de police grinçaient à l'autre extrémité des ruines. Les flics n'étaient pas descendus de voiture que j'étais déjà dans une petite rue latérale. Je ne rangeai pas mon revolver avant d'être presque arrivé à l'hôtel.

Une fois dans ma chambre, j'appelai le numéro à Aigues-Mortes que Johnny Duncan m'avait donné. La femme qui me répondit avait une voix jeune. Je lui demandai si elle s'appelait Suzanne.

— Oui, répondit-elle. Suzanne Proslier. Qui est à l'appareil ?

Je lui dis mon nom et ajoutai que j'étais un vieil ami de John Duncan.

— Ah, oui, John m'a prévenue que vous appelleriez peut-être. (Elle ne disait pas John mais *Jean*.) Je suis désolée, il n'est pas là en ce moment.

— Vous savez où je peux le joindre ?

— Non, je regrette. Il est parti en voiture, il y a environ quatre heures, mais il ne m'a pas dit où il allait. Il est rare qu'il me le dise. (Elle rit de bon cœur. Elle n'en voulait manifestement pas à Johnny ; elle le prenait comme il était.) Avec lui, c'est toujours comme ça. Il va, il vient sans avertir. Alors je ne peux pas vous dire quand il rentrera. Mais si vous voulez lui laisser un message...

— Dites-lui seulement que j'ai appelé.

Je la remerciai et raccrochai.

J'avais espéré trouver Johnny là-bas, à Aigues-Mortes. Cela aurait mis fin à mes nouveaux soupçons déplaisants.

Je me dis que j'étais, une fois de plus, méchamment injuste. Le fait que Johnny ne se trouvait pas à Aigues-Mortes n'était pas une raison de le soupçonner de se trouver à Arles et d'avoir tiré sur Claudette et le Dr Bardin. N'importe qui pouvait avoir tiré. J'avais encore moins de raisons de penser qu'il pouvait être le tireur que j'en avais de me demander s'il n'avait pas joué un rôle dans ce qui était arrivé à Alexandre, aux arènes.

Il n'y avait, cette fois, pas la moindre preuve indirecte. Tout juste une possibilité.

Je me forçai aussi à me rappeler que Johnny était un excellent tireur. S'il avait tiré, à cette distance, sur l'un ou l'autre membre du couple, il ne l'aurait certainement pas raté.

Du moins si le tireur avait voulu toucher.

Je pensais à deux raisons pour lesquelles quelqu'un avait pu vouloir tirer et rater.

Je descendis à ma Peugeot, retirai ce dont j'avais besoin de derrière le siège arrière et le mis dans ma poche. Puis je retournai en voiture aux Thermes de Constantin.

Une seconde voiture de police était garée à l'extrémité où il y avait un trou dans la clôture grillagée. Trois gendarmes équipés de torches électriques et de mitraillettes fouillaient les ruines. Un quatrième revenait d'une patrouille inutile dans la rue du Grand Prieuré.

La Mercedes décapotable était toujours garée devant ce côté-là des Thermes. Claudette ne sortirait pas de chez le Dr Bardin avant que les gendarmes soient partis. En attendant, sa voiture n'attirait pas particulièrement l'attention. Ce n'était qu'une des nombreuses voitures garées là pour la nuit.

Deux gendarmes se tenaient au coin de la rue et interrogeaient les gens du voisinage qui étaient sortis de chez eux pour venir voir ce qui se passait. Je m'arrêtai près d'eux et passai la tête par la vitre pour écouter un instant. J'appris ainsi que les témoins avaient entendu les coups de feu mais n'avaient rien vu. Un des gendarmes me lança un regard irrité. Je lui demandai :

— Qu'est-ce qui se passe, ici ?

Il ne répondit pas mais d'un geste impatient me fit signe de circuler et de le laisser faire son travail. J'obéis.

Je roulai jusqu'à l'autre bout de la rue du Grand Prieuré, tournai dans une autre rue, parcourus une cinquantaine de mètres et me garai. Je descendis de voiture et retournai à la ruelle sur laquelle donnait l'arrière de la maison des médecins. Je ne m'étais pas trompé à propos de la porte de service. Il ne me fallut que quelques minutes de travail avec mes outils de cambrioleur pour en crocheter la serrure.

Il y avait un ascenseur que je pris jusqu'au dernier étage. Là, il y avait deux portes et sur l'une d'elles, la même plaque en cuivre que le Dr Bardin avait sur le mur extérieur de la maison. Il n'y avait rien sur l'autre porte que le médecin devait utiliser pour entrer et sortir discrètement sans être importuné par les malades qui attendaient. C'est à celle-là que je frappai.

Pas de réponse. Je frappai plus fort, avec le plat de la main, en criant mon nom. J'ajoutai :

— Dites-lui d'ouvrir, Claudette ! A moins que vous ne préfériez que je descende chercher les flics.

Ils ouvrirent la porte et me firent entrer.

22

Le Dr Bardin ne voyait absolument pas qui aurait pu vouloir les tuer, l'un ou l'autre.

— On ne devait pas vouloir nous tuer *nous,* particulièrement. Il doit s'agir d'un malade mental — une de ces personnes qui tuent pour se donner des émotions — qui est sorti ce soir dans l'intention de tirer sur quelqu'un, n'importe qui.

— Ça s'est déjà produit, par ici ?

— Non, pas ici. Mais on lit dans les journaux que c'est arrivé ailleurs. En Europe, en Amérique. Alors, pourquoi pas ici ? Comme je n'ai aucune raison de penser autre chose, je suis bien obligé de supposer que c'est ce qui s'est passé.

C'était possible mais c'eût été plus facile à croire s'il n'y avait pas eu l'attentat contre Alexandre et l'enlèvement de Jacqueline Malo.

Claudette avait une autre version, plus intéressante, à proposer :

— Si je disparaissais, Alexandre et Jacqueline hériteraient de la *moitié* de tous les biens de Papa. L'argent et la société Malo Transport.

— Pas tout à fait la moitié, lui rappelai-je à nouveau. Cinq pour cent vont à votre mari.

— Cela ne leur enlèverait que deux et demi pour cent à

chacun. Il se partageraient le reste. La moitié, c'est drôlement mieux qu'un tiers.

— Est-ce qu'ils ont, l'un ou l'autre, l'habitude de se servir d'un revolver ?

— Je n'en sais rien. Il est possible qu'un des deux se soit entraîné. L'un ou l'autre à pu *payer* quelqu'un pour me tuer. (Une idée lui vint brusquement :) Alex et Jacqueline ont pu mijoter ça ensemble.

Il me sembla qu'elle trouvait sa propre idée plus piquante que vraisemblable.

Il faisait agréablement frais dans le bureau particulier du Dr Bardin. Ce dernier était installé avec Claudette sur le canapé. Assis sur un coin de la table de travail, je dominais le couple. En principe, cela vous donne un avantage psychologique. C'est quelquefois le fait, surtout si les gens que vous dominez ainsi se trouvent, par ailleurs, dans une situation inconfortable.

C'était le cas du Dr Bardin. Claudette avait pris une de ses mains dans les siennes. Elle portait un pantalon orange vif et un pull-over en coton de la même couleur. Ses ballerines étaient bleues ainsi que ses grandes boucles d'oreille. Une tenue élégante et décontractée, parfaite pour la saison, dans le Midi de la France.

A côté d'elle, Bardin semblait terne et trop âgé pour avoir des rapports autres que professionnels ou superficiels avec des jeunes gens ou jeunes femmes dans le vent. Je remarquai pourtant de la vigueur dans son visage ridé et une force généreuse dans ses yeux. Ses rides semblaient avoir été creusées autant par l'humour que par l'anxiété.

Pour le moment, l'humour était absent. Bardin avait peur — une peur causée par autre chose que le fait qu'on lui avait tiré dessus.

— Allez-vous en parler à Malo ? me demanda-t-il aussi dignement qu'il le put. Parler de la visite que m'a rendue Claudette, ce soir ?

— Il ne s'agit pas d'une visite d'un soir, lui dis-je, mais

d'une liaison qui dure depuis des années, malgré les avertissements de M. Malo.

— Je vous en prie, ne provoquez pas de scandale. Ma femme souffre, depuis des années, d'une maladie qui l'a terriblement affaiblie. Je vous en prie, ne rendez pas les quelques années qui lui restent à vivre encore plus douloureuses.

— Elle n'est pas au courant de votre liaison avec Claudette.

— Non.

D'un geste résolument protecteur, Claudette serra encore plus fort la main de Bardin. Je m'aperçus que je la trouvais plus sympathique que lors de notre entretien près de la piscine.

— Je vous revaudrai ça, me dit-elle d'un ton provocant. (Elle n'avait pas aussi peur que lui ; elle était simplement inquiète.) Dites-moi combien vous voulez, je vous paierai.

— Pour me taire à propos de votre liaison avec le Dr Bardin ?

— Oui.

— Le chantage n'est pas une de mes occupations secondaires. En ce moment, je travaille pour votre père.

— L'un n'empêche pas l'autre. Les liens qui existent entre Hugues et moi n'ont rigoureusement aucun rapport avec le travail dont vous a chargé mon père. La proposition que je viens de vous faire ne viole donc pas les *scrupules* que vous pourriez avoir.

Bardin n'avait guère prêté attention à ce que disait Claudette. Il m'étudiait en essayant de se faire une idée de mon caractère. Il émit ses conclusions avec plus d'espoir que de certitude :

— Vous allez garder pour vous ce que vous avez appris à notre sujet, n'est-ce pas ?

— Il me faut quand même quelque chose en échange.

Claudette eut un hochement de tête avisé ; ma demande

confirmait ses prévisions cyniques. Je poursuivis en m'adressant à Bardin :

— Il faut que vous me disiez la vérité. Je veux d'abord en savoir plus sur vous deux. Si je m'aperçois que vous me mentez, ne serait-ce qu'une fois...

Je laissai planer la menace, sans la préciser. En général, c'est plus efficace.

— Nos relations ne vous regardent pas, me dit Claudette avec colère.

— Si je m'en rends compte, répondis-je, je n'aurai aucune raison d'en parler à quiconque.

— Tais-toi, Claudette, lui dit le Dr Bardin, d'un ton ferme mais calme. (Elle le regarda et retint ce qu'elle s'apprêtait à me dire. Le regard de Bardin revint sur moi.) Vous promettez de garder pour vous ce que nous vous dirons ?

J'acquiesçai d'un signe de tête et lui demandai :

— Vous avez des enfants ?

— La santé de ma femme ne lui a jamais permis d'être mère.

— Mais maintenant, vous avez un fils, grâce à Claudette.

Il respira profondément et murmura :

— Oui.

— Et elle vous amène le bébé ici pour que vous puissiez le voir et jouer avec lui, de temps en temps.

Cette fois, Hugues Bardin ne put me répondre que par un hochement de tête angoissé.

— Hugues est le *père* de Michel, intervint Claudette avec véhémence. Il a quand même le droit de voir son fils !

Donner à Bardin l'occasion de s'attacher à son fils unique était certainement, pour Claudette, une façon de s'assurer qu'il ne romprait pas avec elle.

— Triolet doit être au courant, leur dis-je.

— Il sait, évidemment, que Michel n'est pas de lui puisque je n'ai jamais couché avec lui.

— Ça ne lui fait rien ?

— Que voulez-vous que ça lui fasse ? demanda Claudette. Il a certainement une ou deux petites amies qu'il voit quand il est à Marseille. Je le laisse faire ce qu'il veut et il en fait de même pour moi. En m'épousant, il a obtenu ce qu'il voulait.

— Vous lui avez permis de devenir le gendre de Karl Malo, à condition qu'il fasse semblant d'être le père de votre fils.

— Je tenais à avoir l'enfant de Hugues. Je savais que mon père n'accepterait jamais que j'ai un enfant sans être mariée et en refusant de dire de qui il était. Il m'aurait obligée à me faire avorter.

Je ne voyais pas comment Malo aurait pu l'y obliger, mais j'étais sûr qu'il y serait arrivé.

— Alors vous êtes allée trouver Triolet et vous lui avez fait part de votre problème.

— Ça faisait des années qu'il me cavalait après et je savais que ce n'était pas à cause de mon charme irrésistible. (Claudette eut un rire méchant.) Vous auriez dû voir sa tête quand il a su qu'il pourrait enfin avoir ce qu'il voulait. Ça faisait plus d'un an qu'il avait fini par y renoncer. Il n'en revenait pas.

— Mais il était encore prêt à sauter sur l'occasion.

— A pieds joints. (Claudette allait rire mais elle se ravisa.) Non, je suis injuste, dit-elle. Jean-Noël a été là quand j'ai eu besoin de lui, quelles qu'aient pu être ses raisons. J'ai été honnête envers lui et il a été honnête envers moi. Il a honoré sa part du marché que nous avions conclu. Je n'ai pas eu à le regretter. Il représentait la solution idéale puisque Hugues ne pouvait pas m'épouser à cause de sa femme.

— De toute façon, je n'aurais pas pu, dit Bardin, mal à l'aise, en me regardant pour quêter ma compréhension. Ç'aurait été grotesque : Claudette est bien trop jeune pour moi.

— Nous nous *aimons,* lui dit-elle avec une assurance inébranlable et c'est la *seule* chose qui compte entre nous.

Le regard qu'il lui lança était à la fois ensorcelé et embarrassé. Une femme de son âge, catégorique et possessive, l'aurait probablement excédé. De la part d'une enfant, c'était attendrissant et flatteur. Aux yeux de Bardin, Claudette était une enfant, bien qu'elle fût la mère de son fils.

Quand je les quittai, elle lui tenait toujours la main. Elle ne l'avait pas lâchée pendant toute la durée de ma visite.

Quand je revins au château de Malo, la plupart des lumières étaient éteintes, mais Girard n'était pas encore couché. Il me dit que Jacqueline Malo était rentrée de l'aéroport où elle avait accompagné son mari et qu'elle dormait sans doute. Alexandre était rentré, lui aussi, mais il était allé se promener.

— Il aime bien profiter de la fraîcheur de la nuit pour faire un tour. Il lui arrive de rester dehors pendant deux ou trois heures.

— Il est sorti depuis combien de temps, ce soir ?

— Cela doit faire un peu plus d'une demi-heure.

— Prévenez-moi quand il rentrera. Si vous êtes encore debout.

— Je le serai, affirma-t-il.

— Vous ne dormez jamais ?

— Si, souvent, mais par petits bouts. Je n'ai pas pu dormir plus de deux heures d'affilée, depuis que j'ai quarante ans. Ce doit être une question de nerfs. Ou de mauvaise conscience.

— A quel propos ?

— Avez-vous été soldat, Monsieur ?

— Oui.

— Vous avez fait la guerre ?

— Oui.

— D'habitude, me dit-il, cela vous fournit suffisamment de souvenirs pour troubler votre sommeil. Ne trouvez-vous pas ?

— J'essaie de ne pas me laisser troubler, répondis-je.

Je montai dans ma chambre qui avait été préparée pour la nuit : les volets étaient fermés et les fenêtres ouvertes, le lit était ouvert et au pied du lit, on avait disposé un peignoir éponge. Je me débarrassai des vêtements que j'avais portés tout au long de cette chaude journée, pris le peignoir et allai dans la salle de bains prendre une douche.

J'étais en train de me sécher quand il me sembla entendre un bruit dans ma chambre, à travers la porte fermée. J'enfilai le peignoir et entrouvris la porte. Quelqu'un avait éteint le plafonnier et allumé une lampe sur une petite table. Cela donnait un éclairage plus doux.

Jacqueline Malo était assise sur mon lit.

Adossée à la tête de lit capitonnée, elle avait un grand verre de whisky à la main. Ses belles jambes étaient allongées et un de ses pieds nus reposait sur l'autre. Elle était vêtue d'une chemise de nuit blanche à laquelle la lumière donnait des reflets satinés. C'était un vêtement ample mais le tissu collait amoureusement à la peau de Jacqueline dont les seins opulents étaient mis en valeur par le décolleté profond. Elle porta le verre à ses lèvres, puis elle me sourit.

23

— J'espère que vous aimez le scotch, me dit-elle, parce que c'est du scotch que je nous ai apporté.

D'un signe de tête, elle indiqua la desserte placée contre le mur du fond.

— Oui, ça ira très bien, répondis-je d'une voix qui me parut à peu près ferme.

Je passai devant le pied du lit pour m'approcher de la desserte. Outre la bouteille presque pleine, elle avait apporté un petit seau à glace et un autre grand verre à whisky. De quoi tenir un siège. Je me servis trois doigts de scotch et le goûtai avant d'ajouter des glaçons. Puis je me retournai et regardai Jacqueline Malo.

Elle s'était redressée et fixait sur moi ses merveilleux yeux verts, comme pour essayer de pressentir mon humeur.

— Karl m'a demandé de vous donner son numéro à Genève, au cas où vous découvririez quelque chose avant son retour, me dit-elle. J'allais le laisser sur l'écritoire quand j'ai entendu que vous preniez une douche. Alors j'ai décidé...

Elle conclut en levant son verre à ma santé et en buvant une autre gorgée.

— Quand doit-il rentrer ?

— Pas avant quelques jours. Peut-être une semaine.

(Elle s'interrompit un instant, puis elle me demanda :) Vous avez appris quelque chose ?

Je repassai devant le pied du lit et m'assis dans un grand fauteuil en cuir, de l'autre côté.

— Quelques petits trucs. (Je me renversai dans le fauteuil en essayant de me détendre.) J'ai commencé par me renseigner sur certains d'entre vous. Il est encore trop tôt pour que je puisse espérer faire de grandes découvertes. Vous formez une famille compliquée.

— Si vous découvriez quelque chose, est-ce que vous m'en parleriez ?

— Tout dépend de ce dont il s'agirait.

Je fis décrire de petits cercles à mon verre en écoutant tinter les glaçons.

Elle s'assit en tailleur, se pencha vers moi et me dit :

— Vous avez fait une de ces têtes, quand vous avez ouvert la porte et m'avez vue... Vous aviez presque l'air scandalisé.

— Surpris. Girard m'avait dit qu'il pensait que vous dormiez.

— J'ai essayé mais j'étais trop nerveuse. Ça vous ennuie que je sois là ?

— Cette chambre est agréable, lui dis-je, mais vous l'améliorez considérablement.

J'avais du mal à me concentrer sur ce que je disais. La tentation assise sur mon lit était trop forte.

Ses joues dorées rosirent. Elle baissa les yeux.

— Vous avez parfois une façon de me *regarder*... fit-elle d'une toute petite voix. Comme si vous vouliez me manger.

— J'en serais capable.

Une fois de plus, elle porta son verre à sa bouche et elle le vida. Puis elle murmura :

— Ça ne me déplairait peut-être pas.

Ma main se crispa sur mon verre et ne se desserra pas. J'étais obligé de faire un effort que je n'étais pas sûr de pouvoir — ou de vouloir — soutenir. Cependant j'attendis, en la regardant.

Elle se leva du lit, son verre vide à la main et marcha jusqu'à la desserte avec une grâce souple et sensuelle qui fit monter ma tension. Je la regardai se servir une dose de scotch généreuse.

— Vous avez dit un jour qu'il vous fallait faire attention car vous étiez vite pompette, lui rappelai-je.

— Quelquefois ça aide, d'être *un peu* pompette, dit-elle sans se retourner vers moi. Ça chasse les inhibitions.

Elle but une longue gorgée, posa son verre et vint vers moi. Elle s'assit sur le bras de mon fauteuil. Elle me parut désirable, vulnérable, disponible... et un peu effrayée, sous le masque de son sourire.

— Vous m'avez dit aussi que vous ne couchiez jamais avec quelqu'un d'autre que votre mari, lui rappelai-je encore en lui rendant son sourire.

— J'ai vraiment dit *jamais ?* Evidemment, j'entendais par là que ce n'est pas une habitude. En fait, c'est même très rare. Il faut un tel concours de circonstances... Mon humeur, l'occasion... (elle promena ses doigts dans mes cheveux)... et l'homme.

— Bien sûr.

Je posai mon verre par terre et entourai sa taille souple de mon bras. Le tissu de sa chemise de nuit glissait sous ma main. Je l'attirai sur mes genoux et l'embrassai.

Drôle de baiser ! Elle commença par se raidir. Puis elle passa les bras autour de mon cou et je sentis remuer doucement ses lèvres puis sa langue. J'aurais dû en avoir les sens tout chavirés... mais son ardeur était factice, le cœur n'y était pas.

Je la pris dans mes bras et me levai. Elle garda les bras autour de mon cou et appuya son visage contre ma gorge. Je sentis sur ma peau son souffle rapide et chaud. Quand je la portai vers le lit, elle émit un petit bruit qui exprimait peut-être la panique.

Je la laissai choir sur le lit, me tournai et ramassai mon verre. Je l'emportai vers la desserte et y mis d'autres glaçons. Sans autre raison que le fait que cela m'aidait à penser à des icebergs, des glaciers et des congélateurs. Il est des efforts de volonté qui font du bien à votre amour-propre... et du mal à tout le reste de votre personne.

Je bus un peu et me retournai. Accroupie sur le lit, Jacqueline Malo me regardait d'un air incertain. Un paradis perdu — et même jeté.

— Vous aviez raison, je n'aurais peut-être pas dû boire ce dernier verre, dit-elle d'une voix tremblante. (Elle semblait déconcertée plutôt que blessée. Il y avait même peut-être en elle un certain soulagement.) Que s'est-il passé ?

— L'humeur n'y était pas, l'occasion n'était pas la bonne, dis-je en lui souriant.

Une moue amusée effleura sa bouche. Elle avait presque retrouvé son sens de l'humour naturel.

— En termes moins aimables, vous m'avez repoussée.

— Pas vous, mais vos avances.

— Elles étaient contraires à vos principes ?

— Disons à mes préjugés.

Elle fronça les sourcils en essayant de voir ce que j'entendais par là.

— Si je comprends bien, vous ne voulez pas cocufier vos clients, me dit-elle.

— Cocu, quel mot stupide ! Il implique que le mari est propriétaire de sa femme et qu'on lui vole son bien.

— Alors, quel est votre problème ? Vous me désirez. Ça, j'en suis persuadée.

— Et vous avez raison, lui dis-je. D'ailleurs, je ne suis pas assez vertueux pour ne pas accepter, parfois, ce genre de cadeau. Mais pas quand il s'agit d'une offrande sacrificatoire en vue de m'amadouer.

Jacqueline Malo se renversa contre la tête de lit et

étendit à nouveau les jambes. Elle secoua la tête en disant :

— Je dois avouer que ça n'aurait pas été un bien grand sacrifice. Vous êtes un homme très séduisant. Plus d'une femme a dû vous le dire.

— Certaines femmes m'ont fait du charme pour obtenir de moi ce qu'elles voulaient.

— Elles y ont réussi ?

— Parfois. Ça dépendait de ce qu'elles voulaient. (Je posai mon verre et m'approchai du lit. Prenant sa tête entre mes mains, je posai mes lèvres sur sa bouche tentante. Cette fois, elle ne simula pas la passion, mais elle ne s'écarta pas de moi. Je lâchai son visage, m'assis sur le lit et la regardai. Je lui demandai calmement :) Que voulez-vous de moi, au juste ? Que je laisse tomber cette enquête ? Que je m'en aille sans continuer ?

— Non, répondit-elle. Karl engagerait simplement quelqu'un d'autre.

— Alors qu'espériez-vous obtenir de moi ?

Elle m'observa d'un air pensif.

— Ne pourriez-vous pas vous contenter de faire semblant, pendant une ou deux semaines ? Enfin, le temps que vous estimeriez nécessaire pour que votre enquête ait l'air vraie ? Puis vous diriez à Karl ce qu'il a envie d'entendre. Que son fils et sa fille ne sont pas responsables de mon enlèvement.

— Il voudra que je lui dise qui l'est, s'ils ne le sont pas.

— La police n'a pas pu le découvrir. Il ne serait donc par surprenant que vous ne puissiez pas non plus. Vous n'aurez qu'à lui dire que vous ne savez pas qui c'est mais que tout ce que vous avez pu apprendre prouve que ce ne sont pas ses enfants. Karl en sera fâché mais pas meurtri — pas comme si vous lui appreniez que soit Claudette soit Alexandre a joué un rôle dans cette affaire.

— Une enquête authentique pourrait très bien prouver

qu'ils n'y sont, ni l'un ni l'autre, absolument pas impliqués.

— Je ne veux pas courir ce risque. La santé de mon mari est en jeu. Je vous ai déjà dit, à Arles, qu'en ce qui me concerne, c'est une affaire classée. Je me moque de savoir qui en est responsable. Tout ce que je veux, c'est qu'on oublie tout ça.

Je l'observai un moment en silence, puis je dis :

— Mais ce n'est pas la seule raison, n'est-ce pas ? Votre souci n'est pas seulement de protéger votre mari, bien que j'admette que ça puisse en faire partie. Vous craignez aussi autre chose. Quelque chose qu'une véritable enquête a des chances de révéler.

Elle pencha la tête en arrière, l'appuyant contre la tête de lit et elle ferma les yeux. J'attendis. Cependant elle resta ainsi, sans parler. Je lui dis :

— Emil Fassler. Votre défunt mari.

Elle ouvrit brusquement les yeux et me regarda.

— Alors... vous êtes déjà au courant, à propos d'Emil.

— Je sais seulement qu'il avait une petite entreprise d'import-export dont le siège était à Hambourg. Et qu'il a été tué, dans des circonstances mystérieuses, à Marseille.

— Mais vous continuerez à creuser, n'est-ce pas ? Jusqu'à ce que vous en sachiez plus.

Je hochai affirmativement la tête en observant son changement d'expression.

Elle se pencha en avant et entoura de ses bras ses genoux relevés.

— C'est pour vous empêcher de faire ça que je suis venue dans votre chambre, dit-elle avec lassitude. Je ne trouvais pas d'autre moyen que celui-là pour essayer de vous convaincre d'arrêter vos recherches.

— En vous donnant à moi ?

— Et en comptant sur votre générosité.

— Il m'est arrivé d'être généreux, lui dis-je un peu sèchement, sans qu'on soit obligé de me circonvenir.

Ses yeux fouillèrent un instant mon regard. Puis elle hocha la tête en disant :

— De toute façon, vous finirez bien par l'apprendre... si vous persévérez. Emil a été... impliqué dans des activités illicites, pendant un certain temps. Pas longtemps et pas de son plein gré... mais quand même...

— Quel genre d'activités ?

— Je l'ignore. Emil m'a dit que ce serait moins dangereux pour moi si je l'ignorais. Je sais seulement que des gens utilisaient son entreprise pour faire quelque chose d'interdit. *Ça,* je ne l'ai appris que deux mois avant la mort d'Emil. Quelque chose le terrorisait et je n'arrêtais pas de lui demander de se confier à moi. Il a fini par me dire que des hommes extrêmement dangereux avaient je ne sais quelle prise sur lui. Il n'a pas voulu me dire qui ils étaient ni ce que c'était. Simplement qu'il avait peur que ces hommes le tuent s'il ne faisait pas ce qu'ils voulaient.

— Vous pensez que c'est eux qui l'ont tué ?

— Je pense que c'est possible, mais en fait, je n'en sais rien.

— Pourtant, vous n'en avez pas parlé à la police de Marseille.

— Je n'ai vu aucun policier de Marseille. Un haut fonctionnaire de la police parisienne est venu m'annoncer qu'Emil avait été tué, apparemment par des voleurs. Et pour me demander où je voulais qu'on fasse envoyer sa dépouille, pour l'enterrement. Est-ce en lui disant qu'Emil avait été associé à des criminels — qu'il était lui-même devenu un criminel — que j'allais le faire revenir à la vie ?

— Cela aurait peut-être aidé les flics à attraper ses meurtriers. Mais vous n'avez pas l'esprit vindicatif, n'est-ce pas ?

Jacqueline Malo secoua la tête.

— Cela n'arrange rien. Ça ne fait que prolonger la blessure.

— Malo est au courant des activités illicites de votre premier mari ?

— Non. Je ne lui en ai pas parlé. Je... j'avais honte, sans doute. Je ne voulais pas parler d'Emil de cette façon-là. Je sais que c'était ridicule. Si Karl l'apprend *maintenant,* il aura l'impression que je lui ai menti.

— Les gens qui s'aiment font tout le temps des petits mensonges, lui dis-je. De vrais mensonges et des mensonges par omission. Ceux qui sont nécessaires pour préserver l'harmonie. Ça n'a rien d'extraordinaire.

— Oui, mais une si grande part de notre entente — celle entre Karl et moi — est fondée sur la confiance totale qu'il a en moi... S'il apprend tout ceci, il va sans doute se demander si je ne lui ai pas menti autrement. Cette confiance va s'effriter. Je vous en *prie,* ne lui en parlez pas.

— Je n'ai aucune raison de le faire, lui dis-je, à moins que j'apprenne qu'il y a un rapport entre ça et ce pourquoi Malo m'a engagé.

— Il n'y a aucun rapport, affirma-t-elle.

Je l'observai attentivement.

— Il y a forcément autre chose, lui dis-je lentement. Vous avez beaucoup trop peur pour que la seule raison soit les liens de votre premier mari avec des criminels. Vous craignez que je découvre autre chose.

— Non, il n'y a rien d'autre, dit-elle — mais en évitant mon regard.

— Plus vous m'en direz, mieux je pourrai vous protéger de ce qui vous tracasse.

— Je vous assure que je n'ai rien d'autre à vous raconter, fit-elle d'un ton haché. Je veux simplement que vous arrêtiez votre enquête et que vous nous laissiez vivre en paix. (Elle m'adressa un regard suppliant.) Vous voulez bien faire ça pour moi ?

— Non.

— *Pourquoi* pas ? Vous serez payé de la même façon, que vous poursuiviez votre enquête ou que vous fassiez seulement semblant.

— Est-ce que vous vendriez à vos clients des œuvres de maîtres signées, si vous saviez que c'étaient des faux ?

— Ah, je vois — l'orgueil professionnel.

— Quelque chose comme ça.

— Seulement ma profession à moi ne met pas en danger la vie des gens, dit Jacqueline Malo. Quand j'apprends qu'un tableau est un faux, si je le dis au client, c'est pour l'empêcher de gaspiller de l'argent. Mais si *vous* révélez ce que vous apprenez, dans cette affaire, vous réussirez simplement à causer beaucoup de chagrin. A Karl... et à moi.

— Ce sera à moi d'en décider quand j'en arriverai là, lui dis-je. Je ne peux rien vous promettre de plus. (Je lui demandai brusquement :) Vous connaissez John Duncan ?

Je la regardai réfléchir un moment en fronçant les sourcils. Puis elle secoua la tête et répondit :

— Non.

— C'est un Américain, poursuivis-je, mais il parle bien le français. Avec un petit accent.

Je lui décrivis soigneusement Johnny, y compris ses tenues voyantes.

Une ombre passa rapidement dans le regard de Jacqueline Malo et disparut.

— Non, me dit-elle d'un ton insouciant, je ne me rappelle pas avoir rencontré une personne comme ça.

Elle posa les pieds par terre et se leva du lit. Elle dut s'appuyer sur la table de nuit pour ne pas perdre l'équilibre.

— C'est vrai que j'ai trop bu, dit-elle d'un ton las. Il est temps que j'aille me coucher.

— Maintenant que nous avons mis les choses au point, lui dis-je, si vous voulez rester, j'en serai ravi.

— Il vaut mieux que je m'en aille, dit-elle avec un pâle sourire, avant de se tourner vers la porte.

La devançant, j'allai ouvrir.

Alexandre Malo était assis en tailleur, par terre, dans le couloir, en face de ma porte. Il nous regardait en souriant.

24

Il regarda Jacqueline Malo en chemise de nuit, moi en peignoir de bain et son sourire s'élargit. Il s'adressa à moi :

— Girard m'a dit que vous vouliez être averti de mon retour. Je l'ai prié de ne pas se déranger. De toute façon, je voulais faire votre connaissance. Mais quand je suis arrivé à votre porte, j'ai entendu que vous aviez de la visite, alors je me suis assis pour attendre.

Alexandre regarda sa belle-mère et poursuivit :

— Il faut dire que je n'ai pas eu longtemps à attendre. (Il se leva d'un mouvement souple et sans effort.) C'est ce que je me tue à vous répéter, Jacqueline. Les hommes âgés se fatiguent plus vite et laissent les femmes sur leur faim. C'est pourquoi il vous faut, de temps en temps, une petite aventure avec un homme plus jeune, un homme comme moi, au sommet de sa virilité.

— Alexandre, vous me mettez dans une situation embarrassante et vous vous rendez ridicule, dit Jacqueline Malo d'un ton un peu agacé mais pas vraiment fâché. Nous savons tous que vous n'êtes pas idiot, alors ne vous comportez pas comme si vous l'étiez.

— J'essaie simplement d'enrichir votre vie, dit-il d'un ton effronté. Et, par la même occasion, la mienne. (Il la saisit par le poignet.) Je vais vous raccompagner à votre chambre et en chemin, nous pourrons discuter de votre libido refoulée.

Elle essaya en vain de libérer son poignet. J'intervins :

— Lâchez-la.

— Ne vous mêlez pas de ça, me dit Alexandre, très sûr de lui, d'un ton presque amical. Vous avez beau être grand, vous risqueriez de vous réveiller à l'hôpital, avec quelques os en miettes.

De la main gauche, j'encerclai son bras juste au-dessus du coude et j'enfonçai mes doigts. Il eut un hoquet de surprise douloureuse et lâcha le poignet de Jacqueline Malo. En même temps il se retourna en lançant son talon vers mon cou-de-pied. Je l'évitai mais déjà son coude était à deux doigts de ma poitrine.

J'écartai son coude du bord de mon poing gauche et, en même temps, lui balançai une gifle de la main droite. J'y avais mis une force assez considérable pour le retourner, l'envoyer buter contre le mur du couloir et le faire s'écrouler bruyamment.

— Je vous en prie, dit Jacqueline Malo d'un ton angoissé, ne le frappez plus.

— Ce ne sera pas nécessaire, répondis-je. Bonsoir.

Aexandre s'assit par terre en se frottant la nuque des deux mains et en levant sur moi des yeux stupéfaits. La marque de ma main faisait une tache sombre sur le côté de son visage.

Jacqueline Malo lui lança un dernier regard inquiet, puis s'éloigna dans le couloir en laissant ses doigts glisser le long du mur, derrière elle. Quand elle eut disparu au coin proche de l'escalier, Alexandre parla d'une voix hébétée :

— J'ai cru que j'avais le cou cassé. Comment diable avez-vous pu tromper ma garde ?

— Je suis bien entraîné.

Il ôta ses mains de sa nuque et appuya la tête contre le mur, en plissant les yeux pour essayer de s'éclaircir la vue.

— Mais moi aussi. Mon professeur d'arts martiaux me dit tout le temps qu'il n'a jamais eu d'élève aussi rapide que moi.

— Ou bien il vous ment, ou bien il n'a pas eu de chance avec ses élèves. Vous aimez le whisky ?

— Quoi ?

— J'en ai une bouteille dans ma chambre. Et de la glace. Vous avez bien dit que vous vouliez faire ma connaissance.

— Je crois que c'est déjà fait, dit-il avec un petit sourire.

Je lui tendis la main. Il la saisit et, sans en profiter pour me faire une prise, il me laissa l'aider à se mettre debout. Tendant le bras vers la porte ouverte de ma chambre, je lui dis :

— Après vous.

— Vous avez peur que je vous attrape par-derrière, hein ? me demanda-t-il en riant.

— J'en tremble.

Je le suivis dans ma chambre et refermai la porte.

— Alors ? me demanda Alexandre d'un ton ironique. Que pensez-vous de nous, jusqu'à présent ?

— Une famille intéressante.

— Vous appelez ça une *famille ?*

— Comment l'appelez-vous ?

— Un panier en or plein de crabes. Voilà où vous avez mis les pieds, Sawyer.

J'étais assis sur le bord du lit, lui dans le fauteuil en cuir. Nous avions chacun un verre de scotch bien frais. Il appliquait le sien comme une compresse contre le côté abîmé de son jeune et beau visage.

— Ça vous ennuie ? me demanda-t-il avec curiosité. D'être obligé de vous occuper de gens comme nous ? A moins que vous ayez fini par vous y faire ? Vous avez déjà dû tomber sur des gens comme nous, dans votre travail.

— Quelques-uns, répondis-je. J'aimerais savoir pourquoi vous n'avez pas voulu croire que quelqu'un avait essayé de vous faire tuer, l'autre jour, aux arènes, comme je le disais.

— Parce que je sais ce qui s'est vraiment passé. J'avais pris trop de tranquillisants. Et comme le soleil était très chaud, ça m'a fait un effet beaucoup plus fort que je ne m'y attendais. C'est de ma faute.

— Quelqu'un a mis un sédatif dans votre bouteille d'eau.

— C'est ce que vous avez dit à mon père, fit Alexandre d'un ton un peu moqueur.

— Mais vous ne le croyez pas.

— Non. Navré, mais non, je ne le crois pas.

— Pourquoi le dirais-je, si ce n'était pas vrai ?

— Pour une raison évidente. L'argent. Vous avez suffisamment inquiété mon père pour être sûr qu'il vous gardera encore un certain temps. Sans doute en vous payant plus cher.

— On n'arrête pas de me vanter votre intelligence, lui dis-je, mais, si elle existe, elle ne vous aide pas à juger du caractère des gens.

— Il n'est plus question de caractère quand l'argent est en jeu. L'argent détruit le caractère... puis le reforme. Vous n'avez qu'à regarder un grand costaud d'employé trembler devant un petit patron maigrichon et vous aurez une idée de ce que je veux dire.

— J'ai l'impression que vous essayez une théorie avant d'écrire une dissertation pour Sciences Po.

Alexandre se mit à rire.

— Ce n'est pas une mauvaise idée. « L'argent et le caractère. » C'est un titre qui me plaît. J'écrirai peut-être quelque chose.

Je bus une gorgée de whisky.

— Je doute que vos professeurs apprécient un point de vue aussi cynique.

— Mon point de vue sur l'argent et le pouvoir n'est pas cynique mais réaliste. J'aurais d'autant plus tort de les déprécier que je vais diriger une des plus grosses entreprises françaises.

— Après la mort de votre père ?

— Bien avant. En sortant de Sciences Po, je deviendrai un des directeurs de Malo Transport. J'occuperai différents postes jusqu'à ce que je connaisse la société sous tous ses aspects, après quoi mon père me nommera directeur général adjoint.

— Vous pensez devenir le bras droit de votre père.

— C'est ce qu'il a prévu pour moi depuis le jour de ma naissance. Quand je serai directeur adjoint, il me confiera de plus en plus de responsabilités, à mesure qu'il vieillira.

— Pour le moment c'est votre beau-frère qui est le directeur adjoint de Malo Transport et le bras droit de votre père. Vous avez donc l'intention de prendre sa place.

— Oh, nous lui laisserons probablement garder le titre et nous en créerons un autre pour moi.

— Vous n'avez pas l'intention de vous en débarrasser en douceur ?

Il réfléchit un instant à la question, puis répondit :

— Non, je ne pense pas. A moins que ce ne soit vraiment nécessaire. Jean-Noël est travailleur et efficace. Il sait faire appliquer les décisions de la société.

— Mais il ne sait pas les prendre ?

— Je ne pense pas que Jean-Noël ait l'audace et l'imagination requises. A mon avis, mon père lui a déjà délégué une trop grande partie de son pouvoir de décision. Je le lui retirerai. Et je le surveillerai bien plus attentivement que ne le fait mon père, depuis quelque temps. (Alexandre eut un petit haussement d'épaules.) Si Jean-Noël acceptait ça sans rancœur, je le garderais — même quand je serai devenu le grand patron, après la mort de mon père.

— Si j'ai bien compris, lui dis-je, vous n'hériterez qu'un peu moins d'un tiers du contrôle de la société.

— Non — je n'aurai qu'un tiers des *bénéfices*. Le testament de mon père stipule que c'est moi qui serai à la tête de Malo Transport.

— Quel effet vous fait votre belle-mère ?

— Vous voulez dire le fait qu'elle est *devenue* ma belle-mère, c'est ça ?

— En partie.

L'expression d'Alexandre devint carrément déplaisante.

— Quel effet voulez-vous que ça me fasse de la voir soudain débarquer, mettre le grappin sur mon père et se faire épouser ?

— Parce que vous pensez vraiment qu'elle lui a mis le grappin dessus ?

— Appelez ça comme vous voudrez mais ne me demandez pas de voir avec plaisir une bonne femme rappliquer et faire passer ma part d'héritage de la moitié à un tiers.

Tout le monde semblait oublier les cinq pour cent de Triolet.

— Il y a un instant, j'ai eu l'impression qu'elle vous plaisait bien.

Alexandre me lança un regard insolent.

— Ce qui me plaît, c'est la façon dont elle est fichue. Mais je ne suis pas le seul, hein ? Et puis j'aimerais savoir comment elle est quand elle s'abandonne — mais ça, vous pourriez sans doute me le raconter.

— Ce que je pourrais faire, c'est vous filer une autre taloche.

— Ce ne serait pas très malin. La première m'a appris quelque chose : qu'il était temps pour moi de changer de professeur d'arts martiaux. Une deuxième m'obligerait à parler à mon père. Si je fais un effort, je suis parfaitement capable de vous faire virer.

— Vous me faites encore trembler, lui dis-je. Et, ce qui est pire, vous m'assommez. Je crois que je vous ai assez vu — à moins que vous ayez une idée de l'identité des gens qui ont enlevé votre belle-mère.

J'avais blessé son amour-propre. D'un mouvement rageur, il se mit debout et lança délibérément son verre presque plein vers le chevet du lit. Le verre rebondit sur la tête de lit capitonnée et son contenu se répandit sur les oreillers.

Cela ne me gênait guère car je n'avais, de toute façon, pas l'intention de dormir là. Je l'observai sans changer d'expression.

— Ça, c'est plutôt grossier, Alexandre. A moins que ce ne soit la façon de s'exprimer des jeunes gens brillants quand ils ne trouvent pas une réponse toute simple à une question toute simple. Dans les jardins d'enfants, on appelle ça faire une grosse colère.

Mon calme le mit encore plus hors de lui.

— Comment voulez-vous que je sache qui a fait ça, bon Dieu ? Peut-être que Jacqueline s'est enlevée elle-même. C'est une possibilité à laquelle j'ai déjà pensé.

— Pourquoi l'aurait-elle fait ?

— Sept millions de francs, c'est déjà une bonne raison — vous ne croyez pas ? Rappelez-vous : l'argent et le caractère.

— Elle héritera de beaucoup plus que ça, lui fis-je remarquer, alors vous ne pensez pas à ses besoins futurs. Est-ce que vous voulez dire qu'elle a, en ce moment, des difficultés financières ? Que votre père se conduit en mari grippe-sou ?

— Non, reconnut-il à contrecœur. Il veut toujours lui offrir des bijoux de prix et d'autres cadeaux somptueux et il se vexe parce qu'elle lui dit qu'elle n'en veut pas, qu'elle a déjà tout ce qu'il lui faut et plus.

— Elle n'a donc pas un comportement particulièrement avide.

— Les circonstances peuvent changer, les gens aussi. Jacqueline s'est peut-être trouvé un amant avec qui elle a l'intention de s'enfuir. Dans ce cas, elle ne pourrait plus compter sur l'héritage de mon père. La rançon constituerait un joli petit pécule qui la ferait vivre confortablement avec son amant, pendant quelques années.

— Si vous avez la preuve que votre belle-mère a, effectivement, un amant, lui dis-je, vous seriez gentil de me le dire.

— Non, je n'en ai pas la preuve, mais il est évident qu'elle en aura un, tôt ou tard. Mon père est encore bel homme, mais il n'est plus tout jeune. Et il n'est pas en bonne santé. Il ne peut pas être un amant bien formidable, vous ne croyez pas ? Et ça peut lui valoir encore un infarctus.

— Votre père m'a l'air plutôt bien portant. Il a déjà eu un infarctus, d'accord, mais le meilleur conseil que les cardiologues puissent donner à leurs patients est de se détendre et mieux profiter de la vie. Faire l'amour est la meilleure détente que le bon Dieu ait inventée.

— Vous croyez que c'est Dieu qui a inventé ça ? Je croyais que c'était le diable.

25

Une fois débarrassé de lui, je m'habillai de frais et mis ma trousse de toilette ainsi que des vêtements de rechange dans ma valise neuve. Je ne passais pas la nuit au château car je devais prendre l'avion pour Paris à neuf heures du matin et j'avais plusieurs choses à faire qui exigeaient que je sois à l'aéroport au moins une heure à l'avance.

J'avais réservé ma place, mais il fallait que je la paie et me fasse remettre mon billet — en général, ça prend un certain temps car il faut faire la queue derrière ceux qui sont dans le même cas que vous. Il y avait aussi le problème de mon revolver que j'avais bien l'intention de faire suivre partout jusqu'à la fin de cette affaire. Malgré mon permis de port d'arme, je n'étais pas autorisé à le porter sur moi pendant le vol. C'est pourquoi il fallait que je contacte les services de sécurité avant que les appareils de détection ne signalent sa présence dans ma valise.

Tout cela me prendrait du temps. Si je dormais au château, il faudrait que je me mette en route pour l'aéroport à six heures trente au plus tard et le moindre embouteillage sur la route me ferait quand même louper l'avion. Pour être sûr d'arriver à temps, il valait mieux rouler de nuit.

J'appelai les Renseignements pour obtenir la liste des hôtels proches de Marignane. C'était la pleine saison dans l'hôtellerie comme dans les transports aériens. Pourtant, le deuxième que j'appelai avait une chambre disponible car un client venait de se décommander. Je promis que je serais là dans un peu plus d'une heure.

A cette heure-là, la circulation était extrêmement fluide. Tout en roulant, je ruminai les différentes choses que j'avais apprises et ne comprenais toujours pas car il semblait n'y avoir aucun lien entre elles.

On (une ou plusieurs personnes) s'était attaqué à trois membres différents de la famille Malo, au cours des deux derniers mois.

On avait enlevé la femme de Karl Malo.

On avait tenté de faire mourir son fils « accidentellement » dans les arènes.

On avait tiré sur sa fille.

Il ne fallait pas que j'oublie que ces faits *pouvaient* avoir un rapport avec la mort d'Hubert Loy, ancien directeur adjoint de Malo et, bien avant ça, avec le meurtre du premier mari de Jacqueline Malo, Emil Fassler.

Je pouvais fabriquer des liens entre certains de ces événements, mais ils étaient ténus. Comme des fils de toile d'araignée tissés par mon imagination et déchirés par la réalité.

Je n'avais guère réussi à assembler les morceaux du puzzle quand je m'arrêtai devant l'hôtel proche de Marignane.

Avant de me coucher, je sortis de la valise mon petit réveil de voyage. L'hôtel n'était qu'à quelques minutes de route de l'aéroport. Je mis le réveil sur sept heures trente. Cela me permettait de dormir juste assez.

En fait, je ne dormis pratiquement pas et je loupai quand même l'avion.

26

Il n'était pas tout à fait cinq heures au cadran lumineux de mon petit réveil quand mon sommeil fut interrompu par un coup frappé à la porte.

En l'espace d'une ou deux secondes, j'étais complètement réveillé, j'avais les yeux grands ouverts et l'esprit en alerte. Ma main se referma sur le H et K P7 sur la table de nuit, je m'assis dans mon lit et posai les pieds par terre. Je n'allumai pas la lumière. Je me mis debout, revolver au poing. On frappa à nouveau.

Le bruit n'avait rien d'agressif. Il était juste assez fort pour me réveiller, pas assez fort pour réveiller les gens dans les chambres voisines.

Trois pas me suffirent pour atteindre la porte de la chambre obscure. Je m'aplatis contre le mur, levai mon revolver, le doigt sur la détente et je demandai qui était là.

La réponse me fut donnée juste assez fort pour être entendue à travers la porte.

— C'est moi, Pete. Johnny.

— Qui est avec toi ?

— Personne ; je suis tout seul, petit.

— Si ce n'est pas vrai, Johnny, je vais me fâcher. Ça m'ennuierait de te voir saigner sur ce joli tapis.

— Il n'y a que toi et moi. Allez, laisse-moi entrer.

Sans me décoller du mur, je tendis ma main libre et ouvris la serrure. Je retirai ma main et braquai mon revolver au niveau du ventre de la personne qui allait entrer, en disant :

— Avance en tenant les deux mains devant toi pour que je puisse les voir.

Johnny Duncan ouvrit la porte et entra en tendant les bras devant lui. Il n'y voyait rien car il faudrait à ses yeux un moment pour se faire à l'obscurité. Je le voyais parfaitement grâce à la lumière du couloir. Il était vêtu comme la dernière fois, sauf que sa chemise était jaune vif. Il n'y avait personne d'autre dans le couloir.

Tenant, d'une main, le revolver braqué sur ses reins, j'utilisai l'autre pour allumer la lumière et refermer la porte à clé. Puis je me détachai du mur, reculai de façon à être à deux pas derrière lui et dis :

— Retourne-toi et appuie tes deux mains contre la porte. Tu connais le topo.

— Je devrais me sentir offensé, railla Johnny, mais si ça te fait plaisir...

Il fit demi-tour, écarta les jambes et se laissa tomber en avant en faisant reposer tout son poids sur le bout de ses doigts posés contre la porte.

Je le fouillai soigneusement et partout. Il n'était pas armé.

— Je suis seulement venu *parler,* me dit-il calmement en me regardant de côté. Je vois que tu ne portes toujours pas de pyjama. Toujours aussi optimiste, hein ? Tu espères recevoir la visite de personnes plus séduisantes que moi.

— Assieds-toi par terre. Les genoux relevés et les mains sur les genoux.

Johnny fit ce que je lui demandais. Dans cette position, il lui faudrait faire plusieurs mouvements distincts pour se lever et m'atteindre. Je me détendis un peu et posai le revolver sur la table de nuit. Mon pantalon et ma chemise étaient disposés sur une chaise, tout près. Je les mis. Ce n'était pas vraiment par modestie mais parce qu'on se sent toujours plus vulnérable quand on est nu en présence d'un ennemi potentiel.

Toujours assis par terre, les mains sur les genoux, Johnny me regardait d'un air neutre.

— Ce n'est plus comme au bon vieux temps, Pete.

Je m'assis sur la chaise et posai le bras droit sur la table de nuit, la main tout près du revolver.

— De quoi es-tu venu parler ?

— Ce rendez-vous que tu as, cet après-midi, à l'ambassade américaine à Paris. Je ne veux pas que tu y ailles.

Il n'y avait, dans sa voix, ni menace ni anxiété. Il énonçait tout simplement un fait.

— Tu as toujours tes grandes oreilles, lui dis-je. Je suppose qu'il y en a une qui traîne à l'ambassade.

— Une femme charmante avec qui je suis ami depuis très, très longtemps. Elle m'a téléphoné hier soir pour me dire qu'on l'avait priée de sortir les vieux dossiers sur moi pour les communiquer à Bob Lodish, le nouveau responsable de la CIA à Paris. Il paraît que Lodish a téléphoné à Washington et qu'on lui a donné le feu vert pour qu'il s'entretienne avec toi et un gars de la DGSE. Sujet de l'entretien : John Duncan. Alors j'ai commencé à appeler ton hôtel à Arles et tu as continué à n'être jamais là. J'ai fini par appeler le château de Malo. Le maître d'hôtel m'a dit que tu étais passé mais étais déjà reparti.

— Et comme je n'étais pas rentré à l'hôtel à Arles et comme tu savais que je devais prendre l'avion pour Paris, tu m'as cherché dans les hôtels du coin.

— C'est exact. Si je fais un effort, j'arrive à me rappeler la façon dont on doit pratiquer, malgré mon grand âge.

— Sauf que tu n'étais pas à Aigues-Mortes quand ton amie de l'ambassade t'a appelé, hier soir, lui dis-je. Autrement, tu m'aurais encore trouvé au château, ou bien tu serais arrivé ici plus tôt. Ton amie a donc laissé un message demandant que tu la rappelles. Ce que tu n'as fait que beaucoup plus tard, à ton retour d'Arles.

— Arles ? Qu'est-ce que je serais allé faire là-bas ? demanda-t-il sans changer d'expression.

— Rater la fille de Malo en tirant soigneusement à côté.

— Et pourquoi aurais-je fait un truc pareil ?

En me questionnant, il espérait découvrir ce que je savais. Cela ne me dérangeait pas. Sa façon de répondre indiquait si j'étais sur la bonne voie et, de toute façon, je voulais qu'il sache que j'avais des raisons de le soupçonner.

— Pour brouiller les pistes, Johnny. Un autre coup classique que tu n'as pas pu oublier, malgré ton grand âge. Pour détourner l'attention du fait que tu avais mis quelque chose dans la bouteille d'eau d'Alexandre Malo.

— On dirait que tu oublies que c'est moi qui ai sauté dans l'arène pour empêcher le gamin de se faire encorner et piétiner à mort.

— Le taureau s'était déjà arrêté pour se demander ce qu'il allait faire. Il se serait probablement détourné pour courir après quelqu'un qui bougeait. Si tu as joué les héros, c'est uniquement pour me montrer que tu n'étais pas impliqué dans l'attentat contre ce gamin. Tu n'avais plus qu'à attendre que j'aie fini de travailler sur cette affaire, pour préparer un autre accident mortel au fils de Malo.

— Tu as sans doute une idée fantaisiste de la raison pour laquelle je pourrais vouloir la mort de ce gosse.

— Incomplète mais pas fantaisiste. Elle a je ne sais quel rapport avec Jean-Noël Triolet. Il savait ce qui devait se passer cet après-midi-là dans l'arène. Il s'y est rendu précipitamment pour te prévenir qu'il fallait remettre ça à plus tard — parce que Malo venait de m'engager pour mener une petite enquête. Il n'a pas pu t'avertir à temps mais tu m'avais déjà repéré et tu savais que j'avais déjà travaillé pour Malo au moment de l'enlèvement de sa femme. Tu savais pourquoi j'étais là. Tu m'avais même peut-être vu parler à Triolet. Il était déjà trop tard pour que tu t'arranges pour empêcher le gamin de boire son eau droguée. Alors tu as dit à un de tes copains de me surveiller et de m'arrêter si j'essayais d'attraper ton autre copain qui faisait disparaître la preuve.

Je m'interrompis et le regardai avec un sourire contraint.

— Je pense que tu lui as dit de m'arrêter le moins brutalement possible. Je t'en suis quand même reconnaissant, Johnny.

— Tu débloques complètement, me dit-il, l'air impassible. Est-ce que tu te figures que j'ai aussi quelque chose à voir avec l'enlèvement ?

— Je pense que tu as *tout* à voir avec ça, répondis-je sans hésiter. Là, je ne suis pas obligé de me creuser le crâne pour chercher des raisons. La rançon que tu as extorquée à Malo est un mobile suffisant.

— Tu as vu ma voiture, dit Johnny. Est-ce que je conduirais ce vieux clou si j'étais plein aux as ?

— Tu n'es pas assez bête pour te mettre à claquer tout de suite du pognon que tu aurais du mal à expliquer. Tu l'as enterré quelque part et tu ne le sortiras pas avant que la dernière question sur cet enlèvement soit oubliée. Un an ou plus — le temps que ça prendra. Et puis tu t'en iras quelque part, assez loin. Peut-être avec ta petite amie. Tu auras une nouvelle identité, une nouvelle vie. Ça ne posera pas de problème avec tout cet argent.

Pour la première fois depuis qu'il était entré dans ma chambre, Johnny m'adressa son sourire effronté.

— Pete, dit-il, ce que tu racontes ne repose sur rien. Je suis sûr que tu n'as pas la moindre preuve.

Je me penchai vers lui et lui dis ce que les vieux souvenirs et toutes les expériences que nous avions en commun m'obligeaient à lui dire :

— Barre-toi *maintenant,* Johnny. Quel que soit le truc dans lequel tu t'es fourré, laisse tomber. Avant que ce ne soit plus possible. Laisse tomber et va-t'en. Aussi loin que tu le pourras. Fais-le tout de suite et je ne mettrai personne sur ta piste.

Il me regarda d'un air parfaitement détendu.

— Tu sais que c'est le premier son presque amical que tu aies émis depuis que je suis là ?

— Amical ou pas, c'est un avertissement que tu aurais intérêt à prendre au sérieux.

— Disons que ce n'est déjà plus possible, fit-il d'un ton insouciant. Ce qui m'amène à *te* donner un conseil amical. Et même deux. Le premier, c'est : ne te rends *pas* à ce rendez-vous à l'ambassade, ni cet après-midi ni un autre jour.

— Ça t'ennuie vraiment beaucoup.

Johnny me parla calmement alors que je savais qu'il bouillait intérieurement.

— Je ne veux pas que les gens aillent fouiller dans mon passé. Le passé doit être oublié.

— A moins que ton passé ait un rapport avec ce qui se passe en ce moment.

— Mon deuxième conseil amical, dit-il comme s'il ne m'avait pas entendu, est que *tu* as intérêt à laisser tomber cette affaire. A toute allure. Dis à Malo que ton enquête ne donne rien qui vaille la peine d'être suivi — ce qui n'est d'ailleurs pas loin de la vérité. Ne t'occupe plus de cette affaire, oublie-la, intéresse-toi à autre chose.

— Ou alors ? Qu'arrivera-t-il si je ne tiens pas compte de ton avertissement ? Tu as l'intention de me tuer ?

— Moi ? (Johnny avait l'air sincèrement bouleversé.) Tu sais bien que je serais incapable de te faire le moindre mal.

— A moins que ce ne soit vraiment nécessaire.

— Ecoute, Pete, je suis associé à des types plutôt méchants qui ne veulent pas que tu fourres ton nez partout. Ils n'ont pas, comme moi, des raisons d'avoir de l'amitié pour toi.

— Ils savent que tu es venu ici ? Pour te rendre compte si j'en sais trop pour qu'on me laisse en vie ?

— Pour le moment tu gamberges beaucoup mais tu ne sais que dalle.

— Tu sais comment ça marche, les enquêtes. Ça ne demande pas de grandes facultés intellectuelles, mais de la persévérance. Il faut poser aux gens suffisamment de questions pour tomber sur celle qu'on ne leur avait jamais posée. La réponse te renvoie interroger des gens à qui, la première fois, tu n'avais pas pu poser la bonne question et, de fil en aiguille, tu obtiens des réponses qui te permettent de commencer à y voir clair.

— Parfois, mais pas toujours, dit Johnny. Surtout si tu n'as aucun fait pour étayer ce que tu as imaginé.

— Ce que j'ai imaginé ne doit pas être si faux que ça, autrement vous ne seriez pas inquiets, toi et tes amis.

— Ce sont de sales types, me dit doucement Johnny. Je ne crois pas m'être jamais trouvé mêlé à des gens aussi mauvais.

— Alors, tu ferais mieux de t'en démêler au plus vite. (Sans changer de ton, je lui posai une question insidieuse :) Tu connais Jacqueline Malo ?

Sans même sourciller, il répondit :

— N'essaie pas de tendre des pièges à un vieux professionnel, petit. Comment veux-tu qu'un type comme moi connaisse une femme comme ça ?

— C'est une autre façon de poser la question.

Johnny soupira.

— Laisse tomber, petit, barre-toi et oublie tout ça. Je ne veux pas te faire du mal et tu ne veux pas me faire du mal. Dans un sens comme dans l'autre, ça aurait fait beaucoup de peine à ton grand-père, me dit-il.

— Je sais qu'il t'aimait bien mais ça ne l'aurait pas empêché de t'envoyer au trou s'il pensait que tu avais quelque chose à voir avec un enlèvement, une tentative de meurtre et peut-être deux qui ont réussi.

— Tu n'as aucune preuve de ces trucs-là et tu n'es pas ton grand-père. Tu es plutôt un gars dans mon genre.

— A mon avis, je suis à mi-chemin entre vous deux.

— Non. Ton grand-père était un bouledogue. Toi et moi, on est des loups.

— Ah bon ?

Assis dans la chambre — moi sur une chaise, Johnny par terre — nous nous regardâmes un moment d'un air impassible. Il avait dit ce qu'il était venu me dire et il savait que je ne lui en dirais pas plus que ce que je lui en avais dit. Il retira ses mains de sur ses genoux.

— Je peux me lever, maintenant, et m'en aller ?

— D'accord, dis-je en me levant et en prenant le revolver.

Il roula sur le côté, se mit sur un genou et se leva.

— S'asseoir par terre n'est plus tellement de mon âge, dit-il en se tenant les reins et en secouant les jambes, l'une après l'autre, pour rétablir la circulation.

— Désolé, lui dis-je. Je suis hargneux quand je n'ai pas assez dormi.

Il sourit, haussa les épaules et s'approcha de la porte. Je le suivis. J'avais toujours le revolver mais je le laissais pendre contre ma cuisse. Il n'était effectivement venu que pour parler.

— J'espère que tu suivras mon conseil, dit-il en tournant la clé et en ouvrant la porte.

— Et moi, j'espère que tu suivras le mien.

— Oh, merde, grogna-t-il, en faisant un pas pour franchir la porte.

Je m'étais un tout petit peu trop détendu.

Ils attendaient, cachés contre le mur du couloir, un de chaque côté de la porte. Johnny n'était pas complètement sorti de la chambre qu'ils bondissaient ensemble, lui rentraient dedans et le faisaient tomber en arrière contre moi.

Nous atterrîmes tous deux, en même temps, par terre,

une bonne partie du poids de Johnny clouant mon bras et mon revolver au sol. Le fait que Johnny était aussi surpris que moi n'était pas un avantage.

J'essayai de dégager mon revolver coincé sous le corps de Johnny, mais je n'essayai pas longtemps. Les deux hommes étaient déjà dans la pièce et avaient refermé la porte. La chambre était si petite qu'elle paraissait bondée.

Le type qui était à ma gauche, accroupi, .44 au poing, portait un jeans et des sandales noires.

Celui qui était à ma droite était le type au teint basané que j'avais tenté de rattraper avant qu'il ne quitte les arènes. Il braquait sur ma tête un fusil à canon scié.

27

— Lâchez votre revolver, me dit calmement le type au fusil, sinon je vous fais sauter la tête.

Je collai Johnny contre moi en serrant sa poitrine de mon bras libre.

— Vous risqueriez de faire aussi sauter *sa* tête.

— Ce serait vraiment dommage, fit l'homme au fusil avec une indifférence qui n'était pas feinte.

— Vous allez réveiller tout l'hôtel, lui dis-je.

— Parce que vous vous figurez qu'ils sortiront en courant de leur chambre pour nous arrêter ?

J'en doutais. Des coups de feu les feraient se terrer dans leur chambre et se ruer sur leur téléphone. Quand les flics arriveraient, les deux types seraient déjà partis comme ils étaient venus, sans doute par l'escalier de service, à l'arrière de l'hôtel, puis par le garage en sous-sol.

— Je ne vais pas compter jusqu'à dix, me dit l'homme au fusil. (Son copain devait être muet.) Lâchez-le immédiatement.

— Fais ce qu'il te dit, souffla Johnny. Je le connais, il tirera.

Je lâchai mon revolver. L'homme au fusil l'attira vers lui avec le bout pointu d'une de ses chaussures marron bien cirées. Il le ramassa, hésita un instant, puis le glissa dans sa ceinture tout en braquant sur moi son fusil.

Le muet, toujours accroupi, braquait lui aussi son .44 dans ma direction, mais j'étais protégé par Johnny à qui je dis, en le relâchant :

— J'ai l'impression que tes amis ne tiennent plus tellement à toi.

Johnny roula sur le côté et le muet se redressa car il n'était plus obligé de s'accroupir s'il voulait m'atteindre. Johnny se mit à quatre pattes et dit, d'un ton rageur :

— Espèces de salauds. Vous deviez attendre que je revienne et vous raconte ce qu'il m'avait dit. Il ne sait absolument rien.

— Hassan préfère maintenant s'en assurer lui-même, dit le type au fusil.

— Il sera ravi d'apprendre que tu as révélé son nom.

L'homme au fusil haussa les épaules, ce qui me donna un avant-goût désagréable de ce qui m'attendait : le Hassan en question s'en fichait éperdument car il ne comptait pas me laisser repartir après m'avoir interrogé. Le fusil s'agita en direction de Johnny.

— Reste par terre, à plat ventre. Reste là dix minutes après notre départ.

Johnny, maugréant, s'aplatit sur le ventre à côté de la table de nuit.

Le prochain ordre fut pour moi :

— Debout.

Je me levai. J'avais écouté attentivement l'accent de l'homme au fusil. J'avais seulement pu en déduire qu'il était originaire d'un pays du Moyen-Orient. D'après son allure, le muet pouvait aussi être originaire d'un de ces pays-là.

— Les menottes, dit l'homme au fusil à son collègue. (Puis il me dit à moi :) Les mains derrière le dos.

J'obéis sans enthousiasme et entendis tinter les menottes quand le muet disparut derrière moi. J'attendis les cliquetis qui voudraient dire qu'il ouvrait les menottes pour pouvoir me les passer aux poignets. Il est pratiquement impossible de faire ça d'une main en tenant un revolver de l'autre. Je regardai Johnny qui regardait le muet essayer de faire les deux choses en même temps. Quand Johnny inclina la tête, je reculai violemment en mettant toute ma force et tout mon poids pour écraser le muet contre le mur.

Le .44 aboya, mais la balle passa à deux centimètres de ma hanche et fit un trou dans la porte. Je sus ainsi de quel côté se trouvait le revolver. De la main gauche, je saisis la main qui le tenait et je bloquai le coude, de ma main droite.

L'homme au fusil avait le doigt sur la détente, mais il ne tira pas. Un fusil, c'est pratique mais pas quand on doit tirer de près et quand le gars qu'on veut atteindre est collé à un gars qu'on ne veut pas toucher. Il avait heureusement plus d'égards pour son collègue qu'il n'en avait eu pour Johnny. De sa main libre, il arracha mon revolver de sa ceinture.

Johnny attrapa la table de nuit par deux pieds et l'envoya de toutes ses forces dans les genoux de l'homme au fusil qui s'écroula par terre. Le fusil et le revolver partirent en même temps. La balle du fusil fit pleuvoir sur nous des bouts de plâtre arrachés au plafond.

Au même instant, je cassai le coude du muet qui ne l'était pas. Il hurla et laissa tomber le .44 que je ramassai au moment où l'homme au fusil s'asseyait et dirigeait les deux armes sur moi. Je n'avais pas le temps de viser soigneusement. Je tendis simplement le .44 dans sa direction et tirai.

La balle emporta une partie de son front. Son torse bascula en arrière. Sa tête frappa le sol. Ses bras et ses jambes tressaillirent quand la mort les atteignit.

Adossé au mur, le visage décomposé, l'homme à qui j'avais pris le .44 tenait son bras cassé. Je m'assurai qu'il n'avait pas d'autre arme, avant de regarder Johnny. Il était assis par terre, le dos contre le lit, les lèvres tirées sur ses dents serrées. La balle du fusil avait déchiré sa veste en daim à quelques centimètres à droite de son nombril. Une tache humide et sombre s'étalait à vue d'œil autour du trou.

Je m'approchai de lui.

— C'est grave ?

— C'est plutôt moche, dit-il entre ses dents. (S'appuyant sur le lit, il parvint à se mettre debout.) Mais j'arriverai à sortir d'ici.

— Bon.

D'un signe de tête, il indiqua l'homme appuyé contre le mur.

— Il faut l'emmener aussi, pour qu'il ne parle pas de moi aux flics.

— Bon, lui dis-je à nouveau en lui tendant le .44.

Il le prit d'une main, tandis qu'il pressait l'autre contre sa blessure qui saignait.

— Tu ne leur diras rien non plus, fit-il d'une voix éraillée.

— Tu viens de me sauver la vie.

— Instinctif — et bête, dit-il d'un ton écœuré. Si j'avais seulement pris le temps de réfléchir...

Il ne prit pas la peine de terminer sa phrase. J'allai ouvrir la porte et regardai des deux côtés dans le couloir. Personne. Aucune autre porte ne s'ouvrirait tant que le couloir ne grouillerait pas de policiers.

— Tu peux y aller, dis-je à Johnny.

Il s'en alla en poussant devant lui l'homme au bras cassé, avec le revolver. Je ne les accompagnai pas. Je m'étais inscris à la réception sous mon vrai nom. Je n'avais pas le choix : il fallait que je reste et que je me débrouille.

Les deux hommes disparurent dans l'escalier de secours. Je laissai la porte grande ouverte, m'assis sur le lit, bien en vue, les mains vides, posées sur mes genoux. J'évitai de regarder le mort étendu par terre.

28

Quand je parvins enfin à me libérer, il était un peu plus de treize heures.

Tout un assortiment d'inspecteurs et de commissaires, appartenant à différentes branches de la police française, s'ingénièrent à combler et compliquer cette matinée. Les différents interrogateurs me posèrent pratiquement les mêmes questions et eurent tous l'impression qu'il manquait, à mes réponses, quelque chose qu'ils ne pouvaient définir. C'était compréhensible. Ce qu'il manquait, c'était au moins une allusion à Johnny Duncan. Privé de la participation de Johnny, mon récit manquait de cohérence.

Je leur racontai que deux hommes qui m'étaient inconnus avaient frappé à la porte de ma chambre d'hôtel à cinq heures du matin en prétendant être de la police. Je m'étais suffisamment méfié pour penser à prendre mon revolver — pour lequel j'avais un permis — avant d'aller leur ouvrir la porte. Ils m'avaient attaqué. Pour quelle raison ? Je n'en avais aucune idée. Il s'était ensuivi une bagarre au cours de laquelle j'avais blessé celui des deux qui s'était enfui. (Cela expliquerait le sang que Johnny avait perdu dans le couloir et dans l'escalier de secours.) L'homme étendu sur le sol de ma chambre avait été tué par une balle tirée à mon intention par celui qui avait pris la fuite.

Obtenir des flics qu'ils acceptent mon histoire — ainsi

que le fait que je ne pouvais leur parler de l'affaire dont je m'occupais — avait pris la plus grande partie du temps entre le moment où ils étaient arrivés et une heure de l'après-midi. La conversation téléphonique avec le lieutenant Laffite qui avait confirmé la légitimité de mon permis de port d'arme avait aidé. Le fait qu'il avait été approuvé par le ministre de la Défense avait eu un effet encore plus favorable, mais l'argument massue avait été l'annonce que je travaillais pour Karl Malo. Les ministres du gouvernement allaient et venaient, Malo Transport était immuable.

Le cadavre dans ma chambre avait représenté une surprise désagréable pour le gouvernement. Selon ses papiers d'identité, il s'agissait de Ahmed Kadir, membre accrédité de la Mission commerciale libyenne à Marseille, jouissant du statut diplomatique. C'était l'affaire des flics — pas la mienne — d'essayer d'expliquer ce qu'il faisait dans une fusillade en chambre.

Quand ils finirent par me laisser partir, je m'empressai de m'occuper de mes propres affaires.

Je commençai par passer un coup de fil à Thierry Gallion pour lui expliquer pourquoi je ne serais pas au rendez-vous qu'il avait arrangé avec le représentant de la CIA et pour lui demander d'essayer d'en organiser un autre.

J'essayai ensuite et sans succès de trouver Johnny Duncan. J'appelai sa petite amie, Suzanne Proslier, à Aigues-Mortes mais cela ne servit à rien : elle ne l'avait pas vu depuis la veille au soir et n'avait pas eu de ses nouvelles. Elle ne savait pas où il pouvait se trouver.

Je lui demandai si Johnny avait des médecins parmi ses relations personnelles. Ma question l'inquiéta. Elle voulut savoir si Johnny était malade et je lui répondis qu'il avait quelques problèmes digestifs, la dernière fois que je l'avais vu. Elle me dit que Johnny n'avait jamais eu besoin de consulter un médecin, depuis qu'elle le connaissait mais si cela devait lui arriver, il ferait sans doute appel à son médecin de famille à elle.

Ce n'était pas le genre de médecin auquel je pensais. Je cherchais un médecin prêt à soigner un blessé par balle sans le signaler à la police. J'orientai donc mes recherches vers les lieux fréquentés par la pègre marseillaise et interrogeai mes contacts dans le milieu. Ils connaissaient plusieurs médecins de ce genre et leur posèrent la question mais aucun d'entre eux ne s'était occupé de Johnny ni ce jour-là, ni dans le passé.

Pendant que je faisais ma petite enquête pour essayer de localiser Johnny, j'en profitai pour poser d'autres questions à mes relations dans le milieu, en leur promettant une récompense appropriée s'ils se débrouillaient pour trouver les réponses. Il était déjà assez tard quand, les laissant s'en occuper, je les quittai pour aller passer un autre coup de fil à Thierry Gallion.

Thierry me dit que le gars de la CIA avait accepté de reporter notre rendez-vous au lendemain, juste avant midi. Ça, c'était arrangé, mais j'eus des problèmes quand je voulus réserver une place dans un avion qui m'amènerait à Paris à temps pour le rendez-vous. Tous les vols pour Paris, du soir même ou du lendemain matin, étaient complets.

Je finis par appeler Karl Malo à Genève. Il téléphona au directeur d'Air France qui libéra une place pour moi sur le vol de dix heures, le lendemain matin.

Des cas comme celui-ci me faisaient presque trouver le mari de Jacqueline Malo sympathique.

Ce soir-là, je descendis sous un faux nom dans un autre hôtel et je dormis neuf heures.

A Paris, le lendemain, à onze heures trente, je retrouvai Thierry Gallion au jardin des Tuileries. Nous nous rendîmes ensemble à l'ambassade américaine où il fut reçu beaucoup plus chaleureusement que moi.

Dans l'esprit des gros bonnets américains qui avaient donné le feu vert, le véritable but de cet entretien à trois était de rappeler à tous qu'en dépit de quelque conflits, les Etats-Unis et la France étaient unis par une amitié consacrée par l'Histoire.

La pièce qui avait été choisie pour cet entretien semblait avoir été meublée avec les éléments rejetés par d'autres services de l'ambassade. Ce n'étaient pas des rossignols mais aucun meuble n'était assorti aux autres. Thierry posa sa longue et maigre carcasse dans un fauteuil club en cuir foncé. Je m'assis à côté de lui sur une chaise au dossier canné et au siège rembourré, recouvert de brocart. Bob Lodish, le responsable de la CIA à Paris, s'installa dans un large fauteuil pivotant, en noyer et le fit tourner pour nous faire face au-delà d'une table à thé dont les pieds droits et métalliques soutenaient un plateau en olivier de forme biscornue.

Lodish avait un peu moins de cinquante ans, des cheveux roux et bouclés, un corps mince revêtu d'un costume gris bien coupé. Sa bouche large, aux lèvres minces, me fit penser à Triolet, mais l'humour attentif dans ses yeux bleu pâle, intelligents, faisait toute la différence.

Il sortit de sa poche un magnétophone miniature et dit à Thierry :

— Je vais enregistrer cette conversation. Mes supérieurs veulent ça comme preuve de notre entière coopération avec vos services. Si vous le désirez, j'en ferai une copie pour vous, avant votre départ.

Thierry secoua la tête.

— Mes supérieurs à moi tiennent à ce que nous fassions travailler notre mémoire.

— Très bien. (Lodish mit son appareil en marche et nous présenta — lui-même, Thierry et moi. Puis il poursuivit :) Cet entretien a lieu à la demande personnelle du capitaine Gallion de la DGSE et dans l'espoir qu'il contribuera à démontrer notre bonne volonté à nos hôtes français.

En ayant terminé avec son petit laïus d'introduction, Lodish se renversa dans son fauteuil pivotant, inclina la tête et me dit :

— Alors, monsieur Sawyer, le capitaine Gallion nous a demandé de vous parler d'un de nos anciens agents, nommé John Duncan. Que voulez-vous savoir, au juste ?

— Vous pourriez commencer par la raison pour laquelle Duncan a dû quitter vos services.

Lodish parla d'abord de faits dont je connaissais les grandes lignes : le passage de Johnny de la DEA à la CIA, ses activités, relativement brèves, en France, son séjour, plus long, en Italie. Puis il en vint aux choses que j'ignorais.

Johnny avait été rappelé en France pour diriger une opération secrète pour la CIA. Il arrive que les Etats-Unis veuillent fournir des armes à des gouvernements ou des factions rebelles de pays étrangers, en désaccord avec la politique officielle de Washington et donc par des voies détournées. Un trafic d'armes discret, judicieusement conduit, répond à ce besoin officieux. Johnny s'était vu confier la direction d'une telle opération.

Les armes et les munitions avaient été prélevées dans des bases militaires américaines en Allemagne, dont les registres avaient été falsifiés pour que ces prélèvements n'y apparaissent pas. Elles avaient été acheminées par la France jusqu'à Marseille d'où elles avaient été envoyées à leurs destinataires secrets, touchés par la baguette magique de la politique étrangère secrète des Etats-Unis.

Ma colonne vertébrale se raidit. Je changeai de position sur le siège rembourré de ma chaise pour essayer de la détendre.

— Par quel moyen ces armes ont-elles voyagé ?

La réponse ne me surprit pas :

— Par l'intermédiaire d'une entreprise française. Malo

Transport. Elles ont traversé la France dans des camions Malo, enfermées dans des conteneurs portant des connaissements fallacieux, qui ont été chargés, à Marseille, sur des navires de commerce Malo, où ils ont été mélangés à d'autres marchandises.

Lodish regarda Thierry et ajouta :

— Mais le capitaine Gallion doit avoir tout ça dans les dossiers de la DGSE, étant donné qu'il a fallu une demande officieuse de son gouvernement pour persuader Karl Malo de nous laisser utiliser ses transports, à cette occasion.

Je regardai Thierry qui hocha la tête et dit :

— Ces dossiers sont secrets et je ne suis pas autorisé à en révéler le contenu.

Mais il voulait bien qu'un service rival et ami divulgue cette information. C'était un moyen, pour la DGSE, de savoir si les dossiers de la CIA contenaient des détails qui n'étaient pas dans les siens.

Je demandai à Lodish :

— Avec quelle personne de l'entreprise Malo Transport Duncan était-il en contact ?

— Tout ceci est extrêmement confidentiel, dit Lodish pour la forme. Je vous le révèle parce que le capitaine Gallion nous l'a expressément demandé. Et avec *son* assurance formelle que vous n'en feriez part à personne d'autre.

— C'est exact, dit Thierry, également pour la forme.

— L'homme par l'intermédiaire duquel John Duncan a travaillé avec Malo Transport était, à l'époque, un cadre moyen. Il a, depuis, été promu au poste de directeur-adjoint.

— Jean-Noël Triolet.

— Vous semblez être déjà pas mal au courant de cette affaire, monsieur Sawyer.

— Je ne l'étais pas jusqu'à maintenant. Avec qui Duncan était-il en contact, en Allemagne, pour obtenir les armes des bases américaines ?

— Un officier de l'armée américaine. Le colonel Lyall. Il est mort au cours d'une intervention chirurgicale, moins de deux mois après que l'opération dont s'occupait Duncan a pris fin.

— Qui y mis fin ?

— Le gouvernement français. Changement de politique. Sans doute sous la pression de la DGSE de plus en plus contrariée car elle avait le sentiment que nous ne cessions d'empiéter sur ses prérogatives.

Thierry ne réagit que par un petit sourire.

— Le gouvernement français, poursuivit Lodish, a informé Karl Malo de son changement d'attitude. Malo n'a plus voulu nous laisser utiliser son entreprise de transports. Et voilà : fin de l'opération.

— Et vous ne l'avez pas reprise avec une autre société de transports, dit Thierry d'un ton dégagé.

— Certainement pas, s'indigna Lodish qui ajouta quand même : Pas dans ce pays.

Thierry désigna le magnétophone en disant :

— Votre affirmation est enregistrée.

— C'est ça.

Thierry hocha la tête. Il n'était peut-être venu que pour ça. Ce qui ne voulait pas dire qu'il croyait Lodish. Il lui suffisait que la CIA ait fait cette déclaration, quitte à s'attirer des ennuis s'il était démontré par la suite qu'elle était inexacte.

Je demandai à Lodish.

— Qu'est devenu Duncan après l'abandon de cette opération ?

— On l'a chargé d'un autre travail. Auprès de notre consulat à Marseille. Il devait s'informer sur les étrangers dans cette ville, qui pouvaient éprouver des sentiments hostiles envers les Etats-Unis — et risquaient de les manifester par des actes terroristes. (Le visage de Lodish se durcit quand il ajouta :) Mais il semble qu'il n'y ait pas accordé toute son attention.

— A quoi accordait-il le reste ? demandai-je.

29

— Comme vous le savez, dit Bob Lodish, nous avons fourni une énorme quantité de matériel militaire sophistiqué à l'Iran, à l'époque où ce pays était sous la domination du Shah. Quand l'Ayatollah Khomeini a pris le pouvoir, tout ce matériel est tombé entre ses mains. Drôle de combinaison : nos armes et sa politique violemment anti-américaine. Nous avons fait la seule chose que nous pouvions faire en mettant un embargo sur d'autres ventes d'armes à l'Iran.

— Tout ça, je le sais, lui dis-je.

— Patience... j'y arrive. Bon ; dans sa guerre contre l'Iraq, l'Iran a eu vite fait d'user ou d'endommager ses réserves d'équipement militaire. Il lui a fallu d'autres munitions, des pièces de rechange, du nouveau matériel pour effectuer les réparations — tout, quoi. Et il fallait que ce soit des fournitures américaines, pour aller avec ce que les Iraniens avaient déjà. L'ennui, c'est que l'Iran ne pouvait pas s'adresser à nous pour les obtenir.

— Alors Khomeini a dû s'adresser à des trafiquants d'armes.

— Exactement, et payer un prix exorbitant pour la moindre balle qu'il parvenait à se procurer. Ce qui faisait de l'Iran un filon pour tous les trafiquants qui avaient un moyen de se procurer du matériel de guerre américain et de le transporter là-bas.

Lodish posa ses mains croisées sur son ventre plat et poursuivit :

— Et le fait est que certains de nos informateurs en Iran ont commencé à nous signaler des arrivées d'armes et de munitions américaines dans des caisses dont les connaissements indiquaient qu'elles avaient été soustraites à des expéditions de matériel destiné à nos bases en Allemagne de l'Ouest. En se livrant à une enquête, deux de ces informateurs ont capté la même rumeur : ces caisses arrivaient de Marseille, fournies par un homme qui utilisait les relations qu'il avait acquises dans nos services secrets et le poids de la CIA pour se les procurer : John Duncan.

— Rien de tout cela n'est dans *nos* dossiers, intervint aimablement Thierry.

— Maintenant, vous le savez, répondit Lodish en essayant de ne pas avoir l'air sur la défensive. Et je vous le dis à titre purement amical. Ce n'était et ce n'est toujours pas l'affaire de la DGSE. Un problème interne concernant nos services et rien qu'eux. De toute façon, nous avons viré Duncan, alors c'est réglé.

— Nous aurions pu le virer de France, dit Thierry.

— Ou le recruter dans un des services les plus retors de la DGSE ? suggéra ironiquement Lodish.

Je lui demandai :

— Comment Duncan acheminait-il ce matériel d'Allemagne en Iran ?

— J'avoue que c'est une chose que nous ne sommes jamais parvenus à découvrir.

— Ses anciens arrangements avec Malo Transport ?

— Pas question. Karl Malo nous a laissé tomber le jour même où le gouvernement français n'a plus approuvé notre opération. Donner son aval pour que son entreprise soit encore utilisée dans une opération de ce genre, en allant contre la décision de son gouvernement, aurait été plus qu'illégal — presque de la trahison. Ç'aurait pu être la perte même d'un homme comme lui.

— Que fait Duncan depuis que vous l'avez congédié ?

— Nous l'ignorons. Vous le savez peut-être.

— Non.

Lodish se pencha en avant en me désignant du doigt.

— Mais vous cherchez des renseignements sur lui. Quelle que soit votre raison, vous trouverez peut-être la réponse à cette question. Dans ce cas, vous voudrez bien nous en informer. Et si vous le faites, je peux vous garantir qu'il y a des gens à Washington qui vous en remercieront en passant l'éponge sur votre passé. (Il me montra le magnétophone.) Cette promesse est enregistrée, Sawyer. Marché conclu ?

Il y avait donc une autre raison pour qu'on donne à Lodish le feu vert pour cet entretien à propos de Duncan.

— Si j'apprends quelque chose, je ne manquerai pas de vous en informer, lui dis-je avec un grand sourire et un beau semblant de sincérité.

Thierry et moi nous rendîmes, à pas lents, de l'ambassade à la station de taxis de la rue de Rivoli.

— Tu aurais pu me donner une partie de ces renseignements avant que nous allions là-bas, lui dis-je.

— Désolé, Pierre-Ange, mais ils font effectivement partie d'un dossier dont je ne suis pas autorisé à révéler le contenu. Mais dis-moi, cet entretien t'a-t-il été utile ?

— Un peu.

— J'ai quand même un autre petit truc qui pourrait t'intéresser. A propos d'un autre sujet. Ce n'est pas trop secret. Pas encore.

— Quel sujet ?

— Ahmed Kadir. Ce membre de la Mission commerciale libyenne qui a trouvé la mort dans ta chambre d'hôtel. Il paraîtrait qu'il était fréquemment — et furtivement — en contact avec un gangster marseillais qui s'appelle Hassan Salah. Pour des raisons inconnues. Mais on *pense* que Salah est très impliqué dans des affaires de contrebande. D'armes, en particulier. (Thierry choisit soigneusement les paroles qu'il prononça ensuite :) Il est possible qu'il fournisse des armes à l'Iran ainsi qu'au colonel Kadhafi, car il paraîtrait aussi que Salah entretient également des relations avec le Jihad Islamique. Mais nous n'avons absolument aucune preuve de tout ceci.

Thierry prit un taxi pour retourner à son bureau à la DGSE. J'entrai dans un tabac pour téléphoner à l'appartement de Fritz Donhoff. Fritz n'était pas là. Je raccrochai sans laisser de message à son répondeur-enregistreur et appelai Air France, puis Air Inter. L'une et l'autre compagnies n'avaient pas de place sur un vol pour Marignane avant le lendemain à huit heures du matin. Je réservai une place sur ce vol-là, pris un taxi et me fis conduire au Balzar où je déjeunai tranquillement. Je fis ensuite une longue balade sur les quais de la Seine tout en réfléchissant à ce que j'avais appris ce matin-là et en essayant de le faire cadrer avec ce que je savais avant d'arriver à Paris.

Certains liens entre les événements me parurent plus solides.

Je terminai ma promenade en grimpant la rue Cardinal Lemoine pour me rendre à la maison proche de la place de la Contrescarpe, où Fritz et moi avions acheté chacun un appartement mitoyen dont les fenêtres donnaient sur une petite cour abritée par un somptueux platane.

Il était près de cinq heures de l'après-midi quand je traversai la cour, gravis l'escalier et me retournai sur le petit palier entre nos deux appartements. Je frappai à la porte de Fritz mais il n'était pas rentré. Comme nous avions tous deux une clé de l'appartement de l'autre, j'entrai chez lui et lui laissai un mot sur le bureau de son salon. Puis j'allai dans mon propre appartement et passai un certain nombre de coups de téléphone en dehors de Paris.

La plupart étaient à mes relations du milieu, que j'avais vus la veille. Quelques-uns étaient à d'autres contacts. A tous, je demandai la même chose : chercher des réponses à de nouvelles questions soulevées par ce que Lodish et Thierry m'avaient dit ce matin-là.

Quand j'eus fini de téléphoner, je me préparai un café que je bus en essayant de mettre de l'ordre dans mes idées. Ce n'était pas facile car j'avais la tête bourrée de nouvelles informations que je n'avais pas encore tout à fait assimilées.

Quand j'en eus assez de gamberger, j'allai prendre une douche chaude, suivie d'une douche froide, me séchai en me frottant vigoureusement, puis revêtis une nouvelle tenue : chemise de sport, jeans, mocassins. Je retournais dans le salon quand Fritz Donhoff ouvrit ma porte avec sa clé et entra.

Quand j'avais fait la connaissance de Fritz, bien des années plus tôt, nous étions, lui et moi, exactement de la même taille. Depuis, il s'était un tantinet rabougri mais il était encore grand, lourd et imposant. Il avait des poches sous les yeux, des cheveux argentés et il portait, ce jour-là comme d'habitude, un costume en velours, une épingle de cravate ornée d'une perle et un monocle dont le cordon noir dépassait de sa poche de poitrine. Il ouvrit les bras en souriant d'un air ému. Puis il m'étreignit et m'embrassa sur les deux joues. Ce geste me paraissait normal car Fritz était pour moi plus qu'un associé et un ami. Il remplaçait un peu le père que je n'avais jamais connu.

— Qu'as-tu fait, pendant toute la journée ? lui demandai-je.

— Un voyage aller-retour à Hambourg pour avoir des renseignements sur ton Emil Fassler. Une de mes amies de jeunesse, Vanessa Meyer, y habite maintenant. C'est une ancienne journaliste. Malheureusement, il y a plus de dix ans qu'elle a pris sa retraite. Alors elle a dû promettre un pot-de-vin à un certain inspecteur de police pour obtenir le renseignement que je voulais. Vanessa n'a qu'une petite retraite pour vivre et n'avait pas assez d'argent pour payer le pot-de-vin, c'est pourquoi j'ai dû prélever la somme sur mon compte et aller la lui porter. Tout cela figurera sur ma note de frais : cette somme, plus le billet aller-retour en avion, plus les taxis ainsi qu'un excellent déjeuner auquel j'ai convié Vanessa. J'espère que le total ne fera pas tiquer Karl Malo.

— Ne t'en fais pas ; ça fera sans doute moins que ce qu'il paye pour se faire faire un costume.

— Je suis un peu fatigué. Tu voudrais bien me faire une infusion, mon garçon ?

Il me suivit dans la cuisine et s'assit à la table pendant que je sortais des feuilles de verveine et de menthe de leur bocal respectif. Je mis de l'eau à bouillir et, en attendant, je racontai à Fritz ce que j'avais appris de Lodish et de Thierry, le matin même.

Fritz eut l'air content.

— Mon voyage à Hambourg ne sera peut-être pas une perte de temps, comme je le craignais. Le policier de Vanessa n'avait pas grand-chose de nouveau mais, à la lumière de ce que tu viens de me raconter, il a quand même dit quelque chose d'intéressant.

30

L'infusion était prête. J'en emplis une tasse que je posai devant Fritz, puis je m'assis et le regardai boire une gorgée sans attendre que ça refroidisse un peu et sans même sourciller.

— Ah, délicieux, dit-il avant d'avaler une autre longue gorgée. Et maintenant, venons-en à Emil Fassler. Comme te l'a dit Jacqueline Malo avant-hier soir, son premier mari se livrait à des activités illégales. Elle prétend ne pas savoir de quoi il s'agissait et c'est peut-être vrai. Mais le policier de Vanessa a donné plus de précisions.

Il but encore de l'infusion, m'adressa un hochement de tête satisfait et poursuivit :

— La police de Hambourg a tout lieu de penser que Fassler utilisait son affaire d'import-export pour transporter en fraude des armes américaines d'Allemagne à Marseille.

Cela cadrait fort bien avec ce que m'avait dit Bob Lodish à propos des raisons pour lesquelles la CIA avait viré Duncan et même avec ce que Thierry Gallion m'avait appris sur le trafic d'armes de Hassan Salah à Marseille.

— Est-ce que la police de Hambourg a pu établir un quelconque rapport entre Fassler et Johnny Duncan ? demandai-je.

— Non. Le nom de Duncan n'apparaît pas dans les rapports qui ont été faits à l'époque de leur enquête sur

Fassler. S'ils l'avaient poussée plus loin, ce serait peut-être différent, mais ils ont tout laissé tomber à la mort de Fassler.

— Comment Fassler se procurait-il les armes qu'il transportait ?

— Il devait être en rapport avec un officier des services de l'Intendance américains en Allemagne. Mais la police de Hambourg n'a pas trouvé son nom, à lui non plus. Ce n'a pas dû être une enquête très approfondie. D'ailleurs ils n'ont commencé à s'intéresser aux affaires d'Emil Fassler que deux mois avant sa mort.

C'était à peu près à cette époque-là que Jacqueline Malo avait pris conscience du fait que son premier mari était en relation avec des criminels.

— Qu'est-ce qui a donné l'idée à la police de Hambourg d'entreprendre une enquête sur les activités d'Emil Fassler ?

— Une demande de renseignements de la police marseillaise, répondit Fritz. J'étais déjà au courant de l'enquête de la police marseillaise avant d'aller à Hambourg, grâce à un coup de fil que m'a passé, ce matin, mon contact dans la police de Marseille. Lionel Clerc, le fils d'un de mes vieux amis, décédé depuis quelques années. Il est officier de gendarmerie et toujours content de me rendre service au nom des liens d'amitié qui m'unissaient à son père. Mais si tu voulais lui faire un petit cadeau, je suis sûr qu'il ne le refuserait pas.

— Peu de gens le refusent, dis-je en songeant avec regret à celui que j'avais refusé lors de la visite nocturne que Jacqueline m'avait faite.

— Lionel n'a rien trouvé de plus sur les circonstances de la mort d'Emil Fassler, poursuivit Fritz. Mais il m'a fourni certains détails, y compris sur les raisons qui ont motivé la demande de renseignements des policiers marseillais, qui a elle-même motivé l'enquête de la police de Hambourg sur Fassler.

Il s'interrompit et je demandai :

— Et si tu me le disais, à moi ?

— Tu pourrais peut-être me faire réchauffer un peu de tisane ?

— Avec plaisir, dis-je en me levant.

— Merci, Pierre-Ange. (Je me tournai vers la cuisinière et Fritz poursuivit, dans mon dos :) Ce qui a tout fait démarrer, c'est l'assassinat d'un inspecteur de la Police judiciaire de Marseille. La PJ a commencé à soupçonner Emil Fassler parce qu'on disait que celui-ci avait rencontré plusieurs fois le trafiquant d'armes dont t'a parlé ton capitaine Gallion.

— Hassan Salah.

— Oui. Cet inspecteur de la PJ — Gérard Delanoé — avait été chargé de voir ce que faisait Fassler durant ses séjours à Marseille. Moins d'une semaine plus tard, l'inspecteur Delanoé a été tué d'une balle calibre 32 en plein cœur. On l'a retrouvé dans un petit appartement qu'il louait au-dessus d'un bar de la rue du Dragon, sur la colline qui domine le vieux port de Marseille, près de Notre-Dame-de-la-Garde. C'était apparemment une garçonnière où il recevait des dames à l'insu de son épouse. Personne n'a entendu le coup de feu. Un petit .32 n'a pas une détonation très bruyante, par contre le soir, à cette heure-là, avec son juke-box et ses nombreux clients, le bar est très bruyant. Le principal accès à l'appartement que louait Delanoé est par le bar, mais il y a une issue à l'arrière de l'immeuble et c'est par là que le meurtrier a pu entrer et ressortir. Cependant, une belle femme, que personne dans le bar n'avait jamais vue, est passée ce soir-là par le bar, à une heure qui correspond à peu près à celle de la mort de l'inspecteur, selon le rapport des services de médecin légiste. Cette femme a demandé au barman où se trouvait l'appartement de Delanoé. Il lui a indiqué où se trouvait l'escalier et il ne l'a jamais revue. Comme elle n'est pas repassée par le bar, elle a dû sortir par la porte de derrière. La mort de l'inspecteur n'a été découverte qu'une heure plus tard, quand une de ses amies est montée à l'appartement. Et en est redescendue en hurlant.

— Emil Fassler se trouvait à Marseille, à l'époque ?

— Oui. Il a, bien sûr, été soumis à un interrogatoire puisque l'inspecteur a été assassiné alors qu'il était en train d'enquêter sur lui. Pourtant, Delanoé n'avait pas encore fait de rapport sur son enquête. Cela signifie peut-être qu'elle n'avait donné aucun résultat. En tout cas, Fassler n'a rien avoué au cours de son interrogatoire. Il a juré qu'il ignorait être le sujet d'une enquête — de Delanoé ou de quelqu'un d'autre —, qu'il n'avait jamais rencontré l'inspecteur et ne s'était jamais rendu à son appartement. La police, n'ayant aucune preuve que Fassler mentait, aucune preuve non plus qu'il se livrait à des activités illégales pendant ses séjours à Marseille, a dû le relâcher. Mais comme ses papiers d'identité indiquaient qu'il résidait à Hambourg, les policiers marseillais ont demandé à leurs collègues de Hambourg de faire une enquête sur lui.

— Et cette enquête a eu les même résultats, dis-je à Fritz. Des soupçons mais pas de preuves.

— Exactement.

— Et cette femme qui est montée chez l'inspecteur Delanoé aux environs de l'heure où il a été tué ?

— Fassler a dit qu'il ne voyait pas qui ça pouvait être. Le barman à qui elle s'est adressée et les autres personnes qui se trouvaient dans le bar l'ont décrite à la police. Une description assez vague, comme d'habitude. Mais ils ont tous dit qu'ils la reconnaîtraient s'ils la voyaient. Ils ne l'ont jamais revue et la police ignore encore son identité.

Je respirai lentement et profondément, puis je dis :

— Si tu connais la description de cette femme, Fritz, j'aimerais l'entendre.

— Je ne suis pas sûr que tu l'aimeras.

Il me décrivit la femme mystérieuse.

31

Le lendemain matin, à dix heures et demie, quand j'arrivai à la galerie de Jacqueline Malo, je trouvai celle-ci debout derrière son bureau, occupée à emballer un tableau dans du papier kraft, pour un client qui lui faisait un chèque. Elle était vêtue d'un chemisier en dentelle et d'une jupe paysanne, serrée à la taille et très évasée.

Quand je poussai la porte vitrée, elle eut un sourire automatique en levant les yeux. Me reconnaissant, elle prononça les premiers mots d'une formule d'accueil courtoise qui fut coupée court par ce qu'elle lut sur mon visage. Elle s'immobilisa un instant, les yeux fixés sur moi et la bouche entrouverte. Puis elle baissa la tête et finit d'emballer le tableau.

Le client détacha soigneusement le chèque et le plaça sur le bureau. Elle se força à sourire tandis qu'ils se serraient la main et se remerciaient l'un l'autre. Il prit son paquet et se retourna pour s'en aller. Elle le suivit mais s'arrêta avant la porte que je tins pour le client qui sortit. Puis je la fermai à clé et retournai la carte qui pendait contre la vitre afin que ce qu'on voyait de l'extérieur, ne soit plus « Ouvert » mais « Fermé ».

Jacqueline Malo ne protesta pas. Quand je me détournai de la porte, je vis qu'elle n'avait pas bougé.

— Vous feriez mieux de vous asseoir, lui dis-je.

Elle ne bougea toujours pas mais tourna seulement la

tête lentement pour me suivre des yeux quand je passai devant elle. Je m'assis sur un coin de son bureau et lui rendis son regard.

— Vous *savez,* n'est-ce pas, dit-elle d'une voix morne et basse. Vous avez découvert... J'en étais sûre.

Quand j'étais arrivé et quand elle avait lu mon expression, elle avait eu un sursaut de frayeur. Elle n'avait plus peur. Son regard était fataliste ; il n'exprimait pas la résignation mais une simple acceptation.

— Je ne sais pas tout, lui dis-je doucement. Depuis un moment je me doutais d'un certain nombre de choses — ce n'était pas bien difficile — mais, jusqu'à hier, je ne savais pas *pourquoi* vous aviez pu accepter de le faire.

Il me fallait tenir compte du fait qu'il se passait deux choses distinctes. L'une avait déjà eu lieu, l'autre était encore en cours. Elles étaient reliées l'une à l'autre par Jacqueline Malo qui, pour le moment, n'était au courant que de la première.

— Parlons de votre enlèvement, lui dis-je. Encore qu'il faudrait lui trouver un autre nom puisque vous n'avez pas été enlevée.

Elle ne bougea pas et ne changea pas d'expression. Je poursuivis :

— Pour commencer, il y a une question de minutage qui m'embête — et qui n'embête pas que moi. Un jour, vous décidez d'aller rejoindre votre mari à Monaco et le lendemain matin, c'est là qu'on vous enlève. C'est beaucoup trop rapide. A moins que vous n'ayez décidé d'aller à Monaco au moins deux jours avant de téléphoner à votre mari pour lui faire part de votre intention — et que quelqu'un d'autre l'ait su.

Comme elle ne réagissait toujours pas, je continuai :

— Ce n'est pas la seule chose qui cloche du point de vue du minutage. Le matin on vous kidnappe et le soir même on vous relâche après le paiement de la rançon. Ça aussi, c'est beaucoup trop rapide. D'habitude, les ravisseurs laissent celui qui va payer la rançon mariner plus longtemps que ça dans la peur et l'angoisse. Bien plus longtemps, parfois. Pour être sûrs qu'il paiera et n'essaiera pas de leur jouer de tour. Mais vous vous êtes opposée à ce que Malo reste plus longtemps dans l'angoisse — n'est-ce pas ?

Jacqueline Malo ne répondit pas. Elle s'obligeait à rester bien droite et luttait pour empêcher ce qu'elle ressentait de faire surface et de la submerger.

— Un autre détail révélateur, lui dis-je, était le montant de la rançon. Un joli petit magot, certes, mais on a vu des gens pas plus riches que votre mari devoir payer bien plus que ça pour récupérer des êtres chers. C'est encore une chose à laquelle vous vous êtes fermement opposée. Il y a aussi cette petite Alfa Romeo que vous aviez louée ce matin-là. Pas du tout votre genre de voiture. Normalement, vous conduisez des voitures beaucoup plus raisonnables. Vous avez choisi celle-là parce que John Duncan vous avait dit de le faire. Pour qu'en plus du conducteur et de l'argent, il n'y ait pas la place de cacher un flic.

Elle parla enfin et je fus soulagé d'entendre à nouveau sa voix. On aurait dit qu'elle essayait de décrire un rêve dont elle n'était pas tout à fait réveillée.

— Duncan... je ne connaissais même pas son nom avant que vous me le disiez quand vous me l'avez décrit, l'autre soir. Je ne l'ai vu que deux fois.

— Le jour où vous avez projeté l'enlèvement et le jour où vous l'avez réalisé.

Elle approuva en hochant lentement la tête.

— Vous avez dit à Duncan que Malo allait à Monaco. Il a pensé que l'endroit était idéal parce qu'il connaît particulièrement bien l'arrière-pays. Vous vous êtes donc rendue à Monaco ; le lendemain matin, vous avez loué la petite Alfa et vous l'avez conduite jusqu'au garage, à Nice. Duncan vous a retrouvée là-bas et vous a amenée à la carrière près de Sospel ; il a forcé la porte du hangar où vous l'avez attendu quand il est allé passer le premier coup de téléphone à Malo. Quand il a passé le deuxième, vous l'avez accompagné pour parler à votre mari pour qu'il ait la preuve que vous étiez toujours en vie. Puis Duncan vous a ramenée à la carrière. Je suis prêt à parier qu'il vous a laissé vous bander les yeux toute seule et vous mettre vous-même les menottes pendant qu'il allait passer les autres coups de fil, ramasser la rançon et disparaître avec. Même s'il se faisait prendre, il ne pouvait pas être accusé d'enlèvement puisqu'il n'y avait pas d'enlèvement. Au pire, on pouvait l'accuser d'avoir escroqué de l'argent à Malo.

Johnny avait dû être drôlement surpris quand il s'était aperçu que c'était moi qui apportais la rançon.

— Quant à vous, dis-je enfin, vous n'avez eu qu'à attendre là, dans le hangar, jusqu'à ce que j'arrive.

— Pour me sauver, dit-elle d'une voix neutre.

Elle s'approcha du bureau, ouvrit le tiroir du bas et en sortit un paquet de cigarettes et un briquet, puis un petit cendrier qu'elle posa sur le plateau du bureau.

Je la regardai sortir une cigarette et l'allumer.

— C'est la première fois que je vous vois fumer, lui dis-je.

— Je ne fume plus depuis un an. (Elle aspira une bouffée et fit la grimace.) Elles ont un goût affreusement rance.

Elle écrasa la cigarette d'un geste rageur.

— Ce que je cherchais, lui dis-je, c'était le moyen de pression que Duncan avait sur vous pour vous faire accepter de l'aider à escroquer votre mari. Et puis j'ai appris l'affaire du flic assassiné à Marseille. L'inspecteur Delanoé.

— Il y a si longtemps que j'attendais que cette affaire me rattrape que je commençais à croire que je n'avais peut-être plus rien à craindre. Et voilà. (Jacqueline Malo tenait la tête droite ; sa voix était faible mais calme.) L'heure est venue de payer les violons.

Mme Malo avait de la classe et du cran.

Elle alla s'asseoir dans un fauteuil, s'appuya contre le dossier, crispa les mains autour des accoudoirs et me regarda.

— Lequel de vous deux a tué Delanoé ? lui demandai-je. Vous ou Emil Fassler ?

— Moi, dit-elle.

32

Je n'eus pas besoin de poser beaucoup de questions. Comme elle l'avait dit, il y avait longtemps qu'elle gardait ce secret barricadé en elle. Il n'y avait plus de raison pour qu'elle ne s'en délivre pas.

Cela s'était passé alors qu'elle parcourait le Midi de la France au volant de son break, à la recherche d'objets anciens pour son magasin d'antiquités à Paris. Elle avait atteint Avignon un samedi, alors que son premier mari se trouvait à Marseille en voyage d'affaires. Comme ce n'était pas loin, elle avait décidé d'aller passer la nuit avec lui.

— Emil était descendu dans l'appartement d'un de ses amis marseillais qui était absent, me dit Jacqueline Malo. Quand je suis arrivée, il a eu l'air embarrassé. Je ne comprenais pas pourquoi.

Ce n'est qu'en cette soirée mémorable qu'elle avait découvert que les affaires d'Emil Fassler avaient un côté illicite, me dit-elle.

— Il s'est montré encore plus embarrassé quand l'inspecteur Delanoé est arrivé au moment où nous allions sortir pour dîner. Apparemment, ils étaient en rapport à propos de quelque chose. Il a bien fallu qu'Emil fasse les présentations, mais il était évident que ça ne lui plaisait pas. Moi, ce qui ne m'a pas plu, c'est la façon dont l'inspecteur me regardait. Il a quand même été poli en me priant de l'excuser car il était obligé de m'enlever Emil pendant un petit moment. Il m'a dit qu'il fallait qu'ils aient une conversation en particulier. Ou, plus exactement « *une autre* conversation en particulier ». Emil m'a demandé d'attendre son retour et ils sont partis ensemble.

Elle avait attendu près d'une heure, puis l'inspecteur lui avait téléphoné pour lui dire qu'ils étaient à son appartement et qu'Emil venait de descendre acheter une bouteille de bon vin. Il lui avait dit qu'ils voulaient qu'elle aille les rejoindre et qu'ils iraient dîner tous les trois ensemble. Il lui avait expliqué où se trouvait son appartement.

— C'était un appartement très mal tenu, au-dessus d'un bar plein de bruit et de monde. Je n'étais pas encore entrée qu'il m'a tirée à l'intérieur, puis il a fermé la porte à clé et a mis la clé dans sa poche. C'est alors que j'ai vu Emil. Il était couché par terre, les mains derrière le dos, liées par des menottes, les chevilles également attachées. Il était bâillonné, avec une bande adhésive sur la bouche.

D'un geste automatique, Jacqueline Malo promena ses doigts sur ses lèvres.

— On lui avait retiré ses chaussettes et ses chaussures, et sa veste était jetée en boule sur un canapé. Il y avait des traces de brûlures sur ses pieds. Je me suis mise à hurler, mais Delanoé m'a fait taire en m'envoyant un coup de poing qui m'a fait tomber par terre. Puis il m'a relevée et m'a jetée dans un fauteuil. Il m'a prévenue qu'il tuerait mon mari si je me remettais à crier. Alors il s'est retourné vers Emil en lui disant : « Vous serez peut-être un peu plus raisonnable, maintenant. » Il a ajouté que si Emil ne l'était pas, il s'en prendrait à moi et me violerait, me défigurerait...

Ce souvenir ne la fit pas frémir. Le temps l'avait enrobé d'un isolant. Elle parlait d'une voix égale et monocorde qui me faisait froid dans le dos.

— A quel sujet Delanoé voulait-il qu'il soit raisonnable ? demandai-je.

— Je l'ignore, répondit-elle. Je ne comprenais rien de ce qu'il disait. Il parlait de passer d'une organisation à une autre, plus grosse. Emil n'a rien voulu m'expliquer, après. Il m'a simplement dit qu'il se trouvait avoir des engagements envers des gens qui lui faisaient peur.

— Tant pis, lui dis-je. Racontez-moi la suite, exactement comme ça s'est passé.

Jacqueline Malo resta un instant silencieuse, en me regardant attentivement, comme si elle avait du mal à me voir. Puis elle me raconta la suite.

— Cet... inspecteur... s'est mis à donner des coups de pieds à Emil. Dans la poitrine, dans l'estomac. A travers le bâillon, Emil émettait des sons atroces. Je me suis jetée sur Delanoé. J'ai essayé de lui enfoncer mes ongles dans les yeux. Pour l'aveugler... n'importe quoi pour qu'il arrête. Mais il était très fort. Il m'a envoyé promener loin de lui. Je suis tombée sur le canapé. J'ai senti quelque chose sous ma main. Je me suis rendu compte que c'était le petit revolver qu'Emil emportait parfois dans ses voyages. Au cas, m'avait-il dit, où il serait victime d'une agression. Il prétendait avoir un permis, mais je ne crois pas que c'était vrai...

Elle tourna légèrement la tête à droite, puis à gauche, pour essayer de soulager la tension de sa nuque.

— J'ai sorti le revolver de la poche de la veste aussi vite que je le pouvais. Je pensais pouvoir m'en servir pour obliger Delanoé à détacher Emil et nous laisser partir. Mais je n'ai pas été assez rapide. Il a vu ce que je faisais et a bondi. Il s'est jeté sur moi pour essayer d'attraper le revolver. Et... j'ai tiré sur lui.

— Vous voulez dire, rectifiai-je en appuyant sur chaque mot, que le coup est parti quand il vous a sauté dessus.

Elle me lança un regard qui indiquait qu'elle avait parfaitement compris, mais elle secoua la tête en disant :

— Non. J'étais terrorisée... et j'ai pressé la détente. Délibérément.

En cas de procès, on pouvait quand même plaider l'autodéfense, sauf que dans ce cas, le mort était un flic et ça aurait sans doute du mal à passer.

Dès que sa femme lui avait ôté le bâillon, Emil Fassler lui avait dit où l'inspecteur Delanoé avait mis la clé des menottes, puis, une fois libéré, il l'avait conduite à un escalier de service et ils étaient sortis par la porte arrière de la maison. Ils étaient retournés à pied à l'appartement prêté par un ami et, avant d'arriver, il avait jeté le revolver dans une bouche d'égout. Il n'avait pas laissé sa femme monter à l'appartement mais il lui avait dit de retourner tout droit en Avignon, d'y passer la nuit et de repartir tôt le lendemain pour Paris.

Elle avait laissé son break à Paris et pris le train pour Amsterdam où elle avait passé les deux semaines suivantes chez une amie, sans dire à personne où elle se trouvait.

— Même après ça, dit-elle, quand je suis retournée à Paris, je m'attendais presque à trouver la police chez moi. Mais il n'y avait personne et aucun policier n'est venu m'interroger à propos de la mort de l'inspecteur Delanoé.

Il n'y avait aucune raison d'établir un rapport entre elle et l'inconnue qu'on avait vu monter à l'appartement de l'inspecteur Delanoé. Son mari avait déjà été interrogé et relâché. Les policiers marseillais n'allaient pas demander à leurs collègues parisiens de se livrer à une enquête approfondie étant donné qu'ils n'allaient pas, eux-mêmes, pousser bien loin la leur.

A ce sujet, j'avais interrogé mes relations dans le milieu marseillais et ceux-ci m'avaient fourni une explication plausible. L'inspecteur Delanoé était à la solde d'un gangster marseillais, ce qu'aurait fait apparaître une enquête trop poussée sur ses faits et gestes. Comme la police, d'où qu'elle soit, ne tient pas à ce que ce genre de chose soit révélé au grand jour, celle de Marseille avait préféré enterrer l'inspecteur défunt en même temps que ses sources de revenus crapuleuses.

— Qu'est venu faire John Duncan dans tout ça? demandai-je à Jacqueline Malo.

— Il est venu ici, il y a un peu plus de deux mois, répondit-elle. A la galerie, un soir, au moment où je fermais. Je ne l'avais jamais vu et il ne m'a pas dit son nom. Mais *lui,* il m'avait déjà vue, ajouta-t-elle avec aigreur. Il m'a dit qu'il savait la vérité sur le meurtre de l'inspecteur Delanoé.

— Comment l'avait-il apprise ?

— Il m'a dit qu'il avait travaillé avec le même gangster qu'Emil.

— Il vous a dit le nom de ce gangster ?

— Non. Il m'a parlé du soir où j'ai tué Delanoé. Il m'a raconté qu'il avait vu, par hasard, Emil dans une voiture avec l'inspecteur Delanoé et comme il savait que celui-ci travaillait parfois pour un gangster rival et celui pour qui Emil et lui travaillaient, il les a suivis. Jusqu'à la porte arrière de la maison où l'inspecteur avait un appartement. Il a attendu dehors. Il ne m'a pas vue entrer puisque je suis passée par le bar, à l'avant. Mais il m'a vue quand je suis sortie avec Emil par la porte de derrière. Il nous a suivis. Il a vu Emil jeter le revolver dans une bouche d'égout. Du coup, il est retourné à l'appartement. Il est entré et il a vu... ce qu'il y avait à voir. Il m'a dit qu'il était reparti tout de suite et n'en avait jamais parlé à personne.

— Jusqu'à ce qu'il vienne vous trouver ici, lui dis-je. Mais si Duncan voulait vous faire chanter, vous pouviez lui rapporter un beau paquet dès l'instant où vous avez épousé Karl Malo. Il y a un an. Je me demande pourquoi il a attendu.

— Je ne sais pas. (Sa voix devenait irritable et traînante, comme si elle était soudain vidée de toute énergie et devait faire un effort terrible pour émettre un son.) Il m'a simplement dit qu'il avait besoin d'argent et m'a suggéré un moyen de l'aider à s'en procurer.

— En échange de quoi il ne conseillerait pas à la police marseillaise de vous interroger et de vous montrer à quelques témoins, clients du bar par lequel vous étiez passée.

— Il m'a fait remarquer que deux ans, ce n'était pas bien long et qu'ils me reconnaîtraient.

— Quand est-il venu vous dire ça ? A quelle date précise ?

Elle fut obligée de se concentrer pour s'en souvenir, puis elle répondit :

— Six jours avant que Karl se rende à Monaco pour ses réunions. Cet homme... Duncan, m'a dit que ce serait aussi bien là-bas qu'ailleurs. Alors j'ai... eh bien, j'ai fait ce qu'il voulait que je fasse.

Elle ôta ses mains des bras du fauteuil et eut un geste d'impuissance.

— Je suis soudain très lasse de revivre mon passé. D'abord avec Duncan, maintenant avec vous. (Elle se leva et vint lentement se tenir près de moi.) Et il faudra encore que je raconte tout, n'est-ce pas ? A la police ? (Elle approcha le téléphone et décrocha.) Quel numéro faut-il que je compose pour l'avoir ?

Je lui pris le combiné des mains et raccrochai.

— Je faites pas ça, lui dis-je sèchement.

Elle me regarda, surprise par le ton de ma voix.

— Ne faites rien, poursuivis-je. Ne dites rien. A personne. Jusqu'à ce que je vous contacte à nouveau.

Elle continuait de me regarder sans comprendre ce que je disais.

— Je vais voir ce que je peux faire, ajoutai-je.

— Comment ça ?

— Je ne suis pas la police. Les gens m'engagent pour que je fasse un travail pour eux. N'oubliez pas qu'en ce moment, c'est pour vous que je travaille.

— Pour mon mari.
— C'est la même chose.
— Non, ce n'est pas pareil.
— Pour moi, ça l'est et c'est ce qui compte, lui dis-je.

33

Je consacrai presque tout le reste de la journée à parcourir encore une fois les quartiers mal famés de Marseille en posant de nouvelles questions à ceux de leurs habitants que je connaissais.

Puis je passai un coup de téléphone au père d'Arlette Alfani dans la maison qu'il habitait, sur une colline au-dessus de Nice, depuis qu'il s'était retiré du milieu.

Après lui avoir parlé, j'appelai un certain Maurice Dalmasso à Marseille et dus me recommander d'Alfani pour qu'on veuille bien me le passer.

Un caïd est aussi surchargé d'obligations professionnelles que ne l'est un gros industriel, c'est pourquoi Maurice Dalmasso était déjà en conférence, depuis plus d'une heure, avec son comptable et son avocat quand j'arrivai, le lendemain matin à neuf heures trente précises, à sa maison de Marseille et je dus attendre vingt minutes que la conférence ait pris fin. J'attendis dans la grande cuisine de la maison, en compagnie de deux costauds qui buvaient leur café en silence et dont la veste était déboutonnée pour qu'ils aient un accès rapide au revolver dont l'étui était agrafé à leur ceinture. De temps en temps, l'un ou l'autre se levait pour aller regarder par la fenêtre de devant ou celle de derrière.

Ce n'était pas vraiment nécessaire car il y avait, dans la

cuisine comme dans les autres pièces, deux téléviseurs branchés. Sur un écran, on voyait ce qui se passait devant la maison, sur l'autre, on voyait la cour qui était à l'arrière. C'étaient les seuls accès à la maison. De l'autre côté de la rue, à l'avant, deux autres chiens de garde de Dalmasso étaient assis sur le banc d'un arrêt d'autobus. Deux autres encore lambinaient dans la cour, à l'arrière.

L'avocat et le comptable étant enfin partis, Dalmasso fit son entrée dans la cuisine. C'était un homme trapu et chauve, au visage de crapaud querelleur. Un de ses hommes de main lui tendit sa tasse de café. Dalmasso but une longue gorgée avant de me serrer la main en m'adressant un sourire d'un charme surprenant.

— Comment va ce vieil Alfani ?

— Il va bien, le moral est bon. Il se baigne dans sa piscine, il se promène, il regarde la télévision et il dort beaucoup.

— Et il rêve au bon vieux temps, hein ?

— Les souvenirs ne doivent pas lui manquer.

Le rire de Maurice Dalmasso était bien trop aigu pour un crapaud.

— Je lui souhaite de devenir centenaire et d'apprécier chaque jour de sa vie. Un homme merveilleux.

Me prenant par le bras, Dalmasso me conduisit vers la porte d'entrée principale. Sa première conférence de la journée terminée, il lui fallait se rendre à la deuxième.

Les deux costauds de la cuisine sortirent les premiers et inspectèrent la rue dans les deux sens. Les deux chiens de garde à l'arrêt d'autobus, en face, s'étaient levés et en faisaient autant. Une limousine s'arrêta devant nous. J'y pris place après Dalmasso. Un des hommes de main s'assit à côté du chauffeur. L'autre s'installa en face de nous, sur un strapontin et regarda par la vitre arrière.

Une voiture plus petite, où avaient pris place quatre autres gardes du corps, passa devant la limousine et ouvrit la route. Une autre voiture occupée par quatre hommes nous suivit de près. Avec tant de protection, on devrait se sentir en sécurité. Au contraire, cela vous rappelle qu'il y a des gens qui veulent tuer l'homme assis à côté de vous et qui, s'il vous arrive d'être également éliminé par la même volée de balles ou la même explosion de bombe, ne le remarqueront même pas.

La circulation du matin était intense et notre convoi avançait lentement dans les rues encombrées. Nous n'avions pas parcouru cinq cents mètres, que j'étais déjà en train de lui parler de la conversation téléphonique que j'avais eue, la veille au soir, avec Alfani.

— Il m'a dit que vous aviez à votre solde un inspecteur de la PJ qui s'appelait Delanoé et qui s'est fait descendre, il y a deux ans.

Je le savais aussi par mes contacts dans le milieu, mais je voulais rappeler à Dalmasso qu'un homme aussi prestigieux qu'Alfani m'honorait de sa confiance.

Dalmasso haussa ses lourdes épaules.

— Dans mon métier, si on veut être tout à fait efficace, il est indispensable d'embaucher des gens comme ça.

— Celui-ci était chargé d'une enquête qui aurait pu être nuisible à Hassan Salah. J'ai entendu dire que vous n'aimez pas beaucoup Salah.

— Non, pas beaucoup, dit Dalmasso.

Sa voix ne trahissait pas la haine qu'il ressentait sûrement. La contrebande d'armes était une de ses sources de revenus les plus lucratives, mais depuis quelques années, Hassan Salah était devenu un rival de plus en plus dangereux dans ce domaine.

Dalmasso tourna la tête et m'observa d'un regard pénétrant. Je lui rendis, impénétrablement, son regard et attendis la suite.

— Moi aussi j'ai parlé à Alfani, hier soir, dit-il. Selon lui, *vous* faites une enquête qui pourrait démolir Hassan Salah.

— C'est possible, répondis-je. Si Salah a quelque chose à voir avec un certain John Duncan.

Dalmasso m'observa d'un air méditatif.

— Je ne sais pas s'il *a*, mais je sais qu'il a *eu*, pendant un certain temps. C'était après que Paris ait décidé que la CIA n'avait plus le droit d'utiliser Malo Transport pour faire circuler des armes en douce. Duncan a trouvé un autre moyen de faire voyager les marchandises — à son compte. Avec l'aide de Hassan Salah. Ils en ont tiré le plus grand profit. Jusqu'au moment où la CIA a eu vent de ce que fabriquait Duncan.

Le fait qu'il soit au courant n'avait rien de très étonnant. Dalmasso ne serait pas resté si longtemps un caïd s'il ne s'était pas tenu constamment informé des agissements de la concurrence.

— Quel était l'apport de Salah dans sa combine avec Duncan ? lui demandai-je.

— Il pouvait se servir d'une petite société allemande pour soustraire des armes au matériel envoyé aux bases militaires américaines. Tout ce que les gens de l'armée américaine, soudoyés par Salah, avaient à faire était de lui faire parvenir des armes par l'intermédiaire de cette société, puis de falsifier les registres.

— Vous faites allusion à l'entreprise d'import-export d'Emil Fassler.

— C'est ça. L'affaire de Fassler était proche de la banqueroute quand elle a été sauvée grâce à un prêt de Salah.

— Après quoi Fassler était aux ordres de Salah.

— Oui, c'est comme ça que ça se passe.

— Et la part de Duncan consistait à pouvoir expédier les marchandises à partir de Marseille.

— C'est toujours la partie la plus difficile de ce genre d'opération, dit Dalmasso. Il y a plusieurs moyens de se procurer la marchandise. On peut l'acheter, la voler, soudoyer ou faire chanter des gens pour qu'ils vous la procurent. Mais la transporter loin sans se faire remarquer — ça, c'est le gros problème.

— Comment s'y prenait Duncan ?

— Je l'ignore, fit Dalmasso presque tristement. J'ai tout fait pour le savoir mais je n'y suis pas arrivé. J'aimerais toujours le savoir. C'est peut-être un truc que je pourrais utiliser.

Il m'observa d'un autre regard pénétrant.

— Je paierais cher ce genre d'information, si jamais vous veniez à l'apprendre. Vous pouvez demander à Alfani. Il vous dira — quand il s'agit d'acheter quelque chose d'utile, je ne lésine pas.

— Je m'en souviendrai, lui dis-je avant d'ajouter, autant pour moi que pour lui : mais Duncan n'a quand même pas pu continuer à travailler avec Salah après avoir été viré par la CIA.

Dalmasso approuva d'un hochement de tête. La CIA avait certainement surveillé Johnny de trop près pendant au moins un an, pour qu'il puisse avoir continué son opération avec Salah. Pourtant j'étais certain qu'il avait encore quelque chose à voir avec lui — ou était *à nouveau* en relation avec Hassan Salah après une certaine interruption.

— En tout cas, me disait Dalmasso, avant qu'elle soit terminée, leur opération commune a bien profité à Salah : elle l'a vraiment lancé. Avant ça, il n'était qu'un petit concurrent sans envergure. Quelqu'un que je surveillais mais qui ne m'inquiétait pas vraiment. Vous savez sans doute que la presque totalité du trafic d'armes de Salah et Duncan était destiné à l'Iran.

— Oui.

— Cela a donné à Salah une introduction auprès des gens de Khomeini qui ont eu, eux, une occasion de le connaître et de décider qu'ils pouvaient travailler avec lui. Ce qui a permis aux agents de l'ami de Khomeini, le colonel Kadhafi, de décider qu'ils pouvaient, eux aussi, travailler avec lui. Et depuis, on voit un nouveau genre d'individus rappliquer ici pour soutenir l'organisation de Salah.

— Quel genre ?

Dalmasso m'observa en plissant les yeux et répondit :

— Je crois savoir que vous en avez vous-même rencontré un, la nuit, très récemment. Un qui a trouvé la mort dans votre chambre d'hôtel.

— Ahmed Kadir.

— De quoi s'agissait-il ?

— Je ne sais pas encore, dis-je d'un ton d'autant plus sincère que ce n'était pas tout à fait vrai.

— Eh bien, je peux vous dire une chose à propos de Kadir. Ce sont les gens comme lui qui font de Salah un concurrent de plus en plus dangereux pour moi. Des terroristes entraînés en Libye... et des fanatiques iraniens du Jihad islamique...

Je me demandai si le compagnon silencieux de Kadir, celui à qui j'avais cassé le bras, n'était pas un de ces derniers. Je me demandai aussi ce qui lui était arrivé — ainsi qu'à Johnny.

— Il serait peut-être utile pour mon enquête que j'en sache un peu plus sur Emil Fassler. Je sais que l'inspecteur Delanoé avait été chargé de se renseigner sur ses rapports avec Hassan Salah. Mais je suppose que vous, vous lui aviez donné autre chose à faire.

Comme si ça allait de soi Dalmasso répondit :

— Delanoé savait que j'aime me tenir au courant des faits et gestes de la concurrence, quelle que soit son importance — et Salah n'était pas bien important, à l'époque. Alors il m'a parlé de l'enquête dont il était chargé. C'était la première fois que j'entendais parler des rapports de Salah avec Fassler. J'ai passé quelques coups de téléphone et j'ai appris *pourquoi* ils étaient en rapport. (Il eut un petit geste désinvolte de sa main épaisse, aux doigts courts.) Un homme qui possède une entreprise comme celle de Fassler peut toujours être utile. J'ai chargé l'inspecteur Delanoé d'essayer de convaincre Fassler de laisser tomber Salah et travailler pour moi. De lui dire que je rembourserais sa dette envers Salah et que je lui offrais des conditions bien plus avantageuses — le topo habituel.

— Qu'est-ce que ça a donné ?

Dalmasso eut une petite moue.

— Delanoé m'a dit qu'il avait essayé mais que Fassler avait bien trop peur de Salah.

— Alors vous avez dit à Delanoé de retourner voir Fassler et de lui faire encore plus peur que ne le faisait Salah, dis-je en articulant avec peine car j'avais soudain la bouche douloureusement sèche.

Il n'en disconvint pas. Il se contenta de hausser les épaules en disant :

— Je ne sais même pas s'il a eu le temps de faire une autre tentative. Les prochaines nouvelles que j'ai eues de lui étaient qu'on l'avait tué.

— Qui l'a tué ? Vous avez une idée ?

— Sans doute une de ses maîtresses. Il en avait beaucoup trop. Il se lassait des vieilles et les laissait tomber pour de la chair fraîche. Un .32, c'est une arme de fille. L'une d'elles a dû piquer une crise de jalousie et devenir violente.

Il avait dit cela avec un dégoût évident. La violence personnelle le dérangeait manifestement. On ne pouvait la contrôler comme la violence en affaires.

— Et qui a tué Fassler, deux mois plus tard ? lui demandai-je en sentant la sécheresse s'étendre de ma bouche à mon gosier.

— Il me semble que les conclusions s'imposent — non ? Selon moi, c'est Hassan Salah. J'avais décidé qu'il me fallait Fassler. J'y tenais suffisamment pour m'en occuper moi-même, au lieu de charger des sous-fifres de l'en persuader. Je l'ai donc fait amener chez moi et je lui ai longuement parlé. Il a fini par accepter, après que je lui aie offert des conditions bien plus intéressantes que celles que lui offrait Salah et que je lui aie expliqué comment j'assurerais sa protection.

— Là, vous n'avez pas fait du bon travail.

Dalmasso soupira.

— Je n'ai pas eu le temps de m'en occuper. Fassler est mort trois heures après être sorti de chez moi. Salah avait dû le faire suivre. Ils l'ont interrogé — méchamment — puis ils l'ont tué.

Je songeai que ça pouvait tout aussi bien être Dalmasso qui avait fait tuer Fassler si celui-ci avait refusé son offre. Je commençais à ressentir l'aversion très particulière que m'inspiraient les gens tels que Maurice Dalmasso quand je les côtoyais trop longtemps. Je me dis qu'il était grand temps que je descende de cette limousine si je ne voulais pas risquer de faire ou de dire une bêtise dangereuse.

— Vous voulez bien m'arrêter ici ? demandai-je.

Il s'adressa à son chauffeur qui fit un appel de phares à l'intention de la voiture qui nous précédait. Le convoi s'arrêta au bord du trottoir, près de la gare du Prado.

— J'espère que notre conversation vous sera utile, me dit Dalmasso.

— Certainement, répondis-je en descendant.

— Et n'oubliez pas ce que je vous ai dit. Vous serez généreusement récompensé si jamais vous apprenez quelque chose d'intéressant pour moi.

— Certainement, répétai-je.

Les trois voitures s'éloignèrent. J'entrai dans le premier bistro venu, commandai un double cognac et le bus bien trop vite. Accoudé au comptoir, j'attendis que mon cœur batte à un rythme normal avant d'aller à la gare prendre un taxi qui me ramena à l'endroit où j'avais laissé ma Peugeot, non loin de la maison de Dalmasso.

Je me rendis ensuite aux bureaux de Malo Transport à Marseille. Un des coups de téléphone que j'avais passé en début de matinée m'avait appris que Jean-Noël Triolet devait y passer toute la journée.

34

L'immeuble se trouvait dans le vieux quartier financier de Marseille, entre l'Hôtel de Ville et la chambre de commerce, près du Vieux Port. C'était le siège social de Malo Transport avant que Karl Malo ne le transfère à Fos. Depuis lors, la présence de la société dans l'immeuble de huit étages s'était réduite à un local de trois pièces, au rez-de-chaussée et un pied-à-terre au deuxième.

En bas, à la réception, une jeune secrétaire m'informa que Triolet ne reviendrait au bureau qu'après la réunion à laquelle il devait assister à la Bourse. Comme il souffrait de maux de tête, il était monté à l'appartement de la société, dix minutes plus tôt, pour se reposer une demi-heure, avant la réunion. Elle me dit cela d'un ton malicieux, pas assez pour indiquer un manque de respect envers Triolet mais suffisamment pour montrer qu'elle n'était pas assez bête pour croire à tout ce qu'elle disait.

Je sortis et appelai l'appartement d'une cabine téléphonique. Je laissai sonner neuf fois avant de raccrocher. Je récupérai la pièce, la remis dans l'appareil et composai à nouveau le numéro. Cette fois, Triolet répondit à la cinquième sonnerie. Il semblait essoufflé et irrité.

— Oui, qui est-ce ?

Je me présentai et ajoutai :

— J'ai un rapport à faire sur les progrès de mon

enquête. Malo n'est pas rentré de Genève. En son absence, vous êtes sans doute le responsable.

— Pas en ce qui concerne l'affaire d'enlèvement sur laquelle vous enquêtez, dit-il avec impatience.

Son manque d'intérêt confirmait ce que je pensais. Triolet ne savait pas que l'enlèvement était feint. Je commençais à croire que personne ne le savait, en dehors de Duncan et Jacqueline Malo.

— C'est important, lui dis-je. Il faut absolument que j'en discute et ça ne peut pas attendre le retour de Malo. N'oubliez pas que je vous ai fait une fleur en ne disant à personne que vous aviez rendez-vous avec une petite amie aux Saintes-Maries-de-la-Mer. Alors vous pourriez me rendre ce service en échange.

La nuance de chantage était juste assez forte pour modérer l'irritation de Triolet.

— J'étais en train de faire un somme. Il vous faudra me laisser le temps de prendre une douche et de m'habiller. Attendez un quart d'heure avant de venir ici.

— Je suis à la gare Saint-Charles, lui dis-je. Il me faudra au moins ça pour arriver.

— Alors ne traînez pas. Je n'aurai pas beaucoup de temps à vous accorder. Vous avez l'adresse? (Je lui répondis que je l'avais.) C'est au deuxième étage. La porte où vous verrez les initiales M. T.

Je raccrochai, retournai rapidement dans l'immeuble sans passer par les bureaux de Malo Transport et montai au deuxième étage. Je repérai la porte avec les initiales M.T., entrai dans un placard à balais que je trouvai un peu plus loin, de l'autre côté du couloir et laissai la porte un tout petit peu ouverte afin de voir sans être vu.

Cinq minutes ne s'étaient pas écoulées que la porte M. T. s'ouvrit. La jeune femme qui apparut avait des cheveux blonds, frisottés et un genre de beauté assez dur. Elle portait un chemisier blanc et un jeans qui mettait en valeur ses formes appétissantes. Elle sortit en rangeant quelque chose dans un petit porte-monnaie qu'elle enfouit au fond de son sac en bandoulière. Puis elle se retourna et envoya un baiser d'adieu, reconnaissant à Triolet que je ne voyais pas.

Il lui ferma la porte au nez. Elle haussa les épaules et s'en alla en faisant claquer ses très hauts talons, en direction d'un escalier de service. J'attendis quinze secondes avant de la suivre sans bruit.

Elle sortit par la porte de service et s'approcha d'une Lancia blanche, toute neuve, garée sous un panneau de stationnement interdit. Il y avait une contravention sous l'essuie-glace gauche. Elle la prit et la jeta dans le caniveau au moment où je passais devant elle.

Je m'arrêtai, me retournai et lui adressai un sourire engageant. Elle me rendit mon sourire mais secoua la tête en disant :

— Désolée, mais j'ai un rendez-vous.

— Une autre fois, peut-être.

— Avec plaisir.

Elle me tendit une carte qui ne portait qu'un numéro de téléphone. Puis elle monta dans la Lancia et s'éloigna.

Il fallait bien reconnaître que Triolet était encore plus fort que ne l'avait été Karl Malo pour s'accorder un maximum de détente en interrompant au minimum ses obligations professionnelles. Claudette Triolet se trompait. Son mari n'avait pas des petites amies à Marseille. Il avait des call-girls. De luxe.

Quinze minutes pile après mon coup de fil à Triolet, je frappai à la porte de l'appartement M. T. Triolet me fit entrer, finit de nouer sa cravate, me désigna un fauteuil et disparut dans une chambre. Quand il revint, il avait enfilé un veston qu'il boutonna avant de s'asseoir, en face de moi, dans un fauteuil qui avait l'air plus confortable que le mien. Il consulta sa montre et me dit :

— Je ne peux vous accorder que dix minutes. Qu'avez-vous à me dire au sujet de votre enquête sur l'enlèvement ?

Je l'observai en clignant deux fois des paupières, puis répondis :

— A ce sujet-là, rien du tout. Mon enquête n'a pas progressé. En fait, je vais la laisser tomber.

Il hocha la tête d'un air avisé.

— Je vous l'avais dit. C'est un coup de professionnels. Trop professionnels pour être attrapés par un indépendant, si la police n'a pu le faire.

Il semblait parler sincèrement.

— Je crois que vous aviez raison, lui dis-je.

— Et c'est *ça* qui vous a paru si urgent qu'il vous a fallu interrompre mon somme ? me demanda-t-il sèchement.

Je pris la mine qu'il fallait pour lui montrer que son regard glacial me mettait mal à l'aise.

— Non, c'est une chose sur laquelle je suis tombé par hasard et qui concerne votre société.

Aussitôt, je le sentis sur le qui-vive et le vis tenter de masquer ce changement.

— M. Malo ne vous a pas engagé pour que vous vous amusiez à « tomber » sur autre chose que cette affaire d'enlèvement.

— Oh, je sais, répondis-je, mais je crois qu'il ne m'en voudra pas et sera très intéressé. Il devrait l'être. Il semble qu'une action criminelle soit en train d'être perpétrée. En fait, il y en a plusieurs mais elles ont un dénominateur commun. Vous vous souvenez de cet Américain dont je vous ai parlé — John Duncan ?

Il fit semblant de réfléchir.

— Celui que vous m'avez dit avoir vu aux arènes ? Oui, je m'en souviens.

— Et est-ce que, par hasard, vous connaîtriez un homme qui s'appelle Hassan Salah ?

Je le vis se crisper.

— Non, répondit-il, je ne crois pas.

Je lui adressai un sourire un peu nerveux et respectueux.

— Eh bien, je crois que ces hommes, Duncan et Salah, sont en train de manigancer quelque chose pour s'emparer de Malo Transport.

Je ne pensais pas vraiment qu'ils fussent associés dans cette affaire. Je ne savais pas encore quel était le rôle exact de Johnny, mais je pensais que Salah avait la puissance et les hommes nécessaires pour diriger l'opération. Je comptais bien avoir la réponse à cela peu de temps après avoir quitté Triolet. Pour le moment, je voulais voir sa réaction à ce que je disais — à tort ou à raison.

Ce n'était pas facile car son masque était maintenant bien ajusté.

— Mais qu'est-ce que vous racontez ? Malo Transport est une affaire de famille. Comment quelqu'un pourrait-il tenter de s'en emparer ?

— En commettant seulement trois meurtres, répondis-je, et en faisant chanter deux personnes.

J'entrepris de l'attaquer calmement, par rafales implacables :

— Le premier meurtre est déjà accompli. *L'accident* d'Hubert Loy. Ce qui laissait vacant son poste de directeur adjoint. Malo vous y a promu. Comme ils s'y attendaient... parce qu'un peu plus tôt vous aviez surpris tout le monde — vous-même compris — en devenant le gendre de Malo.

— Je crois que vous êtes malade, me dit Triolet d'une voix douce, comme s'il commençait à être inquiet.

Il n'avait pas besoin de faire semblant, mais la raison de son inquiétude n'était pas ma subite aliénation.

Au point où nous en étions, il aurait été naturel qu'il me mette à la porte. Il n'en fit rien. Il tenait trop à entendre ce que je savais.

— La deuxième victime d'un meurtre devrait être le fils de Malo, Alexandre. Cela éliminera le danger qu'il devienne un jour le patron de la société et qu'il se débarrasse de vous ou s'intéresse de trop près à ce que vous faites. Ils attendront un peu avant de tuer la troisième victime, pour que personne n'ait l'idée de relier sa mort à celle d'Alexandre. Un an, peut-être deux. Mais quand ils en viendront à ce meurtre, ce sera le plus facile. Malo a déjà fait un infarctus. Ils n'auront qu'à le tuer en s'arrangeant pour faire croire à une thrombose des artères coronaires. Ce qui laissera la société Malo Transport sous votre entière domination.

— Non seulement vous êtes fou, me dit-il d'un ton acerbe, mais vous ne connaissez même pas les données de base. Je n'hériterais que de cinq pour cent de Malo Transport. Ce qui serait loin de m'en assurer la domination.

Je hochai la tête.

— Si Alexandre et Karl Malo mouraient, votre femme et sa belle-mère se partageraient à égalité les autres quatre-vingt-quinze pour cent. En admettant que Claudette ne veuille pas que vous dirigiez la société — même si elle ne divorce pas —, son avis ne représentera que quarante-sept et demi pour cent des voix. Jacqueline Malo en aura autant. Ajoutez-y vos cinq pour cent et vous aurez cinquante-deux et demi pour cent, soit la majorité. Et, comme je le disais, vous dirigerez la société.

Triolet avait quelques talents de comédien. Son expression était une combinaison presque parfaite d'amusement et d'exaspération. Presque.

— Parce que vous supposez que Jacqueline Malo se rangerait de mon côté.

— Ils pensent qu'elle y sera obligée. Ils ont, sur elle, un moyen de pression qu'ils comptent utiliser pour l'obliger à faire ce qu'ils veulent.

— Et quel est ce moyen de pression ? demanda-t-il d'un ton qu'il voulait amusé.

Je sentis qu'il tenait absolument à connaître la réponse.

Il voulait savoir s'ils avaient vraiment prise sur elle mais il ne savait pas par quel moyen.

— Parlons plutôt du moyen de pression qu'ils ont sur *vous*. Elle n'est pas la seule victime d'un chantage. Vous l'êtes aussi. Ils vous tiennent. Vous pourriez finir par diriger Malo Transport — en principe — mais vous devez leur obéir. Ce qui veut dire qu'ils dirigeront la société à leur guise et que vous ne serez qu'un homme de paille.

Triolet se leva brusquement.

— J'ignore ce qui ne tourne pas rond dans votre tête, me dit-il, mais je sais que je veux que vous fichiez le camp. Immédiatement.

Il alla jusqu'à pointer le doigt vers la porte, ce qui était un peu excessif.

Je me renversai dans mon fauteuil inconfortable et lui dis :

— Vous pourriez appeler les flics. Et moi, je pourrais discuter de tout ça avec eux. (J'y allai de mon petit mensonge :) Si je ne l'ai pas encore fait, c'est parce que John Duncan a été mon ami, pendant longtemps. Je ne veux pas lui faire de tort. Mais s'il n'y a pas d'autre moyen pour mettre fin à tout ceci, je le ferai.

Le bras de Triolet retomba aussi lentement qu'un flocon de neige. Lui-même fixa sur moi un regard horrifié. Sa bouche sévère était ouverte comme s'il haletait intérieurement.

— Vous avez fait une bêtise en prétendant ne pas connaître Duncan, lui dis-je. Vous avez travaillé ensemble à l'époque où Malo Transport collaborait avec la CIA en transportant officieusement du matériel de guerre.

Il ne répondit rien à cette affirmation. Il continua un instant de me regarder fixement, puis il traversa la pièce et alla se tenir devant la fenêtre en me tournant le dos.

Je me levai, m'installai dans son fauteuil plus confortable et poursuivis :

— Et puis un jour, Paris a annulé l'accord entre Malo

Transport et la CIA. Tout s'est arrêté... pendant un moment. Jusqu'à ce que Duncan rencontre Hassan Salah. Celui-ci disposait d'une petite entreprise qui pouvait recevoir des armes soustraites aux envois faits aux bases américaines en Allemagne. Ils sont tombés d'accord sur le fait qu'il y avait un marché très lucratif pour ce genre de denrées avec des pays tels que l'Iran, à condition de pouvoir les acheminer là-bas à partir de l'Allemagne. Alors Duncan est venu vous parler en tête à tête. Il savait que vous aviez fini par abandonner tout espoir d'épouser la fille de Malo. Un peu trop tôt... mais ça, vous ne pouviez pas vous en douter. A ce moment-là, vous vous disiez que si vous ne deveniez pas le gendre de Malo, vous n'aviez aucune chance de vous élever au-dessus du rang de cadre supérieur, dans cette société. Vous deviez être en train d'envisager de la quitter pour une autre où il vous serait possible d'accéder à de plus hautes fonctions. Duncan le savait peut-être. Alors il vous a offert un moyen de partir avec un joli petit magot.

Je ne savais pas si cela s'était passé exactement comme ça, mais il fallait que mon récit soit assez proche de la vérité pour que Triolet continue de n'en mener pas large, comme je le voulais.

— Vous avez marché dans la combine, lui dis-je. Vous avez fait en sorte que des camions, puis des bateaux de Malo Transport acheminent clandestinement les armes d'Allemagne jusqu'en Iran. Vous avez partagé les bénéfices avec Duncan et Salah. Jusqu'à ce que la CIA apprenne que Duncan trempait dans une affaire de trafic d'armes avec l'Iran et le vire. Après ça, il ne pouvait plus participer car la CIA l'aurait constamment à l'œil, au moins pendant un an. Il a laissé tomber. Et comme il avait suffisamment peur pour laisser tomber, vous en avez fait autant. Un an après, vous avez quand même fini par devenir le gendre de Malo. Duncan ou Salah ou peut-être les deux sont venus vous trouver. Parce que vous étiez soudain mûr pour occuper une situation très importante. Et, du même coup, mûr pour qu'on vous fasse chanter. La police pouvait capter des rumeurs qui déclencheraient une enquête suffisamment approfondie pour prouver que vous aviez fait un usage illégal de la compagnie. Et surtout que vous aviez agi contre les intérêts de Malo Transport. Mais si vous marchiez, cela ne se produirait pas. Par contre, vous pourriez atteindre des sommets que même votre mariage avec Claudette ne pouvait vous faire entrevoir. Vous pouviez devenir le *chef* de la société. Cela faisait un amalgame auquel vous ne pouviez pas résister : la peur, la puissance et l'argent. Vous avez accepté.

Triolet se détourna brusquement de la fenêtre.

— Tout ce que vous avez dit est entièrement faux ! fit-il d'un ton criard. (Il était proche de l'hystérie, ce qui était le but que je recherchais.) Je ne sais pas d'où vous sortez ces idées ridicules, mais...

Je l'interrompis froidement en me mettant debout :

— Je vais vous donner un conseil. Dépêchez-vous de démissionner. Allez vous refaire une carrière quelque part loin d'ici. En Amérique du Sud ou en Asie, par exemple. Je considérerai peut-être que vous êtes suffisamment puni ainsi. Et Malo Transport n'a vraiment pas besoin de ce genre de scandale.

Je me dirigeai vers la porte, m'arrêtai et me retournai vers Triolet.

— Mais si vous restez, vous serez complètement anéanti par ce qui va se produire. Vous n'apprécierez pas l'intérieur d'une prison française. Pas plus que vos perspectives quand vous finirez par en sortir. Dites à Johnny Duncan que cela s'applique aussi à lui... à moins qu'il ne se dépêche de venir me voir pour que nous discutions sérieusement.

Je m'en allai en claquant délibérément la porte, espérant que ce claquement lui ferait l'effet d'un avertissement du destin.

Dans le couloir, j'aspirai lentement et profondément plusieurs fois pour me détendre. Puis je sortis en vitesse pour voir si ce que j'avais en fait tenté d'accomplir avec Triolet allait marcher.

35

Je retournai à ma Peugeot que j'avais laissée dans un parking à cent mètres de là. Je m'y assis et attendis.

Quatorze minutes plus tard, Henri Varin s'installa à côté de moi, sur le siège avant. Il portait un magnétophone et une petite mallette en plastique, pleine de cassettes.

— Ça y est, me dit-il.

Henri était ingénieur électronicien et, depuis dix-huit ans, il travaillait pour l'Administration des téléphones. Une famille nombreuse et une maîtresse unique l'obligeaient à arrondir ses revenus en travaillant aussi au noir.

Il posa la mallette sur le sol de la voiture en disant :

— Ça, c'est les écoutes sur les téléphones du bureau. Mais il a passé le coup de fil de son appartement. (Varin me tendit le magnétophone dans lequel se trouvait déjà une cassette.) Tenez, vous l'avez là.

— Un seul coup de fil ?

— Un seul. Puis je l'ai vu quitter l'immeuble. Il n'avait pas l'air très en forme.

— Vous avez le numéro qu'il a composé ?

Varin me lança un coup d'œil réprobateur.

— Evidemment, dit-il. Ainsi que l'adresse auquel il correspond.

Il me tendit un bout de papier sur lequel je lus l'adresse et le nom de la société qui allaient avec le numéro de téléphone : Duvier, Ferraille et Matériel Récupérables.

C'était une des entreprises semi-légitimes appartenant à Hassan Salah.

Je respirai un peu mieux. Un tout petit peu mieux. Mon but avait été de faire suffisamment peur à Triolet pour m'assurer qu'il se déchargerait de ses craintes sur celui qui dirigeait toute l'opération. Il avait crié au secours à Salah.

Cela confirmait ce que je soupçonnais mais dont je voulais être absolument sûr. C'était bien Salah et non Duncan qui était aux commandes. Je ne savais pas si cela m'aiderait. C'était possible.

Je pressai la commande de lecture et écoutai. J'entendis d'abord ma propre voix disant à Triolet qu'il fallait que je le voie. Il y eut ensuite de petits crachotements, puis quelqu'un composa un numéro, un déclic indiqua qu'on décrochait à l'autre bout et une voix d'homme demanda : « Qui est à l'appareil ? »

La voix de Triolet, qui contenait mal son hystérie, répondit : « Il faut que je parle à Hassan. C'est urgent. Dites-lui que c'est Jean-Noël. »

« Il est occupé. Si vous avez un message, je le lui transmettrai. Et si vous voulez bien me dire votre nom en entier... »

« Dites-lui simplement Jean-Noël. Il comprendra. Dites-lui que nous avons des ennuis. De *gros* ennuis. »

« Ne quittez pas. »

Silence pendant une ou deux minutes. Puis j'entendis une autre voix d'homme — profonde, tranquille, rassurante : « Que se passe-t-il, Triolet ? »

« Toute l'affaire est sur le point de nous *éclater* à la figure, Hassan ! Le détective — Sawyer — est venu me voir. Il vient de partir. Il sait *tout,* Hassan ! Tout ce que nous faisons ! Il dit que la seule raison pour laquelle il n'a pas encore tout révélé à la police est son amitié pour John Duncan. Mon Dieu... j'espère qu'il est encore en vie. »

« Il l'est », lui dit Hassan, d'une voix toujours calme. « Je le tiens en sécurité. »

« Il pourrait peut-être encore nous servir... pour empêcher Sawyer de... »

« C'est pour ça que j'ai mis Duncan en sécurité », coupa sèchement Hassan. « A titre d'assurance. Au cas où... Maintenant, vous allez vous calmer et me dire exactement ce que sait Sawyer. »

Triolet : « Je vous l'ai dit, il sait tout. Presque chaque détail. Comment l'affaire a commencé, à l'époque où je vous aidais, vous et Duncan, et la suite, jusqu'au but que nous nous sommes fixé et ce que nous comptons faire pour l'atteindre. Tout, absolument tout. Il faut que nous laissions tomber, Hassan ! Avant que... »

« Taisez-vous, Triolet ! Taisez-vous, calmez-vous, occupez-vous de vos affaires et ne pensez plus à tout ça. »

« Que je n'y pense *plus ?* »

« Je veux dire : ne vous en faites pas. C'est moi qui réglerai ce problème. »

« Comment ? »

« Faites-moi confiance. Vous n'avez pas besoin de savoir ça. Vous avez du travail à faire, alors faites-le. Aucune raison de s'affoler. Quand le problème sera réglé, je vous le ferai savoir. »

Il y eut un déclic. La communication était terminée.

J'arrêtai l'appareil et le rendis, avec le bout de papier, à Henri Varin en lui disant :

— Je voudrais que vous mettiez tout de suite *ce* numéro sur écoute, Henri. Mais pas de près. Ces gens sont trop dangereux. Combien de temps vous faut-il pour organiser ça à partir d'un central ?

— Accordez-moi une heure.

— D'accord. Je vous appellerai chez vous dans deux heures pour voir si vous avez déjà quelque chose.

Varin descendit de voiture, puis se retournant vers moi, me dit :

— A propos, mon ami a toujours une écoute sur le numéro de la petite amie de votre Johnny Duncan, à

Aigues-Mortes. Mais elle n'a toujours pas reçu de coup de téléphone de sa part — ou le concernant.

— Dites à votre ami de continuer.

— Vous savez, tout ça va vous coûter une fortune.

— Pas à moi, à mon client.

— En argent liquide...

— Bien sûr.

Il s'en alla mettre sur écoute le téléphone de l'entreprise de récupération de Salah. Je passai un coup de fil avant d'aller déjeuner dans une brasserie du Quai du Port. Tout en mangeant, je réfléchis à la conversation téléphonique entre Triolet et Salah.

Elle signifiait que Duncan avait été relégué au rang de simple employé dans la machination visant à s'emparer de Malo Transport. Ce qui renforçait ma quasi certitude que Johnny avait monté le coup de l'enlèvement tout seul, à l'insu des autres. Si Hassan Salah n'était pas au courant, ce n'était pas ce qui avait altéré leurs relations au point que Johnny était devenu sacrifiable.

C'était donc *moi* qui en étais sans doute la raison — moi et ce que Duncan avait fait quand les tueurs de Hassan Salah était venus me chercher dans ma chambre d'hôtel.

Cela me créait donc des obligations dont je ne voulais pas mais auxquelles je ne pouvais me soustraire.

L'homme à qui j'avais téléphoné avant de venir déjeuner entra dans la brasserie. Je regardai ma montre pendant qu'il buvait un pastis au comptoir. Puis nous sortîmes ensemble et j'allai rendre visite à Hassan Salah.

36

La société Duvier se trouvait au nord-ouest de la ville et, plus précisément, sur la rive est de l'Etang de Berre. La ferraille était surtout composée de centaines de voitures endommagées et de morceaux de vieilles locomotives ou de fourgons. Le bruit des machines qui déchiraient et broyaient ces épaves pour les transformer en blocs compacts était tel qu'il fallait crier pour se faire entendre.

Le bureau de la direction était situé en haut d'un hangar de deux étages, proche de la bande transporteuse qui amenait les blocs aux péniches amarrées au quai. Dans le bureau, deux hommes parcouraient un registre. Les stores étaient baissés pour lutter contre la chaleur écrasante du soleil de l'après-midi, mais il y avait assez de lumière pour qu'ils n'aient pas besoin d'éclairage électrique.

Un des deux hommes correspondait à la description qu'on m'avait faite de Hassan Salah : un type d'environ trente-cinq ans, aux cheveux blond-roux, aux pommettes saillantes, aux yeux gris clair, enfoncés, au regard dépourvu de toute trace d'humanité.

Salah était bâti comme les blocs qui passaient sur la bande transporteuse. Pas de chair superflue. Une concentration compacte d'os et de muscles. Son cou était aussi large que la tête qu'il reliait à son torse épais. Cette solidité ne donnait pas une impression de lourdeur. Même en le voyant assis, parfaitement immobile, à un bureau, on avait le sentiment qu'il y avait en lui un ressort bien tendu.

Quand j'ouvris la porte et entrai, il me regarda sans changer d'expression. C'est-à-dire sans aucune expression. Ses mains glissèrent du registre et disparurent derrière le bureau.

— Sortez, Duvier, dit-il à l'autre.

L'histoire qui courait dans le milieu était que Duvier avait refusé de vendre son entreprise à Salah mais avait révisé sa position au cours des six semaines qu'il avait passées à l'hôpital où il faisait réduire ses multiples fractures. Il avait ensuite refusé de revenir diriger son ancienne compagnie — mais il était là.

Il avait un air de chien battu, un regard sans expression et un visage qui semblait sortir d'un des broyeurs que j'avais vus dehors. Il se leva sans me regarder, sortit en boitant et referma doucement la porte.

— C'est vous, Sawyer.

— Ma renommée ne cesse de s'étendre, lui dis-je.

— On m'a fait votre description. (Le ton de Salah n'exprimait ni la colère, ni la menace. Il n'exprimait rigoureusement rien.) Comment êtes-vous arrivé jusqu'ici ?

— Les individus qui montent la garde dehors n'ont pas essayé de m'arrêter. Celui qui était en haut de l'escalier a cru pouvoir le faire mais il s'est endormi, répondis-je.

— Moi, je ne m'endormirai pas, me dit Salah.

Ses mains réapparurent, tenant un Beretta qu'elles posèrent sur le bureau, pointé sur mon ventre. C'était un autre détail que m'avaient appris mes relations dans le milieu : Salah n'était pas comme ses aînés parmi les chefs de gang de la génération de Dalmasso, il voulait bien faire son sale boulot lui-même.

De là où je me trouvais, la bouche noire du Beretta avait l'air très petite. C'est l'impression que donne un crochet de vipère.

— Si vous regardez par la fenêtre, dis-je à Salah, vous verrez pourquoi vos chiens de garde se sont montrés si accueillants.

Salah se leva et fit deux pas de côté pour s'approcher de la fenêtre. D'une main, il écarta deux lames du store. Le revolver qu'il tenait, de l'autre, resta braqué sur mon ventre tandis qu'il jetait un coup d'œil par l'ouverture.

La voiture qui m'avait amené était toujours garée dehors. Assis au volant, Lionel Clerc fumait un mince cigare noir. Le fils du vieil ami de Fritz Donhoff n'était pas de service, mais cela ne diminuait en rien l'impact de certains atouts. Clerc portait son uniforme de gendarme et attendait dans une Renault bleue de la police, avec, à portée de la main, un radio-téléphone qui, en cas d'ennuis, amènerait très vite beaucoup d'autres flics sur les lieux.

Salah baissa le Beretta, retourna s'asseoir derrière son bureau et rangea le revolver dans un tiroir.

— Asseyez-vous, me dit-il. Autant être à l'aise pendant que nous discutons de tout ça.

Je secouai la tête et restai debout.

— Je n'ai pas grand-chose à discuter... pour le moment. Je veux simplement m'assurer que vous comprenez bien ce que je vais vous dire. Je connais, dans tous ses détails, votre plan pour prendre le contrôle de Malo Transport. Ce que vous avez déjà fait et ce que vous comptez faire. Si je me suis tu, c'est parce que je sais que John Duncan y est impliqué et je ne veux pas qu'il aille en prison, par ma faute. Nous nous connaissons depuis longtemps et je lui dois bien ça.

Ma voix devint dure et glaciale quand je conclus :

— Mais si Johnny est mort, ce que je lui dois, c'est la vengeance.

— Il n'est pas mort, me dit Salah.

— La dernière fois que je l'ai vu, un de vos employés lui avait logé une balle dans le ventre.

— Un accident, me dit Salah. Une erreur. Mais il est bien soigné. Par mon propre médecin. Il se rétablira.

— Je veux pouvoir m'en assurer, lui dis-je sèchement. M'assurer que Johnny est bien vivant et qu'il va le rester. Si ces deux conditions sont satisfaites, nous pourrons, vous et moi, discuter plus longuement.

— De la somme que vous voulez pour continuer à vous taire.

J'eus l'air ravi de constater qu'il m'avait immédiatement compris.

— Mais si Johnny ne va pas bien, ou s'il doit cesser d'aller bien parce que vous lui en voulez, cette discussion n'aura pas lieu. Je raconterai tout ce que je sais à la police.

— Si vous voulez, me dit Salah, je peux vous emmener auprès de lui. (Il eut un geste en direction de la fenêtre.) Mais sans les flics. Vous pourrez constater par vous-même qu'il n'est pas en danger.

— J'ai une meilleure idée. (Je sortis de ma poche un bout de papier que je posai sur le bureau.) Il vaut mieux que Johnny appelle ce numéro, ce soir, à huit heures. C'est celui de sa petite amie.

Salah ne regarda pas le papier.

— Je connais le numéro. Vous serez chez elle pour attendre le coup de fil ?

— Pas forcément, répondis-je. Alors ne vous fatiguez pas à me tendre un piège là-bas. Je me contenterai peut-être de lui téléphoner pour savoir si Johnny l'a appelée et s'il semblait bien se porter. Après quoi je vous contacterai et je vous parlerai — sans doute de le transférer de l'endroit où vous le gardez, à un endroit où il sera en sécurité.

Salah m'adressa un petit sourire. Ce n'était pas une façon d'exprimer un sentiment. Simplement une mimique artificielle destinée à m'assurer de sa compréhension et son approbation.

— Vous êtes un homme prudent, me dit-il. Et malin. Je

pense que nous pouvons parvenir à nous entendre. Peut-être mieux que vous ne l'envisagiez.

— A condition que Johnny passe ce coup de fil. Ce soir, à huit heures précises.

Je tournai les talons et sortis.

Une heure plus tard, je me trouvais en compagnie d'Henri Varin et j'écoutais l'enregistrement d'un coup de téléphone passé par Salah aussitôt après mon départ.

Le correspondant de Salah demanda :

« Qui est à l'appareil ? »

« Hassan. Dans quel état est Duncan ? »

« Je *crois* qu'il va s'en tirer. Mais il ne se sent pas bien et il n'a pas bonne mine. Il faut que je lui donne beaucoup de sédatifs. »

« Il peut parler ? »

« Oui, quand il est conscient. La plupart du temps il est abruti par les médicaments. Il vaudrait mieux que ce médecin revienne voir comment il va. »

« Je verrai ça ce soir, quand je viendrai. Ne lui donne plus de sédatifs à partir de six heures. Je veux qu'il soit capable de parler au téléphone. »

« D'accord. »

« Et assure-toi qu'il y a toujours deux hommes, dehors, pour surveiller la route. On ne sait jamais... »

« On fait tout ce que vous nous avez dit de faire. »

« Je serai là vers sept heures », dit Salah avant de raccrocher.

Varin arracha une page à son carnet et me la tendit.

— Tenez.

Sur la petite feuille, il avait écrit l'endroit où se trouvait le numéro de téléphone que Salah avait appelé.

37

Le bateau de pêche à fond plat avançait en haletant au sud de l'étang de Vaccarès et se faufilait entre les marais de la Camargue en direction du Vieux Rhône. Cet ancien affluent du Rhône, coupé de sa source depuis bien longtemps par les limons sableux repoussés par les courants marins, forme maintenant un méandre abandonné et partiellement stagnant, à l'intérieur du delta. Mon objectif se trouvait du côté de son extrémité ouverte.

Je restai assis à l'avant jusqu'à ce que nous ayons dépassé le Canal du Japon. L'objectif n'étant plus très loin, je m'allongeai ensuite au fond du bateau, au cas où un des ennemis serait assez près pour voir l'embarcation. Je levai la tête au-dessus du bordage du côté bâbord pour me repérer. A cinq heures et demie de l'après-midi, j'avais pourtant aussi peu de chances d'apercevoir l'ennemi à une telle distance qu'il n'en avait de me voir.

Le mistral soufflait, mais il n'était pas encore assez fort pour chasser la brume épaisse qui s'élevait des eaux marécageuses et tièdes.

Cela m'aiderait à reconnaître le terrain sans me faire remarquer mais j'aurais plus de mal à repérer la position des gardes, autour du bâtiment. Un de mes gros problèmes était que j'ignorais leur nombre. D'après l'enregistrement de la conversation téléphonique de Salah, il y en avait au moins trois. Ce qui ne voulait pas dire qu'ils n'étaient pas plus nombreux.

Le teuf-teuf du moteur hors-bord devait porter beaucoup plus loin que la vue. S'il effraya un échassier perché sur un tamaris rabougri, ce n'était pas un bruit qui risquait d'alerter l'ennemi car des pêcheurs rôdaient en permanence dans l'étang, pour attraper des carpes et des perches, ou le traversaient en direction de la mer s'ils voulaient des bars et des maquereaux.

Le vieil homme desséché qui était à la barre avait longtemps été un de ces pêcheurs. Il s'appelait Augustin Rouix. Depuis quelques années, il vivotait de la retraite des vieux travailleurs qu'il voulait bien améliorer par des petits revenus en liquide, non déclarés.

Il dirigea le bateau entre la rive marécageuse à bâbord et un îlot recouvert de broussailles. Il y avait, un peu plus loin, un autre îlot de la taille d'une maisonnette. Augustin Rouix orienta le bateau à tribord pour que ce deuxième îlot soit entre nous et la rive, quand nous l'atteindrions. Il me toucha la jambe, du talon de sa botte en caoutchouc jaune.

Je ramassai mon sac noir, imperméable et me l'accrochai autour du cou. Il renfermait quelques objets que j'avais achetés à une de mes relations du milieu, ainsi que mon revolver H et K dans son étui. Je fis passer la lanière d'un de mes autres récents achats que je portais en bandoulière, de l'épaule gauche à l'épaule droite. Il s'agissait d'un bidon d'eau potable. L'air de la basse Camargue est presque aussi chargé de sel que ne le sont ses eaux peu profondes. La déshydratation vous mine l'énergie. J'allais avoir besoin de toutes mes forces au cours de l'heure suivante.

En dehors du bidon et du sac, je ne portais qu'un short en coton. J'attendis que nous soyons cachés de la rive par les broussailles de l'îlot. Alors, je descendis du bateau et marchai jusqu'à l'îlot dans l'eau qui m'arrivait à mi-mollets. Mes pieds nus s'enfonçaient dans la vase qui avait la douceur de la soie.

Le teuf-teuf du bateau s'éloigna. S'il y avait un guetteur sur la rive, ses yeux suivraient automatiquement le bateau sur lequel rien ne lui paraîtrait avoir changé et dont la direction lui ferait penser qu'il allait vers la mer.

J'avais demandé à Augustin Rouix de décrire un cercle pour revenir, dans quarante-cinq minutes, à l'endroit où il m'avait déposé. Si je n'étais pas là, à l'attendre, il devait décrire un autre vaste cercle et revenir une demi-heure plus tard. Si je n'étais toujours pas là, il devait se rendre au port de pêche le plus proche et passer un coup de téléphone anonyme aux flics.

Cependant, j'espérais pouvoir tenir, encore quelque temps, la police en dehors de l'affaire. Dès qu'elle s'attaquerait au gang de Salah, elle risquait de découvrir des choses compromettantes pour Johnny à qui je voulais donner une chance de disparaître avant ça.

Ce n'était pas ma seule raison de vouloir que Johnny s'en tire. Il y aurait ainsi moins de risques qu'on apprenne la vérité sur le prétendu enlèvement de Jacqueline Malo.

D'épais lits de joncs entouraient l'îlot. Les joncs étant plus hauts que moi, je n'eus pas besoin de m'accroupir beaucoup pour rester caché tandis que je contournais l'îlot.

Je m'arrêtai quand j'arrivai à un chenal qui me permit de voir, à une trentaine de mètres, le littoral au niveau de la zone où Johnny était séquestré. En fait de littoral, c'était plutôt une suite de marécages tapissés de salicornes et entrecoupés de bandes sablonneuses et d'autres lits aqueux de joncs. La brume cachait la terre plus élevée qui se trouvait derrière. Elle cachait aussi le côté terre d'un appontement délabré dont l'autre extrémité apparaissait entre des joncs.

Un guetteur pouvait se trouver à l'extrémité invisible et regarder dans ma direction. Ce n'était guère probable mais c'était possible. J'imposais déjà à mes nerfs plus que leur content de risques. Alors, plutôt que de traverser le chenal à pied, je préférai nager sous l'eau.

Le sac que j'avais accroché à mon cou rendait mes mouvements difficiles, mais son poids m'empêcha de refaire surface avant que je sois coincé par un enchevêtrement de racines de joncs. Jetant un coup d'œil entre leurs tiges qui me cachaient de tous côtés, je vis que l'appontement se trouvait à quelques mètres à ma gauche.

Je ne vis pas de guetteur, pas plus sur l'appontement que dans les parages immédiats. Il y en avait sans doute un peu plus loin mais je ne pouvais les voir car la visibilité était trop limitée. De toute façon, il valait mieux être prudent. J'écartai mes pieds, les plantai dans la vase et me redressai. J'avais de l'eau jusqu'à la taille. Je débouchai le bidon que je portais en bandoulière, versai deux fois de l'eau potable dans ma paume pour laver mes yeux, mes narines et mes lèvres pleins de sel, puis j'en bus une longue gorgée pour me rincer le gosier.

Je rebouchai le bidon, ouvris le sac imperméable et en sortis mon H et K. Tenant en main le poids réconfortant de mon arme, je me dirigeai vers la terre.

Le vent soufflait plus fort. Je voulais trouver Johnny avant que les brumes qui me dissimulaient soient dissipées.

Penché en avant, je m'avançai dans un marécage spongieux entre deux bandes sablonneuses, en m'arrêtant tous les deux mètres pour scruter le terrain devant moi et de chaque côté. Je traversai un canal d'écoulement envahi par les herbes. De l'autre côté, le terrain s'élevait un peu, puis restait au même niveau.

En Camargue, un mètre au-dessus du niveau de la mer fait figure de colline. Celle-ci avait été formée par une série de dunes qui avaient fusionné au cours des siècles et dont une extrémité s'était rattachée à la terre. Il en résultait une péninsule étroite qui s'avançait dans les marais et qui était recouverte d'une bonne couche de terre où poussaient des fourrés de genévriers et de tamaris et des petits pins parasol. Me déplaçant dans la brume agitée par le vent, j'avançai vers le nord, à l'abri d'un fourré.

Six minutes plus tard, j'étais accroupi sous un petit pin parasol dont les basses branches touchaient presque le sol. Entre les tiges d'une touffe d'herbes, j'apercevais l'habitation où se trouvait le téléphone que Salah avait appelé.

C'était une cabane au toit de chaume et aux murs blanchis à la chaux. C'était le genre de logis, ne comportant qu'une seule grande pièce, que l'on construisait pour les gardians de Camargue. Il y avait presque quatre ans que Salah avait acheté la petite péninsule sur laquelle il se trouvait.

Son isolement en faisait un excellent repaire pour une petite entreprise de contrebande, utilisant des bateaux de pêche pour faire la liaison entre la terre et les navires ancrés non loin des côtes, auxquels ils apportaient ou dont ils rapportaient les marchandises. Quand il l'avait achetée, Salah n'était pas encore important. Le fil téléphonique tendu entre de minces poteaux, tout au long du chemin qui venait de la terre ferme, était une preuve qu'il l'était devenu.

L'extrémité nord de la cabane était arrondie pour mieux résister au mistral. Pour plus de précautions, cette habitation, comme tous les bâtiments raisonnables de la région, n'avait ni porte ni fenêtre au nord et à l'est. C'est pourquoi je m'étais approché de cette direction.

A une quinzaine de mètres de la cabane, il y avait une construction plus récente : un large hangar au toit métallique en pointe. Les côtés que je voyais n'avaient pas d'ouverture. Il n'y avait personne à l'extérieur de l'un ou l'autre bâtiment. Je scrutai les zones boisées qui les entouraient et celles qui encadraient le chemin de terre, mais je ne vis et n'entendis personne.

La salinité du vent commençait à me dessécher la bouche et la gorge. Je débouchai mon bidon et bus une goulée d'eau, puis je me remis à observer les environs.

Un homme râblé, en tee-shirt et bleu de travail, apparut au coin sud du hangar et se dirigea vers la cabane. Il portait un pistolet-mitrailleur MAC-10 en bandoulière et un revolver dans un étui fixé à sa ceinture. J'attendis qu'il eût disparu à l'intérieur de la cabane. Puis je reculai dans le fourré en direction du sud.

Quand je fus arrivé assez loin, je m'approchai du bord du fourré et me glissai sous des buissons dont l'ombre me dissimulait. De ce point stratégique, je voyais le côté sud du hangar et de la cabane. De ce côté-là, le hangar était grand ouvert. Un homme grand et maigre était assis à l'ombre, juste à l'intérieur, sur un banc de bois placé de façon à ce qu'il ait une vue parfaite du chemin qui venait de l'intérieur des terres. Il portait un revolver dans un étui accroché à son épaule et un fusil posé sur ses cuisses.

Une Renault quatre portes était garée derrière lui, dans le hangar. Je ne voyais pas s'il y avait d'autres hommes plus au fond, car, derrière la voiture, le hangar était plongé dans l'ombre.

La porte de la cabane était également ouverte, mais je ne voyais pas l'intérieur. Je regardai encore les bois, de part et d'autre de la route, mais rien n'indiquait qu'il y eût des hommes de ce côté-là. Je reportai mon attention sur la cabane.

Le gars râblé qui avait une MAC-10 sortit en portant deux grandes tasses de café. Laissant la porte ouverte, il retourna vers l'avant du hangar et s'assit sur le banc à côté du maigre à qui il donna une des tasses. Les deux hommes burent leur café en silence en surveillant le chemin d'un air imperturbable. Un des talents que les voyous ont en commun avec les flics, est la capacité de rester assis et d'attendre perpétuellement, quand il le faut, sans s'énerver, sans même savoir ce qu'ils attendent.

Rien que deux cafés et une seule voiture. Je commençais à penser qu'il n'y avait personne dans les parages, en dehors des deux gars du hangar et de celui, ou ceux, qui étaient dans la cabane. C'était déjà beaucoup pour moi tout seul, mais il y avait une chose qui jouait en ma faveur : le côté aveugle du hangar donnait sur la cabane.

Je reculai dans le fourré et retournai à mon premier poste d'observation au nord-est de la cabane. Là, je glissai mon revolver sous la ceinture de mon short et bus deux autres gorgées d'eau. Je cachai le bidon derrière un buisson, puis je me débarrassai du sac et le vidai.

La première chose que je sortis était une matraque lestée que je glissai dans la poche arrière de mon short. Les deux objets suivants étaient des grenades à main. Le dernier était un fusil à pompe, à canon scié, muni d'une crosse de revolver et d'une réserve de quatre cartouches. J'aplatis le sac, le posai à côté du bidon et plaçai dessus les deux grenades. Je laissai le tout derrière le buisson. Je gardai le fusil.

Je ne pouvais prévoir de quel côté je m'en irais quand je prendrais la fuite. Je voulais pouvoir disposer de quelque chose d'utile, dans au moins deux directions.

Je sortis le revolver de ma ceinture, pris le fusil de l'autre main et partis à travers le fourré, parallèlement au côté nord de la cabane — ce qui me permettait aussi de ne pas être vu du hangar. Quand j'arrivai à l'ouest de la cabane, je parcourus les dix derniers mètres à quatre pattes, en restant à l'abri des broussailles. Je m'arrêtai à l'orée du fourré et regardai.

En Camargue, la plupart des cabanes ont une petite fenêtre à l'ouest. Je fus soulagé de voir que celle-ci en avait une, assez bas dans le mur. Elle était ouverte et en partie cachée par une haie mal tenue de buissons plantés tout près du mur, comme protection supplémentaire. Je ne voyais pas le rebord, mais il devait être à hauteur de ma taille.

Je cachai le fusil dans l'écran de broussailles et attendis. Le mistral déchirait la brume. Elle ne formait plus un rideau mais des nappes rapidement poussées par le vent. Quand une des nappes arriva dans l'espace découvert qui me séparait de la fenêtre, je m'y précipitai et, plié en deux, courus jusqu'à la haie sous laquelle je me glissai.

Je restai là dix secondes, sans bouger, tenant le revolver de mes deux mains et tendant l'oreille. Aucun bruit n'indiquait que quelqu'un m'avait entendu courir.

Je me faufilai sous la haie pour m'approcher du mur. Puis lentement, prudemment, je me relevai juste ce qu'il fallait pour voir par-dessus le rebord de la fenêtre.

38

Il n'y avait qu'un garde à l'intérieur de la cabane : un individu trapu, qui avait une grande balafre sur le côté de son visage que je voyais. La balafre renforçait le caractère brutal de ce visage qui l'était déjà assez tout seul. Le revolver qu'il portait dans un étui sur la hanche semblait être un Colt .357 Python.

Il se trouvait à l'extrémité de la grande pièce qui servait de cuisine rudimentaire et qui était proche de la cheminée. Il était occupé à verser du café dans une tasse. Il se retourna, tasse en main, passa à côté d'une table rustique, flanquée de bancs, et s'approcha d'un des quatre lits de camp placés côte à côte, à gauche de la fenêtre basse.

Johnny Duncan était allongé, vêtu de son seul caleçon, sur le lit le plus proche de la fenêtre. Il semblait dormir. L'épais bandage qu'il avait sur le ventre était en partie noirci par du sang séché. Le garde trapu se détourna de la fenêtre et se pencha pour tapoter, de sa main libre, l'épaule de Johnny.

— Tiens, voilà un bon café bien fort.

Johnny tourna lentement la tête et leva péniblement les yeux pour le regarder sans autre expression que l'épuisement total. Je me relevai un peu plus pour mieux le voir. Il avait l'air pratiquement moribond. Sa respiration était lente, faible et laborieuse. Sa peau était d'une pâleur de cire et aussi desséchée qu'un vieux parchemin. Ses lèvres fendillées étaient exsangues et ses yeux, qui s'étaient enfoncés dans leur orbite, étaient soulignés de profonds cernes gris. Il referma les yeux et tourna la tête sans répondre.

Le garde le tapota à nouveau, plus fort.

— Allez ! Il est temps que tu te réveilles.

Je glissai le revolver dans ma ceinture, sortis la matraque de ma poche arrière et escaladai la fenêtre. Le garde trapu, entendant mes pieds nus atterrir sur le sol de la cabane, commença de se retourner. Il n'avait pas décrit un quart de tour que j'abattais, de toutes mes forces, la matraque sur son crâne, juste au-dessus de son oreille. Il s'écroula lourdement et ne fit plus le moindre mouvement. La tasse en plastique tomba de sa main inerte et répandit son contenu sous le lit de camp. Je me baissai et lui donnai un autre coup de matraque. Je ne savais pas s'il était mort. A ce moment-là, je m'en fichais éperdument. C'était tout simplement un ennemi dont je n'avais plus à me préoccuper.

Johnny avait brusquement ouvert les yeux et me regardait fixement. Il essaya de lever la tête, mais sa tête retomba sur le matelas. Je glissai à nouveau la matraque dans ma poche, sortis le revolver de ma ceinture et m'approchai de la porte ouverte. Il n'y avait personne dehors ; je ne vis que l'arrière du hangar.

— Combien sont-ils, en plus de celui-là ? demandai-je doucement.

Il fallut un moment à Johnny pour retrouver sa voix qui n'était plus qu'un faible murmure brouillé :

— Deux autres.

J'en fus quelque peu soulagé, mais pas assez pour cesser de regarder par la porte de la cabane.

— Lève-toi, Johnny, grognai-je. On n'a pas beaucoup de temps. Salah devrait arriver dans moins de trois quarts d'heure. Probablement accompagné d'autres hommes de main.

Johnny émit un petit croassement qui se voulait un rire.

— Tu plaisantes... je ne peux même pas me lever et encore moins marcher.

Je lui lançai un coup d'œil. Il n'avait pas bougé.

— Tu as toujours la balle dans le ventre ?

— On l'a extraite... mais depuis, je n'arrête pas de saigner. Il ne doit plus me rester que deux dés à coudre de sang dans le corps.

Cela expliquait pourquoi il avait l'air si mal en point. Une rapide transfusion de sang l'aurait sans doute tiré d'affaire, mais Salah ne s'intéressait pas à l'avenir de Johnny. Il lui suffisait que celui-ci survive assez longtemps pour lui servir d'assurance contre moi — peut-être aussi d'appât.

Je regardai à nouveau dehors par la porte, puis par la fenêtre. Pour le moment, tout allait bien. Je pris le revolver du garde inanimé, le glissai sous la ceinture, à l'arrière de mon short et glissai le mien à l'avant. Puis je me tournai vers Johnny et lui dis :

— Bon, je te préviens, ça va te faire très mal mais débrouille-toi pour ne pas crier.

Je l'attrapai par les chevilles, enlevai ses jambes du lit et laissai retomber ses pieds par terre. Un sifflement sortit entre ses dents serrées et il ferma très fort les yeux. Je le pris par les épaules et le mis en position assise. Comme son buste s'affaissait en avant, je lui saisis le poignet, pliai les genoux et passai son bras par-dessus mon épaule. Puis je me redressai en le levant du lit et mis ma main gauche sous son aisselle.

— Oh, Seigneur, grogna-t-il faiblement.

Je supportais tout son poids car ses jambes molles ne le soutenaient pas.

— Tu prieras quand on arrivera à l'église, lui dis-je. Pour le moment, fais un effort pour marcher. Tu sais comment on fait : gauche, droite, gauche, droite.

Il fit de son mieux. Ce n'était pas grand-chose mais, le

temps d'arriver à la porte, il était déjà essoufflé, haletant. Du sang frais trempait ses bandages. J'espérais qu'il lui en restait plus de deux dés à coudre, sinon je me donnais tout ce mal pour rien.

Les deux autres gardes étaient toujours invisibles, sans doute encore assis de l'autre côté du hangar. Le fourré qui se trouvait à l'est de la cabane était l'abri le plus proche. Je fis tourner Johnny dans cette direction et l'encourageai :

— Gauche, droite, allez, gauche, droite.

Je me mis à marcher et il avança en vacillant, pesant sur moi de presque tout son poids.

Nous avions franchi la moitié de l'espace découvert quand j'entendis un bruit qui faillit me pétrifier. Une voiture arrivait sur le chemin de terre.

Je tournai la tête vers le chemin. La voiture était une Lincoln Continental grise à moteur diesel. Les voitures de cette marque ne sont pas courantes en France. La dernière que j'avais vue était garée dans la cour de l'entreprise de récupération Duvier, près des bureaux de la direction. C'était la voiture de Salah. Il avait décidé de venir plus tôt que prévu.

Soudain, la Continental accéléra. Si je pouvais la voir, ses occupants pouvaient aussi nous voir. Elle fonçait vers le bout de l'étroite péninsule, en faisant voler de la poussière qui était aussitôt emportée par le vent, avec les derniers rubans de brume.

Je fis avancer Johnny un peu plus vite. Il m'aidait de son mieux en grognant de douleur à chaque pas chancelant. Il fermait à nouveau très fort les yeux. Le sang ruisselait de ses bandages et le long de ses jambes.

La Continental arriva devant le hangar au moment où nous entrions dans le bois. Je m'y enfonçai en traînant Johnny, puis je m'agenouillai et le déposai dans un petit creux entre des massifs de broussailles. Il pressa les deux mains sur son ventre bandé et s'efforça d'ouvrir un peu les yeux. Sa respiration était trop courte et trop rapide.

— Reste là, lui dis-je. Je reviendrai quand je le pourrai.

Je pris la main droite ensanglantée qu'il appuyait sur sa blessure et la refermai autour du revolver du voyou que j'avais assommé. La main et l'arme retombèrent sur sa poitrine. Il ferma à nouveau les yeux.

La Continental s'était arrêtée devant le garage en faisant hurler ses pneus. Il y avait deux hommes dedans, tous deux à l'avant. Le conducteur descendit précipitamment de son côté et Salah du sien tandis que les deux gardes du hangar s'approchaient en courant. Le conducteur sortit un automatique de gros calibre de sous sa veste. Salah passa derrière la Continental et ouvrit le coffre.

Quand je le quittai, Johnny semblait avoir perdu connaissance. Restant juste à l'intérieur du fourré, je me dirigeai vers l'endroit où j'avais laissé les grenades. Etant donné la situation, j'aurais préféré avoir le fusil, mais je n'avais pas pu prévoir à l'avance dans quelle situation j'allais me trouver et maintenant, il était trop loin.

Quand j'eus parcouru la moitié du chemin, je m'arrêtai pour regarder, à l'abri de hautes herbes, où se trouvait l'ennemi. Les quatre hommes étaient encore autour de la Continental. Salah avait sorti du coffre un AK-47 à tir rapide et le mettait en état de tirer, avec une aisance qui montrait qu'il n'avait pas oublié l'utilisation des outils qui l'avaient aidé à atteindre les sommets.

Ils étaient trop loin pour que je puisse espérer les atteindre avec un revolver. Je continuai donc à courir bruyamment dans le sous-bois en écartant les branches des arbustes et des buissons. Ils savaient forcément où je me trouvais car ils ne pouvaient pas ne pas m'entendre. C'est ce que je voulais — pour les attirer loin de l'endroit où se trouvait Johnny.

Ma manœuvre réussit. Quand je m'arrêtai à nouveau pour voir ce qu'ils faisaient, le maigre était en train d'épauler son fusil. Avec un fusil, la distance qui nous séparait ne posait pas de problème.

Je me jetai par terre à l'instant où retentit la première détonation suivie de près par une autre. Les balles s'enfoncèrent dans les buissons juste au-dessus de moi et des feuilles et des brindilles arrachées me tombèrent dessus.

Je parcourus le reste du chemin en rampant. Je trouvai les grenades telles que je les avais laissées sur le sac vide, à côté du bidon d'eau potable. J'en plaçai une prudemment dans la poche avant de mon short. Je gardai l'autre toute prête dans ma main gauche en me relevant juste assez pour jeter un coup d'œil furtif à l'adversaire.

Ils s'étaient séparés et couraient rapidement en restant hors de portée d'un revolver — c'est-à-dire trop loin aussi pour que je puisse les atteindre avec une grenade. L'homme au fusil et celui qui avait le pistolet mitrailleur MAC-10 se dirigeaient vers le bois pour y pénétrer sur ma droite. Salah et le chauffeur au gros automatique couraient dans l'autre sens pour entrer dans le bois sur ma gauche.

Il fallait que je m'occupe d'abord des deux qui étaient sur ma droite. Leur parcours allait les amener dans le fourré tout près de l'endroit où se trouvait Johnny qui, même s'il avait repris connaissance, n'était pas en état de se défendre contre un PM et un fusil.

Il y avait une chance sur deux pour qu'ils ne le voient pas mais je ne pouvais pas courir le risque qu'ils le trouvent. Maintenant que j'étais pris dans leur étau, ils n'avaient plus besoin qu'il vive.

Je retournai vers l'endroit où ils allaient entrer dans le fourré, en restant tout près du bord, cette fois sans faire de bruit et sans écarter de branches, mais rapidement quand même. J'y arrivai juste avant eux, dégoupillai la grenade avec mes dents et la lançai.

Quand ils la virent arriver, ils réagirent de façon

différente. Le gars trapu au pistolet mitrailleur changea un peu de direction mais continua de courir pour atteindre le fourré sur ma gauche. L'homme au fusil s'arrêta et regarda avec terreur la grenade rebondir sur le sol, près de ses jambes. Puis il bougea, pivota et voulut s'enfuir. Il avait attendu une seconde de trop. Il n'avait pas fait deux enjambées que la grenade explosait, lui déchirant le dos et le jetant par terre. Il resta un instant immobile, étalé dans la poussière, puis il tenta de s'écarter en se traînant comme une araignée à demi écrasée, oubliant derrière lui son arme et ses motivations.

Je m'étais jeté à quatre pattes juste à temps. Le MAC-10 caché cracha une longue rafale qui déchira l'air à l'endroit où je m'étais tenu. Je m'enfonçai dans le bois en rampant et en prenant soin de laisser, entre l'homme au PM et moi, une haie sauvage de buissons d'épines entrelacés. Puis, je partis en biais vers la droite et parcourus ainsi cinq ou six mètres à quatre pattes sous des arbrisseaux et de hauts buissons. Ensuite je revins vers la position d'où la rafale était partie. J'avançai encore de trois mètres, puis je me mis à plat ventre sous un massif de tamaris noueux et restai ainsi, la grenade restante dans une main, mon revolver dans l'autre.

J'attendis en ouvrant l'œil et en tendant l'oreille. L'attente dura longtemps et mes nerfs eurent du mal à la supporter. Salah et l'homme qui l'accompagnait avaient dû entendre l'explosion et les tirs du PM. Ils devaient être en train de s'approcher. Ils avaient pas mal de chemin à faire mais ils finiraient quand même par arriver. Je m'obligeai à rester tranquille et à attendre.

A quinze mètres de moi, sur la gauche, il y avait une mare d'eau stagnante, envahie par les hautes herbes des marais. Je devais bien regarder pour la huitième fois dans cette direction quand je vis des herbes remuer. Je ne pensai pas que cela pouvait être sous l'effet du mistral qui hurlait autour du fourré, car très peu de vent pénétrait jusque-là.

Je m'aplatis un peu plus et enfonçai mon menton dans la terre. Posant la grenade sur le sol, j'attrapai de la main gauche une branche morte de tamaris et tirai en tournant le poignet. La branche se cassa avec un craquement sec.

Aussitôt, le tir du MAC-10 caché dans les herbes des marais crépita et, bien que je fus aplati sur le sol, les rafales ne passèrent qu'à une vingtaine de centimètres de mon dos. Avant ça, elles avaient ouvert, dans les herbes, une trouée qui dévoilait le gars trapu et son pistolet-mitrailleur.

Il prit ma première balle dans l'estomac et se plia en avant, tandis que son arme pointait vers le bas mais ne lui tombait pas des mains. Je tirai à nouveau. La balle lui cassa les dents et se logea dans son cerveau. Ses genoux fléchirent et son torse bascula en arrière. Sa tête disparut sous l'eau et ne refit pas surface.

Il en restait deux. Je ne savais pas où ils étaient, mais ils ne devaient plus être loin. J'attrapai ma grenade, me ruai hors de l'abri des tamaris, détalai vers la droite et m'accroupis derrière un buisson. Puis je rampai, silencieusement, vers la gauche, jusqu'au prochain abri de broussailles enchevêtrées.

A nouveau, je m'aplatis par terre et, le revolver dans une main, la grenade dans l'autre, j'écoutai et je regardai. Près de cinq minutes s'écoulèrent sans qu'il y eût, autour de moi, le moindre son ou le moindre mouvement. Puis j'entendis un bruit très faible, comme un petit éclaboussement.

Il semblait provenir de l'autre côté de l'étang où le cadavre de l'homme au MAC-10 était à moitié immergé. Je concentrai mon attention sur ce secteur, dans l'attente d'un autre bruit ou d'un mouvement. Il n'y en eut pas.

Je finis par me relever et par quitter l'abri des broussailles. Accroupi, je me déplaçai vers un endroit d'où je pourrais mieux voir l'autre côté de l'étang.

Le coup de feu ne vint pas de cette direction mais de derrière moi.

Ma jambe droite se déroba brusquement sous le coup dont la violence me fit tomber sur le côté droit puis rouler sur le gauche. Je voulus lever le bras droit et mon revolver pour riposter... et m'aperçus soudain que mes deux mains étaient vides. En tombant, j'avais perdu la grenade et le revolver.

Je lâchai un juron et me servis de mes mains vides pour me mettre tant bien que mal en position vaguement assise. Ma jambe droite, inerte, gisait sur le sol comme un objet étranger à mon corps. Je la voyais mais ne la sentais pas. La balle avait traversé le mollet. Je ne savais pas si l'os était cassé, mais elle était engourdie, des orteils à la hanche.

Salah apparut devant moi avec son fusil d'assaut. D'un coup de pouce, il mit le levier de sélection de tir en position automatique, se préparant à m'envoyer une rafale dans la poitrine. Je repérai l'endroit où mon revolver était tombé : pas très loin, mais pas à portée de la main. Il était hors de question que je puisse l'attraper et l'utiliser avant que cette rafale m'anéantisse. Seulement je n'étais pas du genre à me laisser anéantir sans bouger.

— Un instant, dis-je à Salah. Il y a une chose que vous ne savez pas.

Ma phrase le fit s'interrompre mais ne fit pas dévier le fusil d'assaut de sa cible. Ne trouvant rien de génial à ajouter, je me préparai à rouler vivement sur le côté pour attraper mon revolver. Je savais que je n'y arriverais pas mais au moins, je ne mourrais pas passivement...

Le côté du visage de Salah où s'était trouvé son œil gauche se désintégra à l'instant où j'entendis, derrière moi, les deux détonations.

L'impact projeta sa tête en arrière. Son corps se

détourna de moi très lentement, amorça un pas encore plus lent, s'effondra, puis fut agité de tremblements convulsifs, comme sous l'effet d'une forte décharge électrique. Quand les tremblements s'arrêtèrent, Salah n'était plus qu'un petit monticule sur le sol.

Tournant la tête, je vis Johnny Duncan faire un pas dans les herbes du marais. Un seul pas. Puis il s'arrêta, les jambes écartées dans l'eau stagnante, à côté du cadavre de l'homme au pistrolet-mitrailleur. Il avait la mâchoire pendante et semblait encore plus mal en point que lorsque je l'avais quitté. Je ne compris pas comment il avait fait pour arriver jusque-là — et je n'ai pas encore compris.

Il tenait à deux mains le revolver que je lui avais donné, comme si cette arme pesait une tonne. Je la vis s'abaisser doucement en entraînant les bras de Johnny qui bascula en avant. Il tomba à plat ventre, le bas du corps dans l'étang.

J'effectuai le tonneau que j'avais préparé et attrapai mon revolver quand j'entendis quelqu'un bouger dans les buissons, sur ma gauche. J'étais couché sur le côté, appuyé sur un coude, le revolver braqué sur lui quand le chauffeur de Salah apparut. Il avait son gros automatique mais le braquait dans la mauvaise direction. Quand il vit celle du canon de mon revolver, il s'immobilisa en calculant le temps qu'il lui faudrait pour changer de cible et tirer.

— Vous n'y arriverez pas, lui dis-je. Vous n'avez pas la moindre chance. Et pourquoi essayer ?

Il regarda, derrière moi, la dépouille inerte de Salah. Plusieurs secondes s'écoulèrent. Puis il haussa les épaules et hocha la tête. Un patron mort ne peut pas vous revaloir la loyauté dont vous faites preuve au péril de votre vie. Il jeta son automatique par terre, fit demi-tour et repartit dans les buissons.

Quand il eut disparu, je me traînai vers Johnny, sur un genou, en me servant de mes deux coudes, tandis que ma jambe blessée, inutile, suivait le mouvement. Quand je fus près de lui, je m'assis et le mis sur le dos. Il était inconscient mais respirait encore. J'espérais que le simple fait d'être étendu là sans bouger arrêterait l'hémorragie avant qu'il ait vraiment perdu ses deux derniers dés à coudre de sang.

Au bout d'un moment, j'entendis la Continental démarrer et s'éloigner.

Après ça, je n'eus plus rien à faire qu'attendre, assis près de Johnny, que le coup de téléphone d'Augustin Rouix amène la police.

39

Ma jambe n'était pas cassée, me dit le médecin en regardant les radios. Il y avait une fêlure dans le tibia, mais elle n'était pas assez grave pour nécessiter un plâtre, à condition que je promette que je ne ferais pas peser tout mon poids sur cette jambe, pendant un certain temps. Un certain temps signifiait deux semaines avec des béquilles et un fauteuil roulant jusqu'à ce que les prochaines radiographies montrent comment se réparait l'os fêlé.

La réparation des dommages musculaires et nerveux causés par la balle avait commencé par une intervention d'une demi-heure, sous anesthésie locale, à l'hôpital d'Arles. Quand l'effet de l'anesthésie commença de s'estomper, la plaie bandée me fit un mal de chien. On me fit choisir entre deux solutions : soit un sédatif léger, soit un analgésique qui m'assommerait un bon moment. J'optai pour la solution légère. J'avais une raison urgente de rester éveillé quelques heures de plus.

J'occupais un des deux lits d'une chambre dont la fenêtre donnait sur les arbres de la grande cour de l'hôpital. L'autre lit, inoccupé, attendait un malade. Assis dans le mien, j'attendais aussi.

Il y avait un téléphone sur la table de nuit entre les deux lits. Je m'en servis pour appeler Arlette Alfani à Nice, après quoi je repris mon attente.

Le seul autre coup de téléphone que j'avais passé, sur un appareil de la police, avait été pour Karl Malo.

Je lui avais dit que mon enquête était terminée et que je l'appelais parce que j'aurais peut-être besoin de son aide pour m'éviter des ennuis avec la police — ennuis qui étaient dus au fait que j'avais été obligé d'employer des méthodes peu orthodoxes afin de régler l'affaire.

La version que j'avais donnée des événements, à Malo et à la police, était très simple et fabriquée de façon à arranger tout le monde.

La femme de Malo avait été enlevée par un gangster nommé Hassan Salah. Aucun membre de la famille ou de l'entourage de Malo n'était impliqué dans l'affaire. Celui qui avait fait le nécessaire pour s'en assurer était une de mes vieilles connaissances, John Duncan, que j'avais chargé de s'infiltrer dans le gang de Salah afin de m'aider à découvrir la vérité. Malheureusement, Salah avait fini par se douter de quelque chose et j'avais dû recourir à la violence pour sauver Duncan de la vengeance de Salah.

En dehors de quelques détails ornementaux, mon récit ne comportait rien de plus.

Malo avait apprécié mon histoire. La police n'en avait pas été tout à fait convaincue, mais elle l'avait quand même acceptée. Le nom magique de Karl Malo semblait doué de tous les pouvoirs.

Quand les infirmiers le remontèrent de la salle d'opération et le placèrent, avec douceur, sur le second lit de la chambre, Johnny Duncan n'avait pas repris connaissance. Les habituels tuyaux salvateurs furent reliés aux veines de ses avant-bras. Le jeune médecin qui supervisait tout cela me dit qu'on lui avait fait une grosse transfusion sanguine avant de raccommoder ses entrailles. Il avait fallu lui faire une autre transfusion après qu'il eût été recousu et pansé. Cependant, ajouta le jeune homme, s'il se reposait et s'il était bien soigné, Johnny serait sur pied dans une quinzaine de jours, aidé par sa constitution robuste.

Après le départ du médecin et de son équipe, l'infirmière de garde vint observer l'état de Johnny et lire sa fiche médicale. J'avais, dans la jambe droite, de terribles élancements qui se répercutaient douloureusement dans tout le reste de mon corps. Je demandai à l'infirmière un autre sédatif léger.

Elle me regarda d'un air incertain et demanda :

— Vous êtes sûr que vous ne préférez pas un analgésique plus puissant qui vous permettrait d'avoir une bonne nuit de sommeil ?

— Pas encore, répondis-je.

Elle me donna le comprimé et s'en alla. Un instant plus tard, Johnny émit quelques bruits et remua un peu.

C'est ce que j'attendais. Aussitôt, je posai les pieds par terre. Ma jambe droite protesta si violemment que je relevai ce pied-là et sautai sur l'autre pour m'approcher du lit de Johnny et m'asseoir sur le bord. Je tapotai la joue de mon ami à qui je parlai doucement mais d'un ton pressant.

Il marmonna quelque chose mais ses yeux restèrent fermés. Je lui pinçai durement la joue. Ses yeux s'entrouvrirent. Son regard hébété ne me reconnaissait pas et ne comprenait pas. C'était parfait. Le truc qu'on vous administre pour vous rendre insensible pendant qu'on vous opère est fantastique. A très faible dose ou quand l'effet d'une forte dose commence à s'estomper — mais agit encore — il remplace à merveille le plus efficace des sérums de vérité.

L'interrogatoire auquel je soumis Johnny fut entrecoupé de tapotements et de pincements pour l'empêcher de replonger dans un état de narcose. Ses premières réponses marmonnées étaient complètement inintelligibles. Je m'obstinai. Mes questions n'étaient en fait qu'une seule et même question que je posai sous différentes formes pour essayer de me faire comprendre. Cela prit du temps. Ce n'était pas qu'il résistât. Dans son état anesthésié, il n'était pas capable de résister mais il n'était pas, non plus, capable de comprendre. Tout le problème était là. Il ne cessait d'osciller entre la demi-conscience et l'inconscience et je dus m'accrocher.

Quand il finit par me dire ce que je voulais savoir, cela n'avait, pour lui, pas plus de sens que toutes les choses insensées qu'il avait dites. J'étais sûr qu'il ne s'en souviendrait pas. Le laissant replonger dans son sommeil stupéfié, je retournai, à cloche-pied, jusqu'à mon lit.

J'attendis d'être sûr que Johnny était complètement endormi pour prendre le téléphone et appeler Crow. C'était le surnom de Frank Crowley qui était mon meilleur ami américain en France. Sa maison se trouvait à La Turbie, à cinq kilomètres au-dessus de la mienne. Je répétai à Crow ce que venait de me dire Johnny et je lui expliquai ce que je voulais qu'il fasse.

Crow me répondit qu'il allait s'en occuper et j'étais sûr qu'il le ferait. Depuis que nous avions fait la guerre ensemble au Viêt-nam, nous savions que nous pouvions compter l'un sur l'autre.

Dès le lendemain matin, Johnny avait suffisamment récupéré pour qu'on le mette en position assise et qu'il avale de bon appétit le petit déjeuner très matinal de l'hôpital. Sa voix était encore pâteuse, mais ses joues et ses yeux avaient pratiquement retrouvé leur couleur normale. Son plus gros problème avait été la perte de sang — mais quand on y survit on peut s'en remettre très vite.

Comme je m'y attendais, il ne se souvenait absolument pas de mon interrogatoire de la veille. Après le petit déjeuner, quand nous fûmes à nouveau seuls dans la chambre, je lui racontai la version que j'avais donnée à la police de son rôle dans l'affaire.

— Je devrais sans doute te remercier, me dit-il, mais tu me devais quelque chose.

— Je crois que personne ne doit rien à personne. A mon avis, nous sommes quittes.

— Je pense que tu as raison, dit-il. Nous sommes quittes mais restons-le. Je me tais à propos de ce petit meurtre dans le passé de Mme Malo... tu te tais à propos des trucs que j'ai faits et qui pourraient me valoir la prison.

— Comment t'es-tu débrouillé pour te trouver mêlé à tout ça, Johnny ?

Il voulut bien me le raconter, en partie. Cela lui prit pas mal de temps. Il n'était pas encore tout à fait remis et il lui fallait bien réfléchir pour être sûr qu'il ne me disait pas des choses qu'il ne voulait pas que je sache.

Je connaissais déjà ou j'avais deviné presque tout ce qu'il me dit. Quand il avait appris le mariage de Triolet avec la fille de Malo, il avait eu une conversation avec Salah. A ce moment-là, Johnny pensait que la CIA avait cessé de le surveiller de près. En tant que gendre de Malo, Triolet n'avait plus à redouter que quelqu'un de chez Malo Transport fourre son nez dans ce qu'il faisait. Sa position dans la société était si bien assurée que même Hubert Loy — qui était alors le bras droit de Malo — devait le ménager.

Salah avait convenu avec Johnny que la situation était mûre pour qu'ils reprennent leur opération à trois de contrebande d'armes. Si cela ne plaisait pas à Triolet, on pouvait le faire chanter pour qu'il accepte de coopérer, en le menaçant de révéler sa participation à l'opération antérieure. Johnny avait donc organisé une réunion à Arles, avec Triolet et celui-ci avait eu si peur des révélations que pouvaient faire Duncan et Salah qu'il n'avait pas osé dire non.

Johnny et Salah attendaient Triolet sur le trottoir, devant un bistrot, quand ils avaient vu Karl Malo descendre de sa voiture conduite par un chauffeur et entrer dans un restaurant en compagnie d'une dame. La dame avait causé une grosse surprise à Johnny. La dernière fois qu'il l'avait vue, elle était Mme Emil Fassler.

— Est-ce que Salah savait qu'elle avait tué le flic véreux de Dalmasso ? demandai-je.

— Bien sûr, je le lui avais dit à l'époque où ça c'est passé.

— Mais à *elle,* tu as dit que tu n'en avais parlé à personne.

— Il m'arrive parfois de mentir. Comme toi. Mais Salah est le seul à qui j'en ai parlé.

Quand Triolet était venu les rejoindre, ils l'avaient interrogé sur la compagne de Malo. Triolet les avait surpris en leur apprenant qu'elle était maintenant l'épouse de Malo.

— C'est comme ça que Salah a commencé à voir beaucoup plus grand, dit Johnny avec amertume. Plus question de nous contenter d'utiliser Triolet pour monter une autre affaire de contrebande d'armes. Il s'est dit qu'avec les moyens de pression dont nous disposions pour faire marcher Triolet et la femme de Malo, nous pourrions arriver à prendre le contrôle de Malo Transport et de ses opérations à l'échelle mondiale.

Johnny resta un instant silencieux, l'air pensif. Puis il me regarda et dit :

— Dès le départ, ça ne m'a pas plu. Salah voyait beaucoup trop grand. Son projet comportait trop de risques et son aboutissement était bien trop lointain. Il disait que ça valait la peine d'attendre, étant donné la fortune que ça finirait par nous rapporter. Mais... moi, je n'étais pas heureux à l'idée des meurtres que cela impliquait.

Je n'étais pas trop sûr que cette partie du projet l'ait vraiment rendu malheureux.

— Mais tu as quand même marché, lui dis-je.

— J'étais fauché. Et Salah s'est mis à m'avancer du fric. Oui, j'ai marché — pendant un certain temps. Mais j'ai fini par comprendre que moi, je n'aurais pas grand-chose de cette lointaine fortune. Salah ne me traitait pas comme un associé mais comme un garçon de course mal payé.

— Alors, tu as décidé de te servir du moyen de chantage que tu avais sur Mme Malo pour faire un coup tout seul, à l'insu de Salah, empocher ta propre petite fortune et te tailler.

— Je ne suis pas un type compliqué, moi, Pete. Avoir le contrôle d'une grosse société, même si Salah avait voulu que j'y participe, c'est bien trop complexe pour moi. Tout ce que je veux, c'est une bonne petite vie tranquille, sans être embêté par des soucis d'argent. Sept millions de francs, pour moi, c'est une fortune — mais pour un gars comme Malo ça n'est rien. Alors il me semble que mes exigences étaient plus que raisonnables.

— A mon avis, elles l'étaient moins, mais Jacqueline Malo n'a pas voulu que tu demandes une rançon plus importante.

Johnny eut un petit sourire.

— Oui, la petite dame n'a rien voulu savoir. C'est là que j'ai compris que les projets mirobolants de Salah n'aboutiraient jamais. Elle n'aurait pas cédé au chantage, une fois qu'il aurait tué son mari. Même si elle avait peur de se voir accusée du meurtre de ce flic. Elle aurait préféré subir son châtiment plutôt que se plier aux exigences de Salah. Alors Salah n'était pas aussi malin qu'il le croyait.

— Sans doute. C'est d'ailleurs pour ça qu'il est mort.

— Ouais...

Johnny se tut. Il me regarda en attendant que je lui pose la grande question.

Quand il comprit que je n'allais pas le faire, il eut l'air perplexe. Pas inquiet — simplement perplexe. A ce moment-là, il ne savait pas qu'il avait de quoi s'inquiéter.

Après le déjeuner — le déjeuner-torture typique des hôpitaux —, une infirmière apporta un fauteuil roulant doté d'un dispositif spécial pour soutenir ma jambe droite.

— Le médecin a dit que vous pourriez nous quitter demain, m'annonça-t-elle. Il veut s'assurer que vous savez manœuvrer ce genre de fauteuil, avant de vous en aller. Tout à l'heure, on vous fera essayer les béquilles.

— Chic alors, lui dis-je.

Elle m'aida à m'asseoir dans le fauteuil qui était facile à manœuvrer. Je m'entraînai un moment à foncer d'un bout à l'autre du couloir. Puis je sortis prendre l'air et parcourus des circuits dignes du Grand Prix, dans la cour.

Mon fauteuil et moi faisions une pose à l'ombre d'un arbre, quand Jacqueline Malo traversa la cour. Elle s'arrêta devant moi en tenant son sac à deux mains, à la façon d'un bouclier. Son expression était un peu embarrassée.

— On m'a dit que vous étiez dans la cour, dit-elle lentement. J'ai été vraiment désolée d'apprendre que vous aviez été blessé.

— Moi aussi, lui dis-je, mais je commence à m'y habituer. (J'indiquai le banc de pierre qui se trouvait à côté de mon fauteuil.) Asseyez-vous, madame Malo.

Elle resta debout.

— C'est *vraiment* fini ? demanda-t-elle à voix basse.

— Vraiment. Il n'y avait que deux personnes qui étaient au courant de votre histoire avec l'inspecteur marseillais. L'une est morte. Johnny Duncan n'en parlera jamais à personne. Ne serait-ce que pour le fait qu'il irait en prison pour avoir monté cet enlèvement bidon.

— Je suppose que vous voulez dire qu'il sait que vous feriez ce qu'il faut pour ça.

— Plus ou moins, oui.

Jacqueline Malo ouvrit son sac.

— Karl m'a chargée de vous remettre ce chèque. Il serait venu lui-même mais les hôpitaux le dépriment. Et puis, en ce moment, il a plus de travail que d'habitude. Il faut qu'il commence par trouver un nouveau directeur adjoint pour son entreprise.

— Qu'est devenu Triolet ?

— Je ne comprends pas ce qui lui est arrivé. Ce matin nous avons tous été stupéfaits quand il a annoncé qu'il quittait la société *et* Claudette. Sans préavis et sans explication. Il a simplement dit qu'une compagnie de navigation de Hong Kong lui avait offert une situation qui lui plaisait plus et qui consiste à diriger leurs opérations dans le Pacifique.

Elle consulta sa montre et ajouta :

— Il doit déjà être parti. Apparemment, l'offre de Hong Kong était à saisir immédiatement ou à laisser.

Ce qui était apparent pour moi, c'était que Triolet avait jugé qu'il serait sage de suivre mon conseil. Maintenant que Salah était mort il n'y avait plus personne ici pour le protéger contre moi. Mais il devait quand même être assez soulagé de ne plus être sous la coupe de Salah.

— J'ai toujours aimé recevoir des chèques, dis-je à Jacqueline Malo, mais celui-ci est un peu prématuré. Je n'ai pas encore envoyé ma note de frais à votre mari. Elle sera élevée. J'y ajouterai mes frais médicaux.

— Karl s'en rend parfaitement compte, m'assura-t-elle en me tendant le chèque plié en deux. Mais il a tenu à ce que vous ayez ça en attendant. La somme représente vos honoraires nets plus une petite prime.

Je dépliai le chèque et répondis :

— En fait de petite prime, celle-ci me paraît généreuse.

— Vous l'avez méritée. Karl vous est très reconnaissant. Vous l'avez soulagé de bien des inquiétudes en lui disant que ses enfants n'étaient, ni l'un ni l'autre, responsables... de ce qui m'était arrivé.

En prononçant ces derniers mots, elle eut l'air gêné mais ne détourna pas les yeux.

— Et moi aussi, je vous suis très reconnaissante, ajouta-t-elle doucement. Je tiens à ce que vous le sachiez. Je vous remercie infiniment de ce que vous avez fait pour moi.

Soudain, elle me sourit. C'était le sourire qui m'avait séduit dès l'instant où j'avais vu sa photographie.

— Finalement, vous avez été mon sauveur — vous voyez ?

Elle se pencha et m'embrassa légèrement sur la bouche. Puis elle se redressa, se retourna et s'éloigna. Mes yeux la suivirent. C'était un plaisir de la regarder marcher, même pour s'en aller.

Moins de vingt secondes plus tard, Arlette apparut alors que je glissais le chèque dans la poche de ma robe de chambre d'hôpital. Elle traversa la cour à petits pas et dit, en arrivant près de moi :

— J'espère que tu apprécies ma discrétion. J'ai *attendu.* Je ne voulais pas interrompre la scène des adieux avec ta princesse aussi charmante qu'indisponible.

Elle se pencha vers moi et m'embrassa. Je l'attrapai, la fis asseoir de force sur ma jambe valide et lui rendis son baiser. Quand nos bouches se séparèrent, j'avais compris que les baisers d'Arlette me faisaient beaucoup plus d'effet que ceux de Jacqueline Malo.

— Je ne t'attendais pas avant demain, lui dis-je.

— Il me tardait de constater l'étendue de tes blessures, répondit-elle. Pour le moment, j'ai nettement l'impression que tu n'as rien perdu d'absolument vital. C'est déjà ça.

— Je suis toujours là, en entier.

— Dans ce cas, je suggère que nous utilisions le break que je louerai demain pour te transporter à mon appartement. C'est plus pratique que ta maison tant que tu devras te promener dans un de ces fauteuils. Tu pourras prendre l'ascenseur pour descendre et te balader toute la journée dans les rues de Nice. Et puis le soir, tu auras la joie de me voir rentrer au logis.

— Je croyais que tu avais beaucoup de travail au bureau, ce mois-ci.

— Je trouverai le temps, dit Arlette en s'installant plus confortablement sur mon genou. Un gentil médecin de l'hôpital m'a dit qu'il serait bon que tu commences à prendre de l'exercice, dans un ou deux jours. A condition que ça ne t'oblige pas à faire peser ton poids sur la jambe blessée. (Elle m'adressa un de ses sourires les plus fripons.) Alors il nous suffira de trouver quelque chose que nous puissions faire sans que tu sois debout.

— Nous trouverons bien quelque chose, lui dis-je.

— Oh oui, dit Arlette, j'en suis persuadée.

Quand j'arrivai en fauteuil dans la chambre, Johnny Duncan était en train de raccrocher le téléphone.

— Je viens d'appeler Suzanne à Aigues-Mortes, me dit-il. Pour la rassurer.

— Il y a quelques jours, je me suis renseigné sur ta petite amie par l'intermédiaire d'un gars qui connaît beaucoup de monde à Aigues-Mortes. L'opinion générale est que c'est une jeune femme charmante et raisonnable. Mis à part cette curieuse aberration qui fait qu'elle veut épouser un vieux schnoque comme toi.

Johnny répondit en riant :

— Je risque de le faire. Ça lui apprendra.

— Tu aurais tout à y gagner. Il paraît que son restaurant est une bonne petite affaire.

— Bonne, dit Johnny, mais petite.

— Si tu l'épouses et que tu l'aides régulièrement, ça deviendra peut-être une assez grosse affaire.

— J'y réfléchirai, dit-il sans la moindre sincérité.

— Je te le conseille. Parce que si tu comptais sur l'argent de la rançon, n'y pense plus. Quand tu seras en état de te rendre là où tu l'as planqué, il n'y sera plus.

Il retrouva brusquement son expression caractéristique : le regard dur dans un visage impénétrable.

— J'ai toujours pensé que tu l'avais caché près de l'endroit où tu l'avais ramassé, poursuivis-je. Pourquoi prendre des risques en le baladant avec toi ? Tu aurais pu tomber sur un barrage de police, quelle que soit la route que tu prenais. Si tu n'avais pas cet argent, tu n'aurais aucun problème. Tout ce que tu avais à faire, c'était attendre pas mal de temps avant de retourner le chercher. Ce que je ne savais pas, c'était l'endroit *exact* où tu l'avais caché. Alors, hier soir, je t'ai interrogé quand tu étais encore dans les vapes, après l'opération. Le bunker, près de Sospel. Dans la pièce du fond. Dans un coin où le ciment est plus frais qu'ailleurs, même si ça ne se voit pas.

— Salaud, dit doucement Johnny, sans changer d'expression.

— Alors j'ai appelé un ami, lui dis-je, et il est allé là-bas le chercher. Dans quelques jours, il le remettra à la compagnie d'assurances de Malo pour avoir la récompense. Ce n'est pas une fortune, mais ça fait quand même un gentil petit paquet. Je le partagerai avec lui. Son agence de photographie ne marche pas aussi bien qu'il l'avait espéré.

— Et *ma* part ? demanda sèchement Johnny.

Je lui adressai mon sourire le plus aimable.

— Pas un putain de centime. Je l'ai gagné en faisant mon boulot. Une petite prime supplémentaire en échange de mon travail et des risques encourus. Quel travail as-tu fait pour en mériter une partie ?

— Salaud, dit-il encore. (Puis il soupira et ajouta :) Merde, j'aurais dû me douter que ça finirait comme ça, dès que j'ai su que c'était *toi* qui étais sur l'affaire. Je te l'ai déjà dit et je le répète : je sais que tu es un loup, tout comme moi.

— Mais je t'ai déjà dit et je le répète : pas tout à fait pareil.

— Peut-être pas tout à fait, dit Johnny Duncan, mais presque, mon gars, presque...

DU MÊME AUTEUR

Aux Éditions Gallimard

Dans la collection Série Noire :

LA GLACE À QUATRE FACES, *nº 1060*

QUEL SAC D'EMBROUILLES, *nº 2097*

LES PIEDS SUR TERRE, *nº 2103*

DESCENDS À BABYLONE..., *nº 2117*

sous le pseudonyme de Al Conroy :

PAS D'HEURE POUR LES BRAVES, *nº 430*

COUP DE GOMME, *nº 479*

POUR RIRE EN SOCIÉTÉ, *nº 495*

LE REPOS DU ROUTIER, *nº 510*

MONSIEUR LA VEINE, *nº 701*

ESTOUFFADE À LA CARAÏBE, *nº 728*

SOLDATO, *nº 1606*

COMME IL Y VA !, *nº 1614*

LE GRAND GÂCHIS, *nº 1640*

REFROIDISSEMENTS, *nº 1669*

sous le pseudonyme de Nick Quarry :

RHAPSODIE EN ROUGE, *nº 459*

SUIVEZ-MOI, JEUNE HOMME, *nº 540*

LE COIN DU SOIGNEUR, *nº 621*

LE TOTEM TUE, *n° 679*

UNE COURONNE POUR LE DON, *n° 1558*

LE CRI DU SANG, *n° 1699*

sous le pseudonyme de Anthony Rome :

INDÉSIRABLE, *n° 655*

FAIS DES BULLES, *n° 704*

JE REPRENDS MES BOULES, *n° 773*

SÉRIE NOIRE

Dernières parutions :

2075. — PUNCH AU SANG . . . . *Christian Poslaniec*
2076. — UN TROP BEL INNOCENT . . . . *John Lutz*
2077. — SOUS LE SCEAU DU PHÉNIX . . . . *Mickey Friedman*
2078. — LES PAUPIÈRES LOURDES . . . . *Barbara Paul*
2079. — SQUARE DU CONGO . . . . *Marie & Joseph*
2080. — UNE CHOUETTE FAMILLE . . . . *Doug Hornig*
2081. — LA GUERRE N'EST JAMAIS FINIE . . . . . . *Teri White*
2082. — AIX ABRUPTO . . . . *Jean-Paul Demure*
2083. — L'HOMME TRANQUILLE EN PÉTARD . . . . *Stuart M. Kaminsky*
2084. — LA MOUCHE ET L'ARAIGNÉE . . . . *Frank Parrish*
2085. — LA FÉE CARABINE . . . . *Daniel Pennac*
2086. — UN COUP AU CŒUR . . . . *Hansjörg Martin*
2087. — LE PORTRAIT DE L'ARTISTE EN TUEUR . . *Barbara Paul*
2088. — VOUS PARLEZ D'UNE RIGOLADE . . . . . . *Earl W. Emerson*
2089. — JOUJOUX SUR LE CAILLOU . . . . *A.D.G.*
2090. — LE JONGLEUR . . . . *Ian Kennedy Martin*
2091. — CONEY ISLAND CASINO . . . . *Robert B. Gillespie*
2092. — LA CHAIR ET LE POGNON . . . . *Robert B. Parker*
2093. — LE ROI, SA FEMME ET LE PETIT PRINCE . . *Marc Villard*
2094. — LES TRUANDS DU TEMPLE . . . . *Julius A. Lion*
2095. — MASSACRES THAÏLANDAIS . . . . *Tony Kenrick*
2096. — FAITES VOS JEUX . . . . *Loren D. Estleman*
2097. — QUEL SAC D'EMBROUILLES . . . . *Marvin Albert*
2098. — L'HOMME À L'OREILLE CROQUÉE . . . . . *Jean-Bernard Pouy*
2099. — FAUT PAS POUSSER ! . . . . *Bill Pronzini*
2100. — VOUS PARLEZ D'UN MÉTIER . . . . *Jonathan Valin*
2101. — JAZZ BELLE . . . . *Marie et Joseph*
2102. — TRAQUE À LA MEXICAINE . . . . *Richard Harper*
2103. — LES PIEDS SUR TERRE . . . . *Marvin Albert*
2104. — LA CAMÉRA VOIT ROUGE . . . . *George Kennedy*
2105. — LES LAMENTATIONS DE JEREMIAH . . . . . *Teri White*
2106. — LE BLUES DES ALCOOLOS . . . . *Lawrence Block*
2107. — CIRCULEZ ! . . . . *Eric Kristy*
2108. — LA CHASSE AUX NYMPHETTES . . . . *J. A. Jance*
2109. — LUMIÈRE NOIRE . . . . *Didier Daeninckx*
2110. — LA POLKA DES POLLUANTS . . . . *Max Allan Collins*
2111. — FAUX CRACKS ET VRAIS TOCARDS . . . . . *Michael Geller*
2112. — L'HOMME QUI AIMAIT LES ZOOS . . . . . . *Malcolm Bosse*
2113. — MAIS OU SONT LES TRÉSORS D'ANTAN . . *Marcia Muller & Bill Pronzini*

2114. — DE QUOI IL SE MÊLE ? . . . . *Robert P. Parker*
2115. — TOUCHE PAS À MA CIBLE . . . . *Frederic Fossaert*
2116. — LA CITÉ DES PLUIES DE SANG . . . . *Fredrick D. Huebner*
2117. — DESCENDS À BABYLONE . . . . *Marvin Albert*
2118. — LA FOIRE AUX POUPONS . . . . *Lee Martin*
2119. — BARJOT . . . . *Oppel*
2120. — LE CIEL T'AIDERA . . . . *Donald E. Westlake*
2121. — LISTE NOIRE . . . . *Timothy Downey*
2122. — ÇA SENT LE BRÛLÉ . . . . *John Lutz*
2123. — LA CASE DE L'ONCLE ATOME . . . . *Stuart Kaminsky*
2124. — LES BILLETS NICKELÉS . . . . *A.D.G.*
2125. — PRENEZ GARDE AUX PETITES FILLES . . . *Michaël Allegretto*
2126. — COUPS DE POMPES . . . . *J. A. Jance*
2127. — ÇA SENT LA ROUSSE . . . . *Max Allan Collins*
2128. — DÉCOUPES SOMBRES . . . . *Jean-Paul Demure*
2129. — ON PICOLE SEC . . . . *J. A. Jance*
2130. — LE PETIT ROI DE CHIMÉRIE . . . . *Marie & Joseph*
2131. — L'ASSASSINAT DES CANARIES . . . . *David Serafín*
2132. — ON TRAVAILLE DANS LE GÉNIE . . . . *Peter Schmidt*
2133. — EDDIE BLACK . . . . *Walter F. Shapiro*
2134. — C'EST LE BAGNE . . . . *A.D.G.*
2135. — LA DAME BLANCHE . . . . *Eugène Izzi*

Prochain volume à paraître :

2137. — LE SPECTRE DE LA ROSE . . . . *Thomas Hauser*

SUPER NOIRE

Dernières parutions :

105. — LE DON QUICHOTTE DU SINAÏ .... *Elmore Leonard*
106. — LA LÉGION DES DONNEURS .... *Leslie Waller*
107. — LA BELLE DAME CHEZ LES SIOUX ...... *Robert J. Steelman*
108. — TU T'ENTÊTES ? .... *Jon A. Jackson*
109. — LE TUEUR DU DESSUS .... *Laurence Block*
110. — LE SALON DU PRÊT-À-SAIGNER........ *Joseph Bialot*
111. — LES MORTS S'AFFRANCHISSENT .... *E. V. Cunningham*
112. — ÇA FAIT UNE PAYE !................ *Ed McBain*
113. — L'OMBRAGEUX .... *Vincent Teresa*
114. — LA JOYEUSE MAGOUILLE .... *Donald E. Westlake*
115. — NE TIREZ PAS SUR ERROL FLYNN ! ...... *Stuart Kaminsky*
116. — RETROUSSONS NOS MANCHES .... *N. J. Crisp*
117. — LE PÉTARD RÉCALCITRANT.......... *George LaFountaine*
118. — ET SOMBRE LA GALÈRE !............ *O. J. Currington*
119. — PRENDS GARDE AUX CACTUS ! .... *Bob Barrett*
120. — DES TUEURS PAS COMME LES AUTRES ... *Ken Greenhall*
121. — JUDY ET SES NABOTS .... *Stuart Kaminsky*
122. — LE NOYÉ DE BEVERLY HILLS .... *E. V. Cunningham*
123. — LA JOYEUSE KIDNAPPÉE............ *Elmore Leonard*
124. — DES OISEAUX ET DES FLAMMES .... *Frank Parrish*
125. — RISQUÉ !......................... *Dick Francis*
126. — PAS DE QUOI PLEURER............. *Alfred Silver*
127. — LA MÉTHODE À SATAN............. *Kenneth Royce*
128. — LES PETITES TÊTES PIÉGÉES.......... *Derry Quinn*
129. — J'AI TOUT GÂCHÉ .... *Ed McBain*
130. — LE MONTE-EN-L'AIR DANS LE PLACARD .. *Lawrence Block*
131. — GAGNE OU CRÈVE ! .... *Douglas Rutherford*
132. — VALDEZ EST ARRIVÉ ! .... *Elmore Leonard*
133. — TRÉS PEU POUR MOI ! .... *N. J. Crisp*
134. — SUR UN P'TIT CHEVAL GRIS .... *Frank Parrish*

560.	Bill Pronzini	*Fausse clé.*
561.	P. J. Wolfson	*A nos amours.*
562.	J.-P. Manchette	*La position du tireur couché.*
563.	Clinton Seeley	*La peur blanche.*
564.	Gil Brewer	*La machine à découdre.*
565.	Jérôme Charyn	*Kermesse à Manhattan.*
566.	A.D.G.	*Notre frère qui êtes odieux...*
567.	Jean Amila	*Contest-flic.*
568.	Frederic Brown	*La belle et la bête.*
569.	Don Tracy	*Un bloc de haine.*
570.	John Trinian	*Le métier dans le sang.*
571.	Jean Amila	*Terminus Iéna.*
572.	Raoul Whitfield	*La mort du maestro.*
573.	Tucker Coe	*Le poster menteur.*
574.	Ned Crabb	*La bouffe est chouette à Fatcha-kulla.*
575.	Lawrence Block	*Beau doublé pour Tanner.*
576.	Charles Williams	*Péri en mer.*
577.	Gilles Chenaille	*Le maître du jeu.*
578.	Carter Brown	*Un brin d'apocalypse.*
579.	Carter Brown	*Du feu par les naseaux.*
580.	Carter Brown	*Une blonde à l'eau.*
581.	Carter Brown	*Sens interdits !*
582.	Carter Brown	*On demande une victime.*
583.	Carter Brown	*Le diable incarné.*
584.	James Hadley Chase	*Chambre noire.*
585.	James Hadley Chase	*Eh bien ma jolie.*

Impression Bussière à Saint-Amand (Cher),
le 13 avril 1988.
Dépôt légal : avril 1988.
Numéro d'imprimeur : 3822.
ISBN 2-07-049136-6

43294